金陵全書

丁編·文獻類

臨川先生文集（三）

（宋）王安石 撰

南京出版傳媒集團
南京出版社

圖書在版編目（CIP）數據

臨川先生文集；臨川集拾遺 /（宋）王安石撰；羅振玉輯. -- 南京：南京出版社, 2023.6

（金陵全書）

ISBN 978-7-5533-4160-6

Ⅰ. ①臨… Ⅱ. ①王… ②羅… Ⅲ. ①中國文學 - 古典文學 - 作品綜合集 - 北宋 Ⅳ. ①I214.42

中國國家版本館CIP數據核字（2023）第058288號

書　　名　【金陵全書】（丁編・文獻類）
　　　　　臨川先生文集・臨川集拾遺
作　　者　（宋）王安石
出版發行　南京出版傳媒集團
　　　　　南　京　出　版　社
　　　　　社址：南京市太平門街53號　　郵編：210016
　　　　　網址：http://www.njcbs.cn　　電子信箱：njcbs1988@163.com
　　　　　聯系電話：025-83283893、83283864（營銷）　025-83112257（編務）

出 版 人　項曉寧
出 品 人　盧海鳴
責任編輯　程　瑶
裝幀設計　楊曉崗
責任印製　楊福彬

製　　版　南京新華豐製版有限公司
印　　刷　南京凱德印刷有限公司
開　　本　889毫米 × 1194毫米　1/16
印　　張　164
版　　次　2023年6月第1版
印　　次　2023年6月第1次印刷
書　　號　ISBN　978-7-5533-4160-6
定　　價　3200.00元（全四册）

用微信或京東APP掃碼購書

用淘寶APP掃碼購書

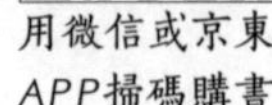

臨川先生文集卷第五十一

外制

子中舍劉郎且殿中丞制二道
方蘋髙安世張湜傅充黄汾王塈並太子中
舍制三道
王申等太子中允雷宋臣太子洗馬制二道
熊本髙旦孫思恭並著作佐郎制三道
王廣廉孫覺姚闢游烈張公庠髙膺敏崇大
年潘及甫阮逖並著作佐郎馬好賢大
理寺丞制八道
劉仲章施遜周同吴安操髙定林宗言徐縝
李文卿陳仲成張諲鄭民表韓燁吴大
元劉公臣白贊錢藻段叔獻于觀馮宗
辛景賢朱東之並大理寺丞制十八道

陳確大理寺檢法官制

魏組石祖良蘇軾何景先何景元張璯並大理評事制五道

許將簽書昭慶軍節度判官廳公事制

樞密院編修周革轉官制

勅其語曰前事不忘後事之師也今吾樞密之府自祖宗以至于今不啻百年捍患持危應變之大計與夫將相論議之臣密謀要策有補于世者皆具在此而文書貿亂淆雜而無紀亦何以待後事乎故擇能臣使序次焉而爾以才稱寔當其任今遷爾位唯是勉哉可

屯田員外郎任迥等加勳制

勑某等朕獲休享于神而嘉貺在位同其福禄尔等並由材選列在郎位相時釐事能勵厥勤甄序有差往其祗服可

張慎修等改官制

勑某等士之選于吏部者多矣以貌以言而取吾皆不足以得之此吾所以推耳目之任而付之刺舉之臣使各察其所部而以賢才告上今尔等從政于外而為刺舉者所称故吾召見于庭而秩以省寺之官往其勉思所以事君無使称尔者受不任之咎可

徐師回等改官制

勑某等詩曰不解于位民之攸墍蓋吏能夙夜不懈于其職事以無過失然後民得以服勤而有勸功樂

業之意吾所以制爲禄位以待天下之吏以時論其功狀而進退之凡以爲民也尔等並列于朝而久于其職序遷尔位惟是勉哉可

磨勘轉官制二道

勑某等有司考尔等之伐閲而揚尔等于朝廷朕親覽焉皆應遷法夫命官賦禄之事朕非輕之也維以章有德序有功名在審官則三歲而一遷亦維以閔夫職事之勞而勉之盡力尔等勿謂名器之可計日以自取也而無報上之意焉可

二

勑某虞以九載黜陟庶官周以三歲誅賞群吏其爲法異而勸沮之意同尔之積功寔應遷法序進厥位

維以勸能書不云乎德懋〻官功懋〻賞尔則善也朕何愛焉可

明堂宗室加恩制

勅其朕既肆祀于明堂而大賚以布神之福尔列名屬籍序位内朝肅雝在庭克相駿事以差受寵其往懋哉可

皇姪孫左屯衛大將軍登州防禦使世永改隴州防禦使制

勅朕永惟　太祖皇帝德加于後世博矣而諸孫爵位莫有顯者甚非所以惇叙九族承宗廟之意也具官其躬率德義克承厥休方將營衛之屯而領兵防之任其正使號称朕志焉可

皇姪右衛大將軍蘄州防禦使從古登州防禦使制

勑朕選于近屬以治親親唯賢與能宜在此位具官某躬率德善自昭于時以選攝事久勤不懈其遷使號而正其職服之名爲往踐寵榮愈思慎毖可

皇姪曾孫太子右內率府率令磋右千牛衛將軍制

勑其治天下自人道始而以治親爲先務爾序于屬籍率履不違遷率東宮十年于此矣進踐祿次往其欽承可

鄭穆太常博士制

勑其士之著籍審官者雖在疏遠猶三歲而一遷又

況以才被選有職事于禁門之内者哉嘉尔言行發聞于世膺此恩典往其欽承可

錢袞太常博士制

勅某太常古宗伯之官而博士掌其掾法增損因革皆合于事久而不失先王之礼意然後可以為能其任固已重矣今雖職廢而非文學出仕則不以得名官尔以叙進而膺此選其尚能勉以求称哉可

集賢校理周豫太常博士餘如故制

勅某籍于審官之士雖身在外有司會其伐閲歲滿輙遷況于以才進選而列職祕近者歟尔維畯良膺此恩典往其祇勵以服寵荣可

楊南仲太常博士制

勑某尔文學藝能見称于世服官惟謹克以有勞丞于太常是謂華選遷秩博士往其欽哉可

姚原道太常博士制

勑某尔以藝文出仕而才諝見称備任遠方有勞當録博士之選往其欽哉可

晏崇讓太常博士制

勑某尔名臣之子行義修飭能以藝文自奮而于職事有勞序遷厥官其往祗服可

劉温太常博士制

勑某尔丞祕書三年矣故稽尔功狀秩于太常尔行義才能有称于世無曰官小往其欽哉可

柴餘慶國子博士制

勑某尔于為吏才敏見称會課有司當得遷位博士之選往其勉哉可

邵亢太常丞制

勑某古者尚賢而輕爵好藝而賤禄所以士樂羞其行而為時用也尔列于東宮之職事三年于此矣群牧之任開封之選皆能称職遂佐三司其序尔功進官一等若尔之藝文政事吾豈有愛于爵禄乎哉往懋厥修以需其後可

蔡説殿中丞制

勑某宗祀之成慶覃踈逮尔久于常選丁此殊恩甄序有蒙往其祇服可

晁仲熙殿中丞制

勑某爾以謹潔能不失其世守故積功久次致位于朝廷佐一州又應遷法愈其懋勉以稱褒嘉可

王元甫殿中丞制

勑某吏之有籍于審官者三歲一遷所以勸勞也爾以才備任積課應條往服命書愈其思勉可

高應之國子博士張俅太常丞范褒殿中丞制

勑某等爾等親吾民于外而吾使有司會課于中皆能有勞以應遷法夫上之爵賞無私德惟以治人臣能率職以治人則可謂能報上矣各踐爾位惟時勉哉可

胡掖殿中丞制

勑某汝官在東宮而得列于朝廷之位有司奏叙宜以時遷夫禄所以等功位所以序德朕所以命汝者每加厚矣汝所以報稱者亦可以勉哉可

王介秘書丞制

勑某朕設科以來異能之士而親發策問之尔言不阿而學問多中乎義理其遷厥位以嘉尔之能言夫士無不能有不爲尔若尔之修潔有志而濟之以明敏之才惟所施焉將無不至况于一官之小豈以不稱爲患也哉可

毛虎秘書丞制

勑某古人有言曰無常産而有常心者唯士爲能夫所謂士者不以無常産而變易其心又奚俟于爵賞

而後勸哉然士之有功則爵賞加焉天下大公之法也尔以進士起而序于王官之列出長一邑之民有勞而無罪三年于此矣其使遷秩以信大公之法朝廷之位亦加顯矣所以為士者可不勉哉可

許懋傳顏並祕書丞制

勑某尔雖任職于外而功罪之籍宜在審官之府以時會課于法當遷夫三歲而序一官在位之所同然材宜行法不有以称其位則孰以為非苟得也尔以藝文自奮而由称舉以至于此其知之矣可不勉哉可

陳舜俞祕書丞制

勑某尔以賢良應詔朕嘗親冊而秩以京官幕府三

年序遷一等比等有司之常法尒豈所以待異能之士哉往其勉之以俟時用可

句士良祕書丞制

勑某尒佐著作于祕書三年矣審官稽狀當進一官惟尒以文藝起家而以吏能爲邑往欽新命其克勉哉可

國子監直講商傳光禄寺丞制

勑某尒讀群經而能通知其義故選于衆以教國子有司稽任當以勞遷往服尒官愈其思懋可

張璘光禄寺丞制

勑某尒父爲吾執政之官而尒能夙夜祗飭以修其職事可謂能世其家矣今有司會課而吾以尒丞于

光禄往思勵勉以永燕譽之終哉可

王峋光禄寺丞制

勑其詩曰維其有之是以似之以為賢者之後功臣之世非有以存之則無以似續其前人也尔以蔭籍入官而能舉其職以應有司之遷法可謂之似續其前人矣丞于光禄其往勉哉可

王俆光禄寺丞制

勑其尔大臣之家賢者之後能自策勵不隳其官序勞當遷往踐厥位無忝尔祖乃惟顯哉可

奏舉人前陝州節推郎几衞尉寺丞制

勑其選于吏部者多矣非使在位者舉其類則善人豈能自進乎尔能勵厥官以多薦者丞于衞尉其愈

祗修可

孫琪衛尉寺丞張次元大理評事制

勑某等材施于一邑知效于一官至于三年而無職事之負焉不可以無報也序進一等往其懋哉可

柴元謹衛尉寺丞制

勑某商之有征久矣所以銷沮游末而勸之力夲非特收其贏財佐公上之急而已也尔勤其事以有累日之功序進一官以從大雅無德不報之義尔維世族尚克勉哉可

奏檗人前梓州郪縣主簿陳巨卿衛尉寺丞奏檗人前權州復軍事推官孫琬大理寺丞制

勑其選于吏部者多矣非使在位者舉其類則善人豈能自進乎尓能勵厥官以多薦者丞于卿寺其愈祗修可

張服尹忠恕張慎言孫昱太子中舍制

勑其周官三歲則大計群吏之治而誅賞之故朕時憲以為考績之法夫吏者三歲能率職礪行而無罪悔是宜有賞序官一等以慰尓勞維尓良能宜加報稱可

薛昌弻雷宋臣太子中舍劉師旦殿中丞制

勑其審官考課之法成于 先帝之時朕維奉循以欽名器無有親疏遠近使有司一是以待之嘉尓有

劳序遷一等勉共尔位率志忘私庶乎能称爵賞之公而終無尤於職事可

方蘋高安世張湜傅充並太子中舍制

勑某等吾于爵禄甚慎閔仁百姓甚篤尔等或專一縣或佐一軍而皆列于卿丞之籍蓋嘗有所試矣今有司序功當得遷位吾雖甚慎爵禄而于尔等無所愛焉其勉思拊循百姓以称吾閔仁甚篤之意可

黄汾太子中舍制

勑某吾擢天下之才而㝡民長伯萬家之縣又有戎馬之任焉其称甚難而尔能其事有劳遷秩毋廢尔成可

王塾太子中舍制

勑某尒丞于理亦既三年有職事之勞無行義之過使遷厥位著籍外廷夫與于燕而坐于朝報礼亦云異矣往祇乃服其可不思可

奏舉人前永興軍節度掌書記王申等太子中允制

勑某等皆以藝文起家而久于常選才能行義數見推称揚于朝廷各命以位往共厥服可不勉哉可

雷宋臣太子洗馬制

勑某周人事神以諱而不諱嫌名持循至今遂著為律尒以難避之諱而辞當拜之官自言冒榮有所不忍其更位號以慰孝思慎尒百為勉求称此可

熊本著作佐郎制

勑某吾歲取吏部之選者以為宫監省寺之官啻予百人論者患其多焉詩不云乎濟濟多士文王以寧有天下者豈以士多為患哉頋其所取何如尔汝藝文政事皆見称述往践禄次蓋将有補于時使人視吾所取而不以為多在汝勉之而已可

高旦著作佐郎制

勑某唐虞以三考黜陟幽明而其所命或終身于一職然則其所謂陟者蓋爵服之加而已今之增位猶古之加爵服也以尔久于職事而功用應于有司之法故使增位以報焉雖考績之歲月與黜陟之方古今不同而吾所以褒勵庶工非與唐虞異意尔其毋怠思称厥官可

國子監直講孫思恭著作佐郎制

勑其尔才能行義有超卓之譽于時故遷于衆以教國子而又寵以校讎之官有司稽勞當得遷位列職東觀往其懋哉可

奏舉人前祁州深澤縣令王廣廉著作佐郎制

勑其尔用舉者為縣又能修其職事而舉者衆多升序厥官屬之東觀夫士之有能有為也豈必戒敕而後勉哉尔以才稱其知自勸矣可

奏舉人編校昭文館書籍孫覺著作佐郎制

先帝置校讎之官所取皆天下望士尔惇行力學為

時俊傑治民有紀稱者衆多會課進遷往共厥服可

奏舉人姚闢著作佐郎制

勑某秘書省有著作之官所以待藝文之士尔贍辞博學而為吏有殺甄績序材以登茲選往共職服其亦勉哉可

奏舉人游烈等著作佐郎制

勑某等皆以藝文起家而久于常選才能行義數見推稱揚于朝廷各命以位往共厥服可勉不哉可

奏舉人張公庠著作佐郎制

勑某尔嘗為令而能以材譽為　勢所稱寘諸京官以懋乃績往踐祿次愈其勉哉可

高膺敏崇大年並著作佐郎制

勑某尒等皆以才能序于莫府舉其職事稱者衆多會課超遷往其祗服可

滿及甫著作佐郎制

勑某等選于吏部久矣皆能以才自奮為在位者所稱稽狀有司列官省寺往須器使無替厥修可

奏舉人院邈著作佐郎馬好賢大理寺丞制

勑某等省寺之有丞郎其名位高下不同而于今皆為遴選尒等從事于外以能見稱有司書勞朕所親覽各踐厥位往惟慎哉可

直講劉仲章大理寺丞制

勑某尒方以經術教國子而有司會課當得進遷尒

以通經發聞于世允蹈所學尚何訓哉可

施遜大理寺丞制

勑其三歲一遷朝廷之法爾共其職事在法當遷德懋厥修以祇朕訓可

奏舉人周同大理寺丞制

勑其爾能勤厥官以有舉者有司條奏在法宜遷使得傳籍于審官以為大理之屬當知夫名器之不可以徒得也往思懋勉以稱之可

吳安操大理寺丞制

勑其爾名臣之家能自修飭考論功最當得進遷往服官成勿墮所守可

高定大理寺丞制

敕某朕布功賞之信苟有功可以中率則無擇小大遠迩而加焉今有司條奏尓劳在法當賞往丞于理其懋厥官可

林宗言大理寺丞制

敕某有司言尓當遷而朕視功狀如有司之言故使遷尓位一等吾嘗詔有司以時視士大夫功狀而叙進之毋使自言欲夫在位知有礼讓而不以官爲利也尓知之矣可不勉哉可

徐縝大理寺丞制

敕某尓出于世禄之家而服勤凭庫之事行不愆于法才不曠其官遷以報功往其思勗可

李文卿大理寺丞制

勅某吏之近民者莫如令故位非高也禄非多也而吾不輕以與人尔淂為之以有称者往施于政又以才称寘諸京官以待任使思永終譽厥惟勉哉可

奏舉人陳仲成大理寺丞制

勅某歙之為州也窮于山谷之間吏常患乎州窮而刺舉者有所不知尔勤其官而称者甚衆可謂能矣其進以為京官往懋乃成以終有譽可

張諲大理寺丞制

勅某古之爵賞與士共之雖有衆譽而功實不副焉亦不可以幸而淂也此吾所以閲称舉之衆而又稽歷試之勞然後命尔以丞于大理也夫去吏部之選而有録于審官能祗慎不懈以免于文吏之議則雖

高位尚可以循而至可不勉哉可

鄭民表韓燁大理寺丞制

勑某尔服劳州縣才譽見称甄序厥功使丞于理往祇休命惟既尔心可

吴大元大理寺丞制

勑某審官之法三歲一遷尔嘗有罪故使序于大理四年而後遷以爲丞賞誅黜陟吾無私焉皆尔自取也施于有政可不勉哉可

奏舉人劉公臣白贊並大理寺丞制

勑某等今吾大吏舉非其人有坐斥廢其于舉人官頗不慎哉然而坐斥廢者時時有之此殆求舉者不一其始終以負之尔尔今尔等皆以衆舉故吾命以京

官勉思一其始終以無負于舉者可

國子監直講編校集賢院書籍錢藻大理寺丞制

敕其朕設科以招方正之士而尔應其求置局以儲儁乂之材而尔充其選有司會課當淂進官若尔之諒直多聞方且善其行以為時用往祇厥位可不勉哉可

段叔獻大理寺丞制

敕某以尔典京師之獄滿歲于此矣而未嘗有失丞于卿位以懋尔勞維朕哀矜庶獄之有不幸尔所知也守尔嘗操尚無誤哉可

奏舉人于覲大理寺丞制

勑其方今漕輓海之鹽以食東南而收其息以佐有司之急倉庾之官一失職而至于耗惡則足以匱國而傷民故稱舉能吏而待之厚賞所以勸也尔從其事能有成勞丞于理官往踐無懈可

馮翊辛景賢大理寺丞制

先帝使大吏推舉常選之士以補省寺之屬尔能脩其職事而舉者衆多率由舊章命尔以位往祗厥服以稱甄升可

試大理司直兼監察御史朱東之大理寺丞制

勑其尔以幹謹絜能舉其職事而屢為在位者所舉歲滿序功法宜有賞理官之屬其往懋哉可

陳確大理寺檢法官制

勑朕制中興以刑四方非惟不失天下之姦唯以使人無犯有司而已今明試尒才之可使而後以為屬于理官尒其知恤庶獄之不辜而求所以出之以稱朕哀矜元〻之意可

魏絪大理評事制

勑某尒備屬奉常亦已久矣序進厥等以旌有勞夫三歲一遷雖厚祿可以馴而致欲為善者亦如此矣能積智累勤而不已則亦何所不至乎在尒勉之以求為可進也可

石祖良大理評事制

勑某士之有籍于審官者皆三歲而一遷今尒歲滿

故吾進尒位加尒祿夫祿以等功而不以志位以序德而不以勞尒世厥家其知勉矣可

應才識兼茂明于体用科守河南府福昌縣主簿蘇軾大理評事制

勑其尒方尚少已能博考群書而深言當世之務才能之異志力之强亦足以觀矣其使序于大理吾將試尒從政之才夫士之强學贍辭必知要然後不違于道擇尒所聞而守之以要則將無施而不稱矣可不勉哉可

何景先何景元並大理評事制

勑其春秋之義以責治賊以賢治不肖今天下人民之衆賢者不為不多尒得列于京官其賢于人宜如

何也今尔累日之課又當遷序其位亦云不賤矣為賢也亦可以勉哉可

張璯大理評事制

勑具吾推恩大臣之子尔得列于祠官能任事而有勞其以備士官之屬尔父起于閭巷以能大其家室者豈一日之力哉尔惟積勤累善法象而不遠則豈特有慶于而宗又將有賞于而國可

前鄉貢進士許將大理評事簽書昭慶軍節度判官廳公事制

先帝親第進士于廷而以尔為第一尔于藝文可謂能矣所以施于政者朕將有所試而觀焉夫士之遇時不患無位思所以立往其勵勉以副柬求可

臨川先生文集卷第五十一

臨川先生文集卷第五十二

外制

孫寳大理評事制

韓鐸王任徐瑗王夢易並充節推知縣制三道

廖君玉陳周翰並奉礼郎制二道

李允恭可太常寺太樂耿允恭包文顗可並太常寺太樂署副正制

英宗即位覃恩轉官龍圖閣學士至龍圖閣直學士制

發運轉運提刑判官等制

卿監館職京官館職制二道

分司致仕正郎以下京官等制
諸司使副至崇班内常侍帶遥郡不帶遥郡
　制
皇兄叔弟姪大將軍以下制二道
覃恩杜皇后賀皇后尹皇后孫姪等轉官制
中書提點堂後官制
李端卿等舊官服闋制
張德温任迥宋輔國等舊官服闋制三道
劉辯孫公亮王忠臣張諷舊官服闋制三道
元居中張詵張扶李安朗張德淳舊官服闋
　制四道
馬文德康璹舊官服闋制二道

皇姪右監門衛大將軍仲詧服闋舊官制

韓琦奏親姪孫恬秘校親姪女之子曹復户曹制二道

胡宿奏親兄亶守秘校制

司馬光親兄之子宏蔡抗男潛並試將作監主簿制二道

龐籍遺表男元英屯田元常大理寺丞孫保孫寅孫外孫陳仲師將作監主簿制四道

田況遺表男守秘校至安太常寺太祝制

吴育遺表孫男儼俅並守將作監主簿制

宋祁遺表男俊國廣國守秘書省正字孫松

年延年頤年並將作監主簿制二道

崔嶧遺表親孫男俞范師道遺表第三男世文張方遺表親男平易並守將作監主簿制三道

呂師簡遺表次男昌宗張鑄遺表親次孫彩試將作監主簿余良孺遺表曾孫渙張温之孫基張元遺表孫在至斐並將作監主簿制五道

魏琰男太廟齋郎紓張應符男遣徐仲容男公輔李卓男元之並試將作監主簿制四道

諸州軍并轉運提刑弟姪男思澤等並試監

簿制

王孝叔通判舂州兼知本州制

李執中可察推制

吕闢依前充鎮南軍節度推官制

冨翱葛頤趙君序齊景甫並縣令制四道

李壽李昌言並録事參軍制二道

賈逵充侍衛親軍步軍副指揮使制

錢晦霸州防禦使李端慤眉州防禦使周翰

嘉州團練使制三道

程榮充御前忠佐馬軍副都軍頭制

轉員制

落權團練刺史制

劉永年知代州制

趙滋依前充侍衛親軍步軍都虞候制

孫寔大理評事制

勑某尔名臣之子能飭身慎行強學自奮而有司會課當以序遷其進一等以為士官之屬往共尔職其克懋哉可

韓鐸試大理評事充天平軍節度推官知遂州遂寧縣制

勑某尔用薦者為令又以修治見称試職士官序于幕府宰人之任其愈懋哉可

王任試大理評事充節推知縣制

勑某尔任舉者為令而能修其職以見推称命尔以

為幕府之官而又試以字人之事夫南面而聽百里豈輕也哉維能强恕以求仁然後副吾置吏為民之意可

徐瑗試大理評事充保信軍節推知梓州射洪縣制

勑某有百里之地而人民社稷之事繫焉其任豈可以輕哉尔嘗試矣見為辨治故又任尔以吾所重而寵以幕府之官往其勉哉無慢予訓可

王夢易試大理評事充永興軍節推知遂州青石縣事制

勑某朕嘗命汝以幕府之官使長百里之民而汝以喪自解今除之矣其就故官有社與民往其思勉可

縣尉廖君王太常寺奉礼郎制

勑某尒職在追胥有功中率故褒序尒使得列于太常之屬朝廷慶賞之信如此尒其可不勉哉可

陳周翰太常寺奉礼郎制

勑某尒久于職事能以有勞命課于朝當得遷叙奉常之屬其往欽哉可

太常寺太樂署副樂正李允恭可太常寺太樂耿允恭包文顕可並太常寺太樂署副正制

勑某等太常上其屬有闕而以尒等聞惟尒等皆善于修鼓而任職久矣其遷副正以為署長而使正副吾意可

英宗即位覃恩　官龍圖閣學士至龍圖
閣直學士制
勑永惟左右有能有為之臣皆，先帝遺朕以熙衆
功者也方惟大賚以劳天下其可以忘而不及哉具
官某惠和敦大明允忠篤列職近侍寔為名臣褒序
有加往欽乃服可

發運轉運提刑判官等制
先帝享國四十餘年内外晏然克終天禄豈非獻臣
才士攸助之力哉不及班命以劳功而朕承厥志尔
奉將使指久以才稱膺此寵章往其恩勸可

卿監館職制
勑朕初即位奉行　先帝故事以劳天下其施及于

疏遠而可以忘于近者哉具官某序于書林伐閱多矣率德迪義有称于時膺踐寵榮往其思毖可

京官館職制

先帝棄天下朕初即位纂修故事以勞群臣尔等序于書林皆以才選褒進有典往其欽承可

分司致仕正郎以下京官等制

勅某等朕初嗣位敷錫庶工非特勞在事之勤亦以礼天下之賢者尔等以才出仕登序王官或就里居或分留務往膺寵數咸懋厥修可

諸司使副至崇班內常侍帶遥郡不帶遥郡制

勅某等朕初即位奉行　先帝故事大賚四海阻深

幽遐無所不及矣又况朝廷之近臣豈可以忘哉尔等能以忠力靖共職事進位一等往其欽承可

皇兄叔大將軍以下制

先帝顧哀宗親德念至深厚矣在後之侗其可以忘哉具官某躬執義行序于屬籍承休席寵亦既顯融褒進有章往欽無斁可

皇弟姪大將軍以下制

勑某朕大賜于天下雖疏以遠無遺者矣又况于宗室之近哉尔序官内朝克有善問繩繩之慶協于殽詩褒命有加往其祗服可

覃恩昭憲杜皇后孝惠賀皇后淑德尹皇后孫姪等轉官制

勑某等予大祭于廟祧而哀夫先后之家寢替而不章乃詔有司博求其世尔等名在戚里序于王朝各因其官增位一等與以上称神靈之意豈特慰予追遠之心可

中書提點堂後官制

勑某等朕大賚于天下有政有事者皆得以序遷尔等各以選掄備官寧旅增位一等往其欽哉可

李端卿等舊官服闋制

勑某孝子之悲哀思慕其親豈有窮哉然喪以三年而止者聖人之政也尔以喪致事日月既除其就故官以聽新命夫人之行莫大于孝而孝亦在乎事君能致其身而不愆于義以辱其名然後可以為孝子

此宜尔之所知也其勉矣哉可

前太常寺太祝張德溫舊官服闋制

勑某喪三年亦已久矣而人子之志無窮故欲爲不善則思貽父母悪名而終于不果不如是則不足以爲人子復尔禄次維時勉哉終于立身可謂孝矣可

前屯田員外郎任迥舊官服闋制

勑某汝有列于朝廷而以憂去位人子之事親終矣則君臣之義其可以忘乎夫移于君而忠移于官而治然後可以爲孝往共尔服惟是勉哉可

前太常寺奉礼郎宋輔國等並舊官服闋

制

勑某尔以親喪去位日月既除其來造朝復就官次

終身之孝可不勉哉可

前大理寺丞劉辯前衛尉寺丞孫公亮並舊官服闋制

勅某尔服縗去位順変當除三年之喪亦已久矣君臣之義其可廢乎趣還于朝使即舊秩勉思移孝之事以就顯親之名可

前大理寺丞王忠臣舊官服闋制

勅某御史言尔以喪釋位日月當除故吾下命書于御史以俟尔之来見尔雖舊官吾命維新其加勉求合于以孝事君之義可

前太子中舍張諷舊官服闋制

勅某喪三年天下之達礼也尔能率礼以至終喪其

来造朝復尔禄次事君之義尔宜知之無遺厥初是謂能孝可

勑某尚書　前職方員外郎元居中舊官服闋制

勑某尚書郎位三等而尔方以勞序于前列乃以喪去三年于家今既禫除其還禄次維尔才美有称于時移孝事君當知勉矣可

勑某尔去　前太常博士張誂舊官服闋制

位里居三年于此既除喪矣其就故官忠以事君是為孝子尔惟知義可不勉哉可

勑某尔遭　前將作監主簿張扶舊官服闋制

齊斬之喪而去位釋祥禫之服而還朝班吾命書授尔禄次孝子之事終于立身施于有官可

以勉矣可

前駕部員外郎李安期前殿中丞張德淳並舊官服闋制

勅某礼有三年之喪者無貳事也知喪而已矣先王以為不如是不足以盡人心此吾所以歸尔于家而不敢勞以事今日月除矣故吾班命書于御史而召尔以來往踐故官勉思終孝可

前内殿崇班馬文德舊官服闋制

勅某尔執親之喪三年于此矣其班新命以復故官維孝有終尔宜思勉可

供備庫副使康璹舊官服闋制

勅某三年之喪苴麻哭泣之哀一也而亦有權制以

趨時此吾獨使武吏之有籍于樞密者得終喪于家之意也尔能率礼今服既除其就故官以承親命可

皇姪右監門衛大將軍仲詧服闋舊官制

勑某送終者人子之大事也尔以喪釋位亦既三年能以礼自致而不犯詩人素冠之義于為人子亦可謂孝矣還就禄次帥初無違可

同中書門下平章事韓琦奏親姪孫恬守祕校同中書門下平章事曾公亮親男孝純將作監主簿姪孫諶試祕校樞密使張昪奏親孫男戒守祕校叅知政事歐陽脩奏男辯太常寺太祝叅知政事趙槩奏孫男允緒太常寺太祝樞密副使吴奎奏長

男環守太常寺太祝況男瓌試祕校制

勑某朕受純嘏于神靈而布之在位其官顯者得任其子弟以及孫曾尒生大臣之家是為賢者之類往保禄秩可無慎哉可

同中書門下平章事韓琦奏親姪女之子曹復真定府户曹制

勑某維名與器朕未嘗輙以假人尒緣大臣相祀之恩遂階一命之寵出而從仕可不勉哉可

樞密副使胡宿奏親兄亶守祕校制

勑某宗祀之恩仕之顯者皆得官其親族尒躬率善行而有弟為吾政事之臣往服寵榮懋修無斁可

天章閣待制司馬光親兄之子宏試將作

監主簿制

先帝有大慶推恩群臣子弟而尒有叔父寔爲近臣往即厥官無墮世禄可

廣南東路轉運使祕閣校理蔡抗男潛謾將作監主簿制

勑某將漕遠方者皆得官其子弟尒父以才自奮有顯于時往懋厥修以綏世禄可

故贈司空兼侍中龐籍遺表男太常博士元英可屯田員外郎制

勑某等尒考有庸先朝致位將相歸安第室而以壽終尒等服衆于時寔能嗣訓並膺恩典其往勉哉可

龐籍遺表男内殿崇班元常大理寺丞制

敕某士之文武異用久矣尔世以儒學顯而有官籍于内朝從尔父之遺言而以丞于大理往惟嗣訓乃克保家可

龐籍遺表孫保孫寅孫並將作監主簿制

敕某尔祖嘗為將相佐佑帝室朕哀其亡也故序尔于工官夫大臣之家能久而不失其世者鮮矣往承厥慶可不勉哉可

龐籍遺孫陳仲師試將作監主簿制

敕某朕命尔以試工官之屬者特以尔之外祖常為將相于先朝而已然士之由保任而後能自奮以至休顯者多矣往踐尔次可無勉哉可

太子少傅致仕田況遺表男守祕校至安

太常寺太祝制

勑其儁哲之輔有勞于時福禄既成而尒嗣厥後于其將死以尒為言膺此寵章宜知勉矣可

故資政大學士知河南府吳育遺表孫男

儀倈並守將作監主簿制

勑某等朕所以頋恤大臣之家而序録其子孫未嘗有愛焉況如尒祖賢明諒直有補于世朕常思而不忘者乎其各加尒一命以為工官之屬詩曰夙興夜寐無忝尒所生往其勉哉可以為孝矣可

翰林學士承旨宋祁遺表男俊國廣國守

祕書省正字令持服

勅某等尔考承寀命于翰林而不幸至于大故眷懷舊德甄序尔官往其有成袛服予亲可

宋祁遺表孫松年延年顧年並守將作監主簿制

勅某等貴臣之世賢者之後朕所不能忘也故尔等皆在沖幼而列于工官兹所以佑序尔家亦云至矣尔所以保其禄位可不勉哉可

刑部侍郎致仕崔嶧遺表親孫男俞將作監主簿制

勅其尔祖嘗服高位考終于家以尔為言朕其甄序工官之屬往矣懋哉可

户部郎中直龍圖閣知明州范師道遺表

第三男世文守将作監主簿制

勑某尔父嘗以才選列官于朝出臨一州奄至大故錫尔一命尔其勉哉可

光禄卿直龍圖閣張方遺表親男平易守將作監主簿制

勑某朕惟尔父致位九卿服勞于官爲日久矣故命尔以工官之屬以称其將死之言尔其思尔父之顧厥家與朕心之哀尔父夙興夜寐無或弗欽可

光禄少卿知單州吕師簡遺表次男昌宗試將作監主簿制

勑某尔父且死而爲尔求官故以尔試于工官之屬夫推恩既往覃及子孫吾所以待人臣者有常法矣

修敕自奮而以保禄位者尒所以為人子也可不勉哉可

故光禄卿致仕張璹遺表親次孫彩試將作監主簿制

勑某尒祖以九卿歸第而遺奏以尒為言顧哀舊臣而官使其子孫此先王使仕者世禄之意而吾之所不忘也其使試于工官之屬以称尒祖之志焉詩曰無念尒祖聿修厥德尒方就學可不勉哉可

司農卿致仕余良孺遺表曾孫湙試將作監主簿制

勑某尒之曾祖仕至九卿退處于家考終厥命推恩及尒以試工官往慎猷為且膺器使可

故光禄卿致仕張温之孫基試將作監主
簿制

勑某尒祖嘗為侍從之臣而有公忠之節今其亡矣
秩尒以官能善似之乃其無悔可

客省使眉州防禦使張亢遺表孫在至韭
並將作監主簿制

勑某尒祖起于文吏而能以才武致力于封疆扞患
之功書在王府今其亡矣故各命尒一官往懋尒成
毋忘尒祖之勤于國可

司農卿致仕魏琰男太廟齋郎紆守將作
監主簿制

勑某尒世載崇禄而父以九卿去位推恩改命序位

工官維恪慎可以保家徃其勉矣可

虞部員外郎致仕張應符男遘試將作監
主簿制

勑其少盡其力至于老則養之不可以不終使之免農而為士則祿之不可以不世此先王不忍人之政而吾未能逮也今尒父去位而命尒一官使淂世其祿以終尒父之養焉此亦庶幾有合乎先王之政尒惟忠惟孝尚稱吾命尒之意哉可

職方員外郎致仕徐仲容男公輔試將作
監主簿制

勑其尒父辭祿而為尒請命于朝傳曰君子之善〻也長故善〻及子孫此吾命尒以一官之意也經曰

事親孝故忠可移于君居家理故治可移于官尔其
念此以自勉哉可

虞部員外郎致仕李卓男元之試將作監
主簿制

勑其尔父積勤序于郎位老而致仕録尔一官恩世
厥家往其無怠可

諸州軍并轉運提刑弟姪男恩澤等並試
監簿制

勑其朕始嗣位推恩宇内尔執方貢以來造朝加賜
一官往惟祗服可

王孝叔充春州軍事推官通判春州兼知
本州制

勑某南方荒遠之州吏多憚往而尔請行焉故優尔禄賜而以勸賞隨其後往其勉矣思乂我民可

縣尉李執中可察推制

勑某先王之政荒則緩刑至于强不忌死而傷吾良民則去之亦不可以不急此朕所以嚴追胥之令信購賞之科不以歲凶多暴之時而爲之廢格尔能除盗寔擧其官遷以懋功往祇乃服可

吕閑權淄州軍事推官依前充鎮南軍節度推官制

勑某尔有除盗之功故賞以一邑而序官于大府辭而有請以便尔私吾用不違往其祇服可

蘇州長洲縣尉富翺潤州丹徒縣令制

勑某朕布爵賞之令以待吏之有勞尒能舉其官以除盜賊遷以爲令使之牧民又將試尒爲政之才非特示朕報功之信可

晉州襄陵縣尉葛頤單州武成縣令制

勑某尒職在追胥而能上功中率畀之一縣以懋尒能夫爲令之所事則不特追胥而已必也使人無盜是乃能稱其官可

杭州于潛縣令趙君序虢州玉成縣令制

勑某予嘉尒之有功于追胥也故畀尒邑于東南又從尒父之請焉而移尒于虢吾于用賞而頋恤尒私亦云備矣則尒之施于有政可不勉哉可

信州鈆山縣尉齊景甫杭州餘杭縣令制

勑某尔追胥有功遷令一邑百里之人視尔以為休戚矣施于有政可不勉哉可

單州成武縣令李壽江陰軍録事叅軍制

勑某尔修其官能中賞率有司會課予嘉尔功愈其勉哉以涖厥事可

潞州屯留縣尉李昌言徐州録事叅軍制

勑某尔能捕盗當得賞官遷督一州之郡往其思称厥職可

殿前都虞候利州觀察使賈逵依前官充侍衛親軍步軍副指揮使制

勑朕有貔虎熊羆之士以衛中國而制四夷考求其人以副統督具官某久更任使才武有称扞城之勞

宿衛之最簡于 先帝以曁朕躬思懋厥修往膺休顯可

衛州防禦使錢晦霸州防禦使制

勑朕初即位奉行 先帝故事以勞天下雖疎且遠無遺矣又況于朝廷之顯者哉具官某忠勞弈世簡在帝室能勵厥德自昭于時膺此寵章愈其思勉可

東上閤門使陵州團練使李端愨眉州防禦使制

勑朕初嗣位奉行故事以勞天下具官某清明敏達和慎祗修奉侍 先帝陟降左右厥勤茂矣其可忘哉膺服寵榮往欽乃服可

捧日左廂都指揮使嘉州團練使周翰制

先帝棄天下朕初嗣位永惟武力忠劳之士為國禦侮其功多矣豈可忘（以）哉具官其部督有方踐修無過營衛之最簡于朝廷膺此寵章愈其奮勵可

天武左第三軍都指揮使封州刺史程榮可蒙州刺史充御前忠佐馬步軍副都軍頭制

勑其等熊羆之士為國爪牙均其逸勤率用成法尔等忠劳之寔簡在朝廷遷序有差往惟欽服可

轉官制

先帝遺朕熊羆之士以蕃帝室所使統督豈可以非其人哉尔等以扞城之材共禁衛之服忠劳武力皆有可称各以序遷往欽無懈可

落權團練刺史制

勑某等忠勞之士武力之臣將大衛帝室其功多矣當序厥位以均逸勤爾等部督有方踐修無過兵團州刺遷進有差往膺寵榮懋建勳績可

單州團練使劉永年可齊州防禦使知代州制

勑代地邊要吾所重常擇將以守之以爾具官某武力智謀濟以馴謹踐更中外皆有可稱故進使號往共厥服禦侮之宜爾其勉哉可

捧日天武四廂都指揮使端州防禦使趙滋可依前充侍衛親軍步軍都虞候制

勑營衛之士皆天下武力之高選也所使虞度軍中

之事者豈可以非其人哉具官某等造行謹良致位休顯勲勞之寔簡在朕心各以序遷徃惟祗服可

臨川先生文集卷第五十二

臨川先生文集卷第五十三

外制

李端愨東上閤門使制

石遇竇經八鄉四廂都指揮使制二道

甘昭言入內副都知制

宋育志東染院副使制

李用和六宅副使制

宋良王書高禮賓副使制二道

李景賢韓崇亨用休文思副使制三道

夏偉內園副使制

譚德潤楊宗禮張繼遷朱嵩王欽李惟正並

供備庫副使制五道

商璦趙之言張翊董㝢龐輿鄭旦太子中舍

致仕制六道

馬房衛尉寺丞袁仲友太子洗馬阜野瓘太

子中舍致仕制三道

王正臣孫諭守祕書省校書郎致仕制二道

李琳國子監丞郭覆太子中允致仕制二道

李日新左清道率府副率王餘慶率府副率

致仕制二道

段獻右清道率府副率劉友俊左清道率府

率致仕陳惟信左監門衛將軍袁政李周

道並左監門衛將軍致仕制三道

馮維禹藴章子太子中舍趙伯世左清道率

府率朱渥等太子洗馬李昌言許州司
馬致仕制四道

皇太后三代制九道

皇后三代制十道

李端懿東上閤門使制

勑閤門置使官盛地親非有嘉績令名不能勝其任也具官某於朝廷有肺腑之實兼歲星有蓍龜之聲非專為恩以致此位積功久次當得右遷其愈勵哉往共爾服可

石遇四廂都指揮使制

勑虎賁之士周公以為人主所當知恤者也又況所使將此哉具官某比以材選服勞于邊折衝禦[illegible]

有所試矣遷進僉書付之一部督往其欽慎以益報寵榮可

某爲某衛四廂都指揮使制

勑國家置帥兵以爲衛所選官天下之材付之部督未嘗輕其授也具官某亦嘗更邊要忠力有聞選將營中衆論惟允序遷厥位其往欽哉可

甘昭吉入內副都知制

勑古者王之正內必有任職之臣予若稽古而思得吉士以充其選以爾服勤左右多歷歲年有亶良之稱宿衛綏之勞其使序于正內以充廷論之公焉爾其審門闈叢務闌入宣令出贊朝事盡心夙夜一以忠信則錫予爾嘉爾亦永綏于寵祿可

入內內侍省內東頭供奉官宋有志東染

院副使制

勑某爾久於內侍承事左右以勞自求外遷以便醫藥超升位等往服恩榮可

李用和六宅副使制

勑爾忠力武藝有稱于時出將一州亦能用治西南之屏總制戎兵比難其人以爾攝事夫以才得選而久於險遠之勞不先有賞以加焉何以勸夫能者躐遷位等茲寵異恩往祗官式無廢吾事可

內殿承制閤門祗候宋良禮賓副使制

勑某爾與制一軍有民有社論功考最當得序遷惟爾以才嘗更選擇往欽新命其愈懋哉可

內殿承制閤門祗候王嵩禮賓副使制

勑某爾以才智勳效自照于時董督徼循實從邊要序勞當進以介諸司朕命維休往其欽服可

西京左藏庫副使李景賢文思副使制

勑某戎馬之寄常難其選爾以才諝久於任使一州之政比有可稱超進位等往膺寵渥欽思報稱無或不忝可

西京左藏庫副使壽之遂文思副使制

勑某爾徼循臺方為日久矣兩文書且下而使者乞留超進厥官以其一言厥往惟勵勉膺此寵榮可

西京左藏庫副使石用休文思副使制

勑某爾以才選比更任使有司會課言得進官往服訓辭無廢乃事可

西染院副使兼閤門通事舍人夏偉內園副使依舊閤門通事舍人制

敕某官賛受事之職吾以武吏爲之而甚難其選爾能祗飭以稱厥官會課有司序遷儀等往祗休寵可

內殿承制譚濟供備庫副使制

敕某朕永惟陵寢之嚴而無選使以護之爾往任事靖共厥職有勞可録其以序遷祗服寵章勉求稱位可

內殿承制楊立禮供備庫副使制

敕某監一路之軍而按治焉其人又與一州之政非才能行治有紀于時孰可以稱此哉爾久于官使能勤厥事故遷爾位以介諸司而使往焉其慎以防患而敏於趨功以稱推擇之意可

樞密院副承旨聶繼遷供備庫副使制

敕爾典掌機要服勞歲久以洪自上求爲外官遷介諸司往膺器使可

内殿承制朱漸供備庫副使制

敕某職禄序官邦有常法爾勤厥服會課當遷維爾畀名職思其稱乃其無罰可不勉哉可

承制王欽奎惟正並供備庫副使制

敕某等嘉哉未老而經營四方詩人之所謂賢勞也可無報稱哉以爾欽戍于南方之窮而任監護之官以爾惟正屯于西路之要而衆追胥之事其役遠其責重而能祗慎所職以有累日之勞其各遷位介于内朝之使以爲報稱夫有功而見知則説矣此人之

情也以所願乎上施乎下則士孰不樂爲爾用哉其亦勉之而已可

崇班胡珙等改官制

敕某等功懋懋賞先王之所以厲天下而成衆治也今吾使某監兵馬于外而使某與治於一路之中皆積月以趋功某各轉官一等以稱吾懋賞之意可

軍頭等換諸司使副承制崇班制

敕某等衰暮忠勞被以祿秩 先帝有成法朕不改遠爾等序列禁中宿衛之最外遷廄位以慰爾勤進服寵榮往圖勳庸可

殿侍當直殿承制制

敕某朕布大號於天下文武在位皆升一等序當

歷□之文書得以時遷爾服采禁中積功者賞膺此休

能往惟勉哉可

靳宗丞内殿承制制

勅某承制之官本朝所置非積善累勤之武吏則不

得在此位焉爾服采有庸校年當進其往祗踐以稱

寵榮可

閤門祗候侯詢內殿崇班依前職制

勅某爾名臣之子仕事邊陲積歲有勞序官一等往

其滋慎思世嚴之家可

楊元内殿崇班制

勅某爾爲廷臣之子奔走歷職有勞可録序進殿官惟謹

虞勤所以報稱往踐祿次可無勉哉可

張建中內殿崇班制

勑某爾總戎馬地濵不毛爲之三年能固吾圉遷袟一等往其懋哉可

慶州肅遠寨蕃官都巡檢崇儀使慕恩比
作坊使制

勑某爾武力智謀有稱種落徼循扞禦勲效焯然其府條陳允於衆論超遷使號往愈懋哉可

陳若太子中允致仕制

勑士之疲癃老耄以至失職而不能自止者蓋有之矣爾年尚強而疾不至乎癃老剌擧之官未嘗以爾爲言而能自列致其職事可謂明行已有恥而無負於周任之言寵爾以東宮之官其勉終行義歸教鄉閭

之子弟以所聞而求自比於古之仕焉而已者合可

孫彥太子中允致仕制

勑某大夫七十而致仕其禮見於經而於今爲成法爾以經術起家爲吏既聞夫古之禮又見夫今之法矣年至而求止可謂行其所知宜列序於朝廷使歸榮其邑里夫惟爾之筋力不足以有爲也故可無譏事之責焉若夫德義則爾尚可以勉之吾亦不以爾老而無責也可

樞密副使吳奎父太常丞致仕制

勑某德善之賚子孫與焉況於其親宜有崇襃具官某克生賢子教以義方協于論謀掌國機密進還最位以佐共工往服寵章就寧燕養可

江陰軍録事參軍李壽炎文俊守祕書省

校書郎致仕制

敕嘉先王之政未有遺年者也故朕因宗祀之慶而有霈命之施焉爾躬率義方又能教子享其禄養以至耄期膺此寵榮往綏壽善可

工部侍郎充集賢院學士崔嶧刑部侍郎

致仕制

敕仕焉而告老者自一命以上必有以慰其歸況吾邇臣恩紀所厚宜增位序以示褒優以爾具官比以明揚久於煩使入參侍從出備藩維踐更滋多寄屬惟允引年辭位得禮之宜進貳秋卿以營居息古之老者非苟自佚其身惟慎行祇法以助成王德爾所

知也往其懋哉可

前著作佐郎周濤太常太祝梁御名光禄寺丞致仕制

勑某爾嘗辭禄而在位以爾爲特賓諸京宫使長一邑果能有績以見推稱將晦爾勞處以寔告夫學士大夫之去位豈苟自佚而無爲古之仕焉而已者爾蓋聞其風矣丞于卿位維是懋哉可

殿中丞致仕郝中和國子博士致仕制

勑某爾議屢數更得列朝廷不隳厥官以至告老宜有褒進用爲歸榮序于成均往服無斁可

前荆門軍當陽縣令商瑗太子中舍致仕制

勑某爾從仕久矣而不失廉稱方践老境乃能知止東宫之秩歸服歟榮可

處州録事參軍趙允言太子中舍致仕制

勑某爾以學入官老而能止践更多矣不失廉稱者蓋東宫以爲爾寵可

鼎州録事參軍張御名太子中舍致仕制

勑某爾方仕于州縣而寵爾以東宫之官宥列于庭亦云顯矣用嘉知止歸矣勉哉可

前江寧府觀察推官試大理評事董安太子中舍致仕制

勑某學古入官稱與君者衆方圖乃績遽欲歸休進秩東宫以嘉知止可

舒州録事參軍龍輿大子中舍致仕制

勑某爾仕焉欲致其官故吾寵以東宫之秋歸安田里是亦顯其慎厥修以終燕譽可

復州録事參軍鄭旦大子中舍致仕制

勑某爾居官無疵而以病告知止不殆是維可嘉東宫之官其往祗服可

前南儀州推官試大理評事馬丞致仕制

勑某京官吾所重也選於吏部者非有也異之績與治行爲衆所稱則莫能得之爾旅力既愆而能自止承于衛尉其往欽哉可

前知連州連山縣袁仲友大子洗馬致仕

制

勑某爾以經術中科乆於銓集老而能已義有可嘉列職東宫以榮歸息惟慎所止克完厥終可

縣令東野璀大子中舍致仕制

勑某仕者七十而致事禮也爾年未至而願歸田里比夫旅力已愆而不知止者豈不賢哉進位于朝錫從居息可

主簿王正臣守秘

勑某爾仕焉而欲去其位故吾寵以宫署之官夫還州之官而就里居之佚無賦徭之役而重祿之加惟慎厥終乃其不愧可

主簿孫檢秘書省秘書　致仕制

勑某爾以賢爲吏請老于朝列職秘書以爲爾寵歸安田里恬惟愼厥終可

主簿李琳國子監丞致仕制

勑某仕者七十而告老古之道也爾能率禮其用褒嘉往即新恩勿忘初服可

縣令郭震太子中允致仕制

勑某爾進士起家而久於州縣之職春秋未甘自請罷休列職東宫以榮歸息知止不殆愈其懋哉可

李日新左清道率府副率致仕制

勑某爾嘗授命於戎行而爾得列於仕籍老而知止東宫率府副率歸休之榮往服無斁可

李符禁王餘慶率府副率致仕制

敕某爾能知止義有可嘉以東宮率府之官爲爾居閑之官是亦榮矣往其勉哉可

右侍禁段獻右清道率府副率西頭供奉官劉文俊右清道率府率並致仕制

敕某爾久於官使請老于朝宜有進遷以爲光寵歸安爾止惟慎厥終可

文思副使陳惟信左驍衛將軍致仕制

敕某旅力已愆而不能自止者有矣爾能言老於義無愆遷將衛兵往綏榮祿可

内殿崇班致政李周道並左監門衛將軍致仕制

敕某爾器服勞以奉職事無過能自知止義有可嘉登

進歐官以翊門衛歸安寧祿尚克勉哉可

西京左藏庫副使馬維垂文思副使前行漢陽軍錄事參軍兼司法事施章可太子中舍致仕制

敕某仕焉而已者若其行治能以寧自白終宜有褒嘉以慰其意爾嘗豐禮得仕州縣老而知止可謂有終遷秩于朝往欽無斁可

東頭供奉官趙佃一十一人[illegible]道奉府表致仕制

敕某若聽有言曰知止不殆而眾勤于官久矣而能以疾辭位無負於義者之言吾[illegible]吾今乎於是[illegible]之官以嘉爾之有勞而知止往[illegible]可

主簿吳渙等守太子洗馬致仕制

勑某等爾等晚而出仕皆以廉稱其老矣吾亦是能知止其各還遂休以爲歸榮可

李昌言許州司馬致仕制

勑某掌書以贊計官之治久矣致其職事宜有優焉司馬于州往欽無斁可

皇太后三代制九道

曾祖

勑位尊者享大德盛者流遠追崇之禮於國有初皇太后曾祖某體仁以爲義不躬榮祿慶垂裔後允大顯融乃生碩女坤寧天下命書崇號申賁諸幽尚其靈明嘉此休寵可

曾祖母

勑朕雖煢煢然在疚而不敢忘顧復之恩肆有命書以
上稱追遠顯親之志　皇太后曾祖母秉惠安婉來
宜大家垂休後昆作合　先帝追崇爵號其尚知榮
可

祖

勑惠術尚均而自親貴始古今一體也其可以忘哉
皇太后祖某顯德大功簡于帝室配食宗廟始終哀
榮慶流于孫母育四海追褒有典庶或知歆可

祖母

勑邦有太姒夫人待於下流豈不戚之尊所當褒而
可以忘哉　皇太后祖母高氏承慶淑人來嬪巨室

蓄德之厚垂休無窮協兆洊山世濟以大追錫爵命
寔其能賢言嘉哉可

祖母

勑佐佑 先帝顧復朕躬追諗寒泉之請永懷欲報
之義當有爵命以上副顯親之心 皇太后祖母劉
氏柔良覩事被服華門寵禄光大集于後昆啓佑積
以底賢文母追褒大國其尚知榮可

祖母

先帝褒厚母黨致仁盡孝朕雖在疚而奉承故事不
敢稍忘 皇太后祖母劉氏内順外嚴□蠶無不淑德
祚流衍遠而彌興追命之章尚慰窀窆可

祖母

勑朕以菲德奉承大統永惟　先帝故事不敢有忘　皇太后祖母高氏溫柔靜淑有婦之道輔協君子卓爲臣宗垂延後昆福祿滋大膺此休命尚知榮歆可

父

先帝奄忽弃捐萬邦不及推恩以勞幽顯予末小子敢忘遺訓　皇太后父某積德秉義聞于當世發祥流祉蕃及後人篤生聖女母育天下褒封有數尚感于幽可

母

勑朕眇然之躬當奉匕鬯以承宗廟大賚及於幽顯矣永惟母黨之重豈可以後而忘哉　皇太后母志順德嚴克配君子光大之福集于聖女有翼佐之功茂

先帝而施及在後之假命言追崇尚慰營魄可

皇后三代敕十道

曾祖瓊宋皇任忠武軍節度使贈侍中累贈尚書令兼中書令追封韓國公贈太師

勑后奉六宮以教天下之婦順其位尊如此則所以褒崇其祖考禮不可以無稱也 皇后曾祖某忠孝武力為國虎臣慶集後昆比陞任以追加位號以賁厥魂尚其有知膺此休寵可

曾祖母潛原縣太君追封滕國太夫人

勑朕初即位裒厚異姓率由 先帝故事不敢有忘 皇后曾祖母李氏柔惠靜嘉能循法度來嬪巨室休

有赫譽慶流厥孫正位宮壼尊封名國其尚知榮可
曾祖母隴西郡夫人李氏追封許國太
夫人
敕朕奉循先帝故事以勞天下阻深疏遠皆有以
加之矣又況於外戚之貴哉皇后曾祖母李氏實
予高門率德唯謹詒慶厥後是生碩人兆協厥祥登
儷尊極追褒有禮其尚知榮可
祖繼勲建雄軍節度使累贈太師中書
令可特贈兼尚書令
敕尚書錄天下之政而令一品也人臣位號於是爲
盛皇后祖某忠勞奕世能壯厥猷爲國長城有肩
休顯歲華之慶乃集後昆膺此追榮尚知嘉享可

[illegible] 祖母會稽縣君康氏追封祁國太夫人

勑朕承 先帝聖緒大賚及於幽顯疏遠以賤者加之恩貴而戚者其可忘哉 皇后祖母康氏馴行婉容協于舊德慶垂厥後聿育萬方追命有邦尚榮寵靈可

祖母太原郡太夫人郭氏追封鄆國太夫人

勑夫治內政修陰教以助朕調一天下者所以嘉崇其世可不厚哉 皇后祖母郭氏率德秉義協于君子關雎之詠傳祉厥孫申錫贊書啓封名國尚其寵嘉此追榮可

祖母會稽縣太君王氏追封越國太夫

人

勑傳稱德厚者其流澤廣故今追命之數視其子孫位號之卑尊矧夫後世登儷尊極則致隆其封爵豈不宜哉　皇后祖母王氏來嬪太家率循德禮有開後嗣協慶塗娀申錫名邦尚榮幽穸可

父遵甫皇任北作坊使特贈檢校大傅

保信軍節度使

勑春秋書季姜之歸而傳有褒紀之義崇寵異姓其所從來久矣　皇后父某承世之慶列官于朝雖德義有稱而不終榮禄祚流後世正位內宮追命有加以慰窀穸可

母鉅鹿郡君曹氏特追封沂國大夫人

勑國有大賚凡在廷之士皆得追褒其父母而況於異姓之貴哉　皇后母曹氏胄于名王歸得吉士率禮蹈義有稱閨門迎渭之祥實開厥後膺此恩典尚知歆榮可

母樂壽縣君李氏進封爲國夫人

勑人主之所以風天下者豈非外戚之助哉故夫封爵褒厚之禮其所從來久矣未嘗有改也　皇后母李氏躬以德義嬪于令人能大厥家比隆任姒錫之象服胙以名邦往即寵榮勉綏壽善可

臨川先生文集卷第五十三

臨川先生文集卷第五十四

外制

宰相富弼三代制六道

參知政事歐陽脩三代制六道

樞密使張昪封贈三代制八道

樞密副使胡宿封贈三代制六道

樞密副使吴奎封贈制二道

皇故第十三女追封楚國公主制

故充媛董氏贈婉儀制

吴奎亡妻趙氏胡宿亡妻吴氏追封信都蘭陵郡夫人制二道

故董淑妃養女御侍張氏安福縣君李氏仁

和縣君依舊御侍制二道

美宣蔣氏張氏並司言制

淑妃董氏遺表父右侍禁安內殿崇班制

德妃沈氏姪孫獻卿試大理評事制

苗賢妃親姊苗氏男張士端試將作監主簿
制

令襄故母錢氏可追封仁和縣君制

從信故所生母許氏追封平原縣太君制

蘇唐卿母孫氏萬年縣君制

祁元振亡母丁氏追封昭德縣太君制

歐陽脩女樂壽縣君文彥博女安福縣君制
二道

宗室觀孫女永寧縣君制

龐籍遺表長女安康郡君第五女德安縣君

第七女壽安縣君制三道

允弼長女嘉興郡君制

宗說第十八女永壽縣君制

克洵第二女等並特封縣君制

世永第三女金城縣君制

仲勸新婦陳氏封邑制

皇兄承簡追封安定郡王皇弟承俊追封樂

平郡公皇姪孫世芬追封廣平侯制三

道

李詵父贈司空兼侍中制

王凱贈節度使制

馬從先父晨贈尚書工部侍讀句龜父希仲贈工部尚書制二道

何若谷亡兄若沖追贈試大理評事制

盧昭序贈正字制

宋士堯等贈官制

李祖言弼三代制六道

曾祖

勑大臣有慶於國則爵命上施其考祖所以宣貴寵積褒勸也具官某曾祖某躬執義善發身揚名詒于曾孫集有福祿登踐樞極自高為臣宗申令有加尚榮幽穸可

曾祖母

勑宗工之選所以寵雋良大國之封所以褒賢淑具官某曾祖母某氏順足以有相嚴足以有齊來嬪名家詒謀厥後爲國元老儀刑萬方開此貺今晉疏光大矣徒之北國其惠知榮可

祖

勑列爵五等其尊於公必有盛德之士然後可以膺此號具官某之祖某[illegible][illegible]建議[illegible][illegible][illegible]祚流聞孫爲世頌贖追褒之禮既[illegible][illegible]崇序爵啓封尚其嘉享可

祖母

勑天子之宰朕所恃以綱紀四方者也爵命加其祖妣豈不宜哉具官某之祖母某氏含蓄德在躬以成家室

發祥于後以遺子孫申錫育邦蓋惟舊與魏大國也
以是追封豈特爲寵旁之榮亦所以佑其後世可

父

勑士以有子爲榮子以顯親爲孝宗公元老世特以
臣嘗育追崇之恩稱其致孝之意具官某父某惠和
敦大明允忠篤位不侔德乃生碩人寅亮先帝寵
綏四海方興萬事佐佑朕躬申命有章褒贈愈顯可

亡母

勑朕初莫不服登用舊臣嘉其厚其禮遂于循故事具官某
母某氏顯相吉士篤生碩人壽善康寧考終福祿追
衆新寵申命大邦尚其淑靈膺此休寵可

參知政事歐陽脩贈三代制六道

曾祖榔贈太子少保可贈太子太保

勑君子養善之義下及子孫況推崇上之至莫祖若所以褒美崇寵豈顧可以不稱義故先王宗廟之制視其爵位之高下以爲世數之遠近而本朝追命之禮亦從其子孫名數之多寡是以官其曾祖其嘗于丘園躬有善行畜積之慶鍾于曾孫爲時宗工名重天下圖任以登于右府應參言加當及其前人東宮之孤位已顯矣進秩一品尚其有知哉可

曾祖母追封延安郡太夫人劉氏可追封榮國太夫人

勑尊尊之欲其貴親親之欲其富豈特人主有是心哉推是心以施於人此人主所以與天下同憂樂之意也

禄有厚薄故禮有隆殺位有高下故逮有遠近古之道也其可忘哉具官某曾祖母某氏含德在躬作嬪令族積善之慶覃其後昆惟時聞孫實繼文爾登進政事人無間言其疏大邦之封以報流澤之施寵靈之極尚克享哉可

祖贈某官

勑朕惟有天下者待推其祖考上配于天孝子慈孫所以極其尊崇之意推是心以及大夫在位則其寵禄之厚者豈一不欲以及其所謂賢者哉此朕所以褒寵大臣之先以尊爵貴官而有至于三世者也具官某祖某積德累善施于後嗣爲子輔弼始大厥家□官之誠號以示渙增榮一品尚書享哉可

祖母

勑朕疏郡縣以君諸臣之母欲以慰慈孫孝子之心至於政事之臣則封國及其王母所以望其功者厚矣則慰其心者顧可以薄哉具官某祖母某氏嬪于名家克配君子積善之福覃于後人左右朕躬贊理政事嘉而有後錫以大邦維靈有知尚克膺此可

勑大臣得爵命其先人至乎公師非古也然禮者人情而已矣當於人情而義足以勸士則何必古之有哉具官某父某蓄其德著不顯於世克生賢佐爲朕股肱東宮一品人臣高位追以命汝用嘉有子尚其享此以稱宗祀之盛哉可

母

者子為諸侯大夫而父為士則其祭以諸侯大夫之禮

謂得享其禮而位號不稱則不足以盡孝子之心故今有例於朝廷皆得追崇其考妣又況於為吾左右輔弼之臣哉具官某母某氏婦順母嚴稱於天下能教其子為時名臣協于詢謀進斷國論不及而饋享有加啓封大邦於禮為稱尚其

此榮可

樞密使張昪封贈三代制八道

曾祖某贈某官

士大夫則之推於後矣則其崇報亦當有此于所以陞寵

大臣所以追命之禮有至於三世也具官某曾祖某以武力克選以忠勞備使積善之施覃及後□為時老成宰制容命帝傅之位厥惟尊榮令予爾嘉擧以追錫尚其幽冥知享此哉可

曾祖母贈某國太夫人

勑祖考之富且貴則其澤流於子孫而諸婦與榮子孫有爵祿之寵則其尊歸於祖考而饋祀之盛亦及乎其母古之道也後世因焉令朕尊禮大臣而爵命上施其三世於經未嘗有也而豈害於先王制禮之意哉具官某曾祖母某氏嬪于令人躬有馴德積善之施久而愈彰至于曾孫克協朕心為世元老執邦之樞福祿之來實維爾慶啟封大國以寵淑靈尚其

有知享此休命可

祖

敕為吾政事之臣所以崇寵之者備矣於其尊大前人之志亦宜有以稱焉具官某祖某積行在躬潛而不耀畜其善慶以賴後昆厥有聞孫為朕良弼典司機要海內所瞻追命之榮至于帝傅進登師位以極褒嘉尚其冥靈膺此休顯可

祖母

敕義莫大於尊祖仁莫高於顯親令吾追命大臣之考妣以及其祖者豈有它哉是以稱其尊祖顯親之心而已其德博者其施遠其位盛者其報豐具官某祖母某氏徽柔靜恭克相宗事佑啓後世為時元臣

執國之樞以佐吾治世施可謂遠矣其報可以薄哉畋錫大邦以爲爾寵其于窀穸尚克知榮可

父惠贈太師可贈中書令餘如故

敕朕有高爵厚祿以禮天下之士而與之共政又念其流澤之所自而追命以尊官豈特崇寵大臣亦所以勉人親之教子具官某父某潛德懿行榮于國積仁之慶實在其子終然有成德爲吾宗工爰更二府執國機要追襃之命登于爾太師其還令于中書以侈襃崇之數尚其窀穸享此休榮可

嫡母追封德國太夫人劉氏可追封許國太夫人

敕先王制禮及後世而彌文實所以順理而卽人情

古今一也夫福禄之盛流澤尚及乎子孫則名數之
崇追命嘗加其考妣具官某嫡母某氏柔良之行温
恵之德輔相君子克成厥家以有賢息奮于機密及
親之寵厥有舊章爾位既崇極矣其奉新命寵
以大邦貴于無窮尚克嘉享可

所生母追封慶國太夫人王氏可追封
蜀國太夫人

勑傳稱春秋之義毋以子貴説者或非焉而人子之
愛其親豈有窮哉已則富貴而親不與焉國人傷之
甚可哀者也嘗有追崇之禮稱其思慕之心具官某
所生母某氏温柔恵和得嬪君子克生賢佐爲朕實
臣允于庶言東國所禋要追榮之典既啓爾邦其改新

封以鴻後慶尚其冥漠享此恩榮可

亡妻吕氏可追封京兆郡夫人彭城縣

君劉氏可追封彭城郡夫人

勑臣之德善勲勞稱其位而有施於國君之爵祿慶

賞疇其功而有報於家股肱之良參決政事施於國

者其責厚矣報於家者亦宜稱焉以爾具官某妻某

氏温柔靜嘉嘗配君子遭會不淑不終顯榮言于

朝爲爾請命考諸恩典厥有故常乃疏大郡之封錫

以小君之號所以出賁窀穸而副吾大臣追往眷舊

之心尚其有知享此休寵可

樞密副使諸官封贈三代制六道

曾祖

先帝襃厚重臣德施及乎窀穸朕奉承遺訓不敢以哀侗之故廢具官某曾祖某蓄德深博久而彌顯焯有偉人出其後世佐佑 先帝以暨朕肅追命于幽尚其歆寵可

曾祖母

勑大臣有賞於國則寵命上施乎三世 先帝所以襃功德也朕敢忘哉具官某曾祖母某氏貴嚴起專柔嫕安婉集有祉福施于孫曾爲時宗工德望依顧膺此追命尚其知榮可

祖

勑詩曰不愆不忘率由舊章朕遵 先帝之法以勞賜大臣及其父母不敢以哀侗之故廢具官某祖某

躬率令德以成厥家有孫而賢熟國機要膺此休顯
尚能嘉歆可

祖母

勑朕初即位遵 先帝故事大賚于四海而大臣之
祖從與焉具官某祖母某氏以嫺婦令姿以嚴爲賢
母儀有識教以詔厥孫爲時宗臣出穆淑大追錫休
命尚其知榮可

父

先帝亡弃萬國朕初即位凡在廷者皆進爵命顯其親
所以稱 先帝顧褒群臣之意具官某父某昔慎德
義以成福禄施及爾後爲時宗工追錫之榮公既光大
宗廷嘉有數其尚知歆可

母

先帝有大賚于臣之父母朕初嗣位不敢有廢
世具官某母某氏以順爲婦而能正以嚴爲母而能
慈肆有褒錄寵其後世徙封大國以顯厥媿可

樞密副使吳奎封贈制二道

父

敕朕初即位申爵命以寵諸臣之父母蓋惟先帝
故事不敢愆忘具官某父某德善之修有聞于世義
方之教能大厥家序位朝廷既隆顯矣褒異追遠有典其
往參哉可

母

敕承惟政事之臣天下國家所恃以安且治者也所

以褒厚及其父母豈可忘哉具官某母某氏屬德淑
行來嬪自室母有賢子爲時宗工延命于朝旣疏名
郡從封之寵其往欽承可

皇故第十三女追封楚國公主制

勑先王制禮有卑尊疏戚之宜惟至親得以致悼痛
之恩非至貴得以極褒崇之意皇故第十三女方孳
孫尚其有歲位號未正奄與物化豈王姬之車服
下后一等而不覩其夫情文之隆於是爲葬則畢矣
卹於其可稱之追命啓封胙之全楚以終天性之愛且
慰幽冥之靈焉可

故充媛董氏贈婉儀制

勑朕爲思賢妃而關雎樂得淑女永懷邦美內助宮

閫儀飾嚴終嘗加位號故充媛董氏有德讓之美無險詖之私進登嬪婦之官率循保阿之訓奄忽至於大故兹用惻于哀心恩典寵章以賁幽穸尚其弗泯膺宜追榮可

樞密副使吳奎亡妻趙氏追封信都郡夫人制

勑追遠念舊而不忘者行之厚而大臣有求於朕豈可以忘哉具官某亡妻某氏柔嘉在躬作配君子不克偕老兹惟永懷能辭生者之恩以丐追封之寵胙以名郡尚其知榮可

樞密副使胡宿亡妻崇仁縣君吳氏追封蘭陵郡夫人制

勑婦人能相其君子終以休顯而不與享其福禄豈非人情之所愍惻哉具官某妻某氏躬淳德善嬪于大家續夫之榮肇啓爵邑方吾爲民弼登執事褒是爾淑人旣營封壤賜之名郡追賁諸幽尚其雖沒而有知亦以慰夫生者可

故董淑妃養女御侍張氏安福縣君依舊

御侍制

勑某氏爾爲妃所鞠而序于女御之數啓邑賜號以賁逮下之恩往服命書勉循陰教可

故董淑妃養女御侍李氏仁和縣君依舊

御侍制

勑某氏爾以淑柔備數女御賜封大邑用示優嘉往

服寵榮愈其淑慎可

襄宣蔣氏張氏並司言制

勑某後宮之職各有等差必求淑女以贊內治爾惠和安婉服采維勤遷序厥官往欽侍命可

淑妃董氏遺表父右侍禁安內殿崇班制

勑某卿大夫之終于位者朕所以顧恤其家未嘗不備也永惟良淑有助宮闈序位既崇則推恩宜厚閔其亭遺表爲爾求遷超進厥官往承自稱可

德妃沈氏姪孫獻卿可試大理評事制

勑朕於后妃之家不欲以恩撓法法之所當者義亦無所愛焉爾方眇然未見有知而以外戚之恩得試與寺之屬時乃邦制不爲爾私勉哉靖共以待官使

可

沂國公主趙氏奏苗賢妃親姊永安縣君

苗氏男張士端試將作監主簿制

勑某朕布大慶而士緣外内族親之故以得官者衆矣雖進非用德然能致其材以循祿位則亦足以自昭于時爾與此榮當知懋勉可

右監門衛大將軍令褒故母錢氏可追封

仁和縣君制

先帝以孝治天下故因宗祀大慶施及諸臣之父母具官某母錢氏躬率德善來宜宗室畢不終禁祿而有子克家追錫寵章豈能嘉享可

大將軍從信故所生母許氏追封平原縣

太君制

勑許氏朕於在廷之臣皆有以襃厚其親也況於近屬息禮所先者乎爾順善和恭甚宜家室克生宗子貴祚大邦當號爾封遂崇榮養進君一邑以慰孝心尚惟淑靈知享此寵可

大理寺丞蘇唐卿母孫氏萬年縣君制

勑孫氏朕既肆祀於明堂而錫命以襃諸臣之母尚惟高年及養而禮秩有所不加故推異恩以慰其意爾年耆矣而吾子列于王官其疏爵邑之榮以厚閨門之慶可

試監簿祁元振亡母丁氏追封昭德縣太君制

勑某毋丁氏爾嬪于名卿不預寵封之慶沒有良子乃家增秩之褒頤移恩榮追慰顧復俾疏大邑以燕孝思可

叅知政事歐陽修女樂壽縣君制

勑歐陽氏汝父為吾政事之臣而緣國大賚丐恩及汝賜之封邑亦有故常祗戒勿違以承茲寵可

同中書門下平章事文彥博女大理評事龐元直妻特封安福縣君制

勑文氏爾父為時元老而爾毋當得褒封辭其寵章為爾求邑爾承德義之慶而嬪宗公之家膺茲顯榮可謂稱矣可

同中書門下平章事宋庠親孫女特封永

寕縣君制

勑宋氏朕有大封之慶而爾毋與焉辭其寵章爲爾請邑爾惟名族率禮有常象服之宜是亦榮矣可

故贈司空兼侍中龐籍遺表長女南安縣君冀州支使陳琪妻安康郡君制

勑龐氏封爵吾所重也爾考嘗爲將相而其沒也以爾爲言加錫郡封葢非常典爾維令淑往復寵榮可

第五女大理評事趙彥若妻德安縣君制

勑龐氏爾考嘗輔佐　先帝而有勞於國今其不幸爲爾請封夫以女子受爵於朝而不繫其夫其亦榮矣往惟順淑以服寵榮可

第七女壽安縣君制

勑龐氏女子從人者也故封爵視其夫子而已矣爾父嘗勤勞於國而爲　先帝大臣今　其夔姐爲爾請邑考於恩典厥亦有初往服寵榮勉之無斁可

節度使允初長女殿直梁鑄妻特封嘉興郡君制

勑趙氏朕於宗室親踈有秘也今爾既成婦矣而宗正爲爾請封爾維懿恭循禮無失以君大郡可謂顯榮其往懋哉爾宜欽服可

宗說第十八女右班殿直楚奎妻永泰縣君制

勑趙氏朕初即位敷錫庶邦爾躬行柔嘉實維宗女賜封大邑往服厥榮可

右屯衛大將軍茂州刺史克洵第二女右班殿直宋玘妻等並特封縣君制

勑趙氏凡內女之嫁者爵邑不繫其夫所以廣親親也爾嬪于世族率禮有常錫命啓封是爲恩典思稱厥服愈其懋哉

右屯衛大將軍登州防禦使邢國公世永第三女左班殿直徐鎮妻特封金城縣君

制

先帝褒厚宗室女子之嫁者爵命有不繫其夫朕初即位不敢忘也具官某女某人妻趙氏夙承禮教率周祗德歸于世族婦順有備錫以縣封往膺休寵可

右監門衛大將軍仲勸新婦陳氏封邑制

先帝布大慶於天下朕初即位永惟嗣訓不敢有忘具官某妻陳氏順善和婉嬪于宗室賜命之邑亦均秬鬯率禮勿違以稱休顯可

皇兄故保康軍節度觀察留後令簡贈彰化軍節度使追封安定郡王制

敕樂其生而哀其死欲其富貴之無窮仁人於親戚莫不然而王者得盡其褒崇之意具官某於宗室爲近屬於朝廷爲大官有温恭恪慎之稱無驕慢逸欲之過不幸至於窀穸用震悼于朕心義兼親賢恩禮當稱今夫建牙樹纛節制一軍而封爵至於稱王人臣之極也朕其追命以賜焉尚其有知享此休顯可

皇弟故右屯衛大將軍霸州防禦使令倰

贈崇信軍節度觀察留後追封樂平郡公

制

勑詩曰死喪之威兄弟孔懷以天下之貴富而得盡其親親之禮則崇名尊爵豈宜有愛於此哉具官某剛德謹行穪于宗室奄終厥命實悼朕心寵之以留後之官襃之以郡公之號尚其幽冥克享茲榮可

皇姪孫世芬贈洺州防禦使追封廣平侯

制

勑置使以扞防爲職建邦以察侯爲名非親且賢何以堪此以爾具官某孝于近屬舊有令名未加襃崇遽至窀穸其追賜命以慰厥靈尚克有知享茲休顯可

供備庫副使李詵父皇任鎮潼軍節度觀
察留後贈感德軍節度使兼侍中崇勳贈
司空兼侍中制
勑某朕有釐事於上神而幽顯並蒙其福具官某父
某績承德義被服文爲出入踐更有榮爵祿能以才
業自昭于時壽善不兼慶流厥子追崇位號尚克知
歆可

武勝軍節度觀察留後王凱贈節度使制
勑將帥之臣出乘疆場而有執敵捍患之材入總營
屯而有折衝銷萌之用則序功錄德當從厚終以爾
具官某戰攻之多守衛之最有賞於國有稱於時而
能悉心夙夜祇慎厥職不幸至於大故朕用臨弔而

悼焉其追如一命使得建節樹纛稱其褒榮之禮設而有知也尚能享吾休顯之報哉可

太常少卿權判大僕寺馬從先父震贈左領軍衛大將軍特贈尚書工部侍郎制

勑朕獲執圭幣以承 上帝燕及 聖考者豈非士大夫之助哉肆有大賚以稱其念親之志其官某父某資兼文武而用不極其材能以義方自勗成厥子躋在卿位相茲休成追命有加尚知榮享可

屯田員外郎句讜父希仲已贈吏部侍郎贈金紫光祿大夫工部尚書制

勑士以功善有慶而欲移之親苟無害於義則其可哉不從乎具官某嘗以才名序于卿位慶集厥子堉

勞當遷願推恩典以賁幽窆膺此顯服尚知榮寵可

都官員外郎何若谷亡兄若沖追贈試大理評事制

勑其爾躬率善行而不克自昭于時有弟在廷法當增位固辭恩典冀得追榮聰錫一官尚其能享可

故崇儀使康州刺史内侍押班盧昭序贈正刺史制

勑其所居之地禁所事之職親恩禮所加亦宜異數爾以忠力備任宫闈歷年滋多率履惟謹今其亡矣追惻厥勤考於故常當得褒序遷正位號尚能知榮可

故内殿承制宋士堯等贈官制

物其等蠢茲蠻方犯我邊吏爾等以身死職朕用哀
祠夫見危授命士之美行旌善録功國之令典故吾
有以慜錫而慰爾等窀穸之靈沒而有知其尚能享
可

臨川先生文集卷第五十四

臨川先生文集卷第五十五

外制

彭彝特授秘書省校書郎制

鄭珪瀛州司户參軍制

劉元規通判軍司法顧立守廣陽軍司理李伯英永州録事參軍制三道

張宗臣亳州司法韓伯莊海州亭海縣尉魯主簿王祁青州益都縣主簿黃景先守常州宜興縣主簿李貢濰州北海縣主簿制五道

皇姪宗懿改郢州防禦使邢王孫宗望舒州防禦使餘如故制二道

呂溱吏部郎中蕭固司封員外郎陳昭素等

官員外郎制三道

陳襄臣孫夷甫屯田員外郎安燾倉部官員

外郎制三道

王起太常博士沈扶國子博士制二道

王拱己太常博士沈士龍祕書丞制二道

任慶之大理寺丞趙佺改大理寺丞制二道

劉起西京左藏庫副使郭慶基將作監主簿

制二道

張及孫俊舊官制

徐并奉禮郎周延年光祿寺丞制二道

李璋安州管內觀察使制

蕭注奉寧軍節度副使不簽書本州公事制

蕭注責授團練副使制

張師正落刺史依舊儀鸞使制

宋安道落巴州刺史制

宋安道責授衛州團練副使不簽書本州公事制

王用內殿承制劉舜臣禮賓副使制二道

崔懷忠內殿承制胡東之守祕校制二道

張處讜右贊善大夫餘如故制

彭士方容州別駕張銳守荊南府參軍制二道

周大亨密州司馬制

余靖蔡襄奏醫人王沂李端試四門助教制
二道

程戡胡宿范鎮主奏醫人房用和夏呂宣王巖
試四門助教制三道

歐陽脩趙槩奏醫人夏日華武世安試國子
四門助教制二道

馬懷德遺表奏試將作監主簿制

何郯奏謝愈試四門助教制

仇鼎充翰林醫官副使制

周元亨成都府溫江縣主簿龐旦荊州司户
參軍依前充職制二道

魏昭永恩州錄事[illegible]人[illegible]何生慶並

特授將仕郎制二道

秦上宗守蓬州蓬山縣簿衛進之青州司
户參軍張歸一李益開州開江縣主
簿制二道

王亨鄭州司馬莊謂青州壽光縣尉制二道

魏貫充中書守闕主事張世長守書錄事制

李懷職秦宗古遂州司户參軍制

周成務金吾衛長史制

呂昭序常州宜興縣尉袁舜卿濰州北海縣
尉邊士寧青州益都縣尉制三道

郭餘慶應州金城縣主簿張文仲蓬山縣主
簿依前充職制二道

曾公亮奏句當人趙化基制

青州奏張賁獨孤用和年一百一歲並本州

助教制

安化守下州北遐鎮蠻人一百一十人並錄

酒監武制

壽州稅戶李仲章李仲淵本州助教制

宿州市戶朱億弟傑本州助教制

空名助教并試監簿制

建州敦遣進士彭蠡特授將仕郎祕書省

校書郎制

勑某朕惟衆科不足以盡天下之士故因赦令而委諸路以特招爾以守節見稱而論議亦嘗試矣賜之

命使力行者有勸焉往其增修以稱茲舉可

新授齊州章丘縣尉鄭珪瀛州司戶參軍

制

勑某爾嘗爲大臣所稱當得遷序自求一祿往事上州其慎獻焉以膺器使可

御前刪五經及第劉元規通利軍司法參軍

制

勑某朕雖趣時爲法而其義亦考於經爾以經術決科而試於法吏勉思所誦尚有合哉可

勑賜同進士出身顧立守漢陽軍司理參軍制

勑某爾經明行潔特見推揚考最以言有足稱者試

諸獄掾其往懋哉可

高州茂名縣尉兼主簿李伯英永州錄事參軍兼司戶參軍制

勑某小人當平歲爲盜爾職當捕而能得之覈敘厥勤固有常法往就祿次勉圖後功可

御前尚書學究及第張宗臣亳州司法參軍制

勑某爾少而知學能以決科名成人遂從官政往共厥事可不勉哉可

御前三禮及第韓伯莊海州東海縣尉兼主簿制

勑某爾幼而知學能以決科名也人往其從政有

猷有守惟慎厥初可

勑賜同進士出身王祁試秘校守青州益都縣主簿制

勑某察行於鄉里考言於朝廷而試之以事此自古所以能得士也今汝言行未見稱引姑使佐于大縣以觀從政之材無曰長吏莫我知以有爲矣可

太廟齋郎董景先守常州宜興縣主簿制

勑某爾考以使事沒身於瘴癘故爾得序於有司往踐一官其思所以保禄位而無失前人義方之訓可

李賁濰州北海縣主簿制

勑某爾父以身死制而無爾以一命之榮今又以爾毋有言而使得佐于大邑能以忠順保其禄位而守

其祭祀者士之孝也往其祗服可不勉哉可

皇姪信州團練使宗懿改鄂州防禦使制

勑原罪奮振滯淹朝廷之慶施及乎遠者矣又況於宗室之近哉具官某於服屬為親於爵列為貴若行不能無僭以自困於煩言肆祀之恩其人更始滌其前咎寵以故官往思自修保此榮祿可

郡王孫右武衛大將軍道州團練使宗望

舒州防禦使餘如故制

勑朝廷爵賞與士共之親愛之欲其富貴亦先王之道也具官某序于近屬服在顯官嘗坐小何自今及次能循前咎歷年滋多往以序遷勉纘寵祿可

來復除盈之人兵部員外郎知池州呂嘉問

部郎中制

勑某朕初即位原各㫖推廢淹爾爲 先帝近臣以才敏諒直稱天下嘗坐吏議久於左遷稍復故官往其祗訓可

追官人前司封員外郎蕭固司封員外郎

制

勑某宗祀之慶歹覃四海況於嘗任事之臣哉爾備使南方實以才選控于吏議用失厥官錫命示恩往其祗服可

追官人前都官員外郎陳昭素都官員外

郎制

勑某爾嘗更任使而以才稱於世陷于吏議失職久

矣再更赦令稍復故官夫士有智能固不可以一眚
而終廢惟慎厥後以須選求可

陳憲臣屯田員外郎制

勑某爾嘗坐法用失厥官宗祀之成推恩博矣復爾
禄次往其欽哉可

孫夷甫屯田員外郎制

勑某爾嘗坐譴何再更赦宥能自飭勵以補厥愆序
進一官往其祗服可

安保衡都官員外郎制

先帝有事明堂而大賚于四海爾嘗在郎選固於一
眚曆此慶施序遷厥官往其慎哉以服休命可

朱復舊官人殿中丞王趨太常博士制

臨川先生文集

勑某爾往文吏之議以亡大職久矣朕方推褒賜以勞天下蹤跡絕賤並膺廢罷矧爾智謀績用為世所稱而特困於一青之細哉其還追故官以勸能者可

追官勒停人國子博士沈扶國子博士制

勑某士之可用者朕不以一青而忘之也又況於以才任使而特以薦士為累哉爾行義智能有聞于家久於使事績效可稱任非其人以坐廢斥宗祈之慶覃及萬方甄序廢官往惟祇服可

追官人前太常博士王拱巳太常博士制

勑某爾以舉非其人而久坐斥廢宗祈之慶賚及萬方復爾故官往其祇服可

追官人著作佐郎沈士龍祕書丞制

勑某嘗棄其官守而坐廢于家今宗祀之恩使之免者多復用矣況如爾之得罪特以有志於善乎其就故官以須器使可

未復舊官人檢校水部員外郎懷州團練副使任慶之大理寺丞制

勑某爾嘗譴訶比更赦宥序進廢位往其欽哉可

未復舊官人光禄寺丞趙瑾改大理寺丞制

勑某爾造行不謹陷于法理比更赦宥復序故官慎惟厥終無重前悔可

特勒停人前西京左藏庫副使劉起西京左藏庫副使制

勑某宗祈之慶覃及萬方爾嘗以才選典領煩事不知淑慎以祗厥愆恩復故官往其祗訓可

特勅停人試將作監主簿郭慶基將作監主簿制

勑某宗社之恩外覃四海爾嘗坐法用廢于家復即故官其知慎矣可

特勅停人前守將作監主簿張及孫復舊官制

勑某爾嘗坐斥免既更赦令其班新命使就故官惟慎以遠罪而敏於赴功則足以禳前負矣可

追官人徐昇太常寺奉禮郎制

勑某朕初即位布大號於天下爾比以罪負久於廢

斥既更赦宥當序一官夫士之嘗有譴尤而後以才
復爲世用者衆矣往其淑慎以待異恩可
特勅侍人光禄寺丞周延年光禄寺丞制
勅具爾坐廢于家爲日久矣宗祈之慶復就故官往
慎厥脩以須器使可
建州管内觀察使李璘安州管内觀察使
制
勅鑾輿既成慶流宇内爾于厥志當有異恩具官某
以元舅之家儕于嫁之選飭身勵行休顯有稱嘗坐
譴[illegible][illegible]貶落辟付之舊節使得造朝往服寵榮愈其
慎忘可
檢校水部員外郎充秦州團練副使不簽

書本州公事蕭注依前權校水部員外郎
充奉寧軍節度副使不簽書本州公事勅
勑某朕初即位肆大眚以勞天下而嘗爲邊將以罪
失職稍遷位號徙置大邦夫士之有能固不以乘釁
而終廢往其修省以脤異恩可

蕭注責授團練副使制

勑某爾以州縣尺寸之功未臨數具而官顯祿厚遂
專一州之寄嘗思勠力以稱所待遇乃公爲姦行不
忌邊禁以至擅發丁壯乎金釁事侵騷邊人廢業失
職無錙苐之檢有盜攘之嫌朕惟遠方羈縻之蠻不
欲重爲煩擾故寧失爾罪惡而不卒究寘副于團練
之軍實詒安閑之地其思自訟以服寬宥之恩焉可

儀鸞使莫州刺史張紅並落刺史依舊儀鸞使制

勅某人道貴謙而以巽爲剛者貳人之正也朕以爾特驕爲能冶邊故超進使號又擇令名之州使爾執馬而共其舊服當知竭力兼獮所塋冢而乃敢望爭畀於慢上自干邦法以致人言諸並既前恩尚附輕典往其修省思補厥愆可

皇城使巴州刺史宋安並追落巴州刺史制

勅某等班祿所以勸能制罰所以懲慝享爾等執技備官久矣一有所試而其效皆無可言竊位素餐之罪法不可以無懲也爾從降黜亦有並刑往其深省厥愆以稱食功之意可

皇城使宋安道責授檢校水部員外郎充
衡州團練副使不簽書本州公事制
勑某爾等以醫入侍　先帝疾殆至一於弗瘳而昔莫
能知居其官而不能與食焉而怠於事皆法刑之所
當施深惟　先帝之仁故不忍加誅而竄爾等于外
覆省厥罪往其戒哉可
追官人文思副使王用和等制
勑某爾嘗犯禮以失厥官宗祀既以交修宥罪亭于
廷內某往慎哉可
未復舊官人劉舜臣禮賓副使制
勑某爾嘗爲州坐法以免既更新令未即故官寵以
命書介于諸使惟慎厥後以稱恩榮可

追官人前供備庫副使崔德忠内殿承制

制

敕某朕閔士大夫或以一眚之故弃而不録甚者因

緘令使得復序厥官爾久以才能外更任使雖嘗屢

免有足哀矜列職内朝往其祇服可

特勤傳人守祕校胡棗之守祕校制

敕某爾嘗坐小何既更大慶往就禄決以須器使朕

於用士固不以一眚而廢材惟敏厥修以永終譽可

堂後官大理寺丞張慶讓題右贊善大夫餘

如故制

敕某爾職爲宰屬名在理官祇　班至于三歲進

官一等有籍於朝往其懋哉是亦榮矣可

石班殿直彭士方容州別駕制

勑某爾爲小吏自致廷臣能稱厥修至于告老列職州佐以爲歸榮可

攝荆南文學張銳守荆南府參軍制

勑某等異時設科以待武力智謀之士而爾等實應令焉嘗攝一官既更新令稍即序録其往勉旃可

單州文學周大亨密州司馬制

勑某爾不勉厥修以取罪廢既更赦令復齒官聯善補悔尤尚有終譽可

廣南東路經略安撫使及余靖奏高郵軍醫

博王沂試國子四門助教不理選限制

勑某爾以方伎有聲淮南今方維按撫之臣以爾自

隨而請加一命爾宜知夫名之不欲以假人也而能慎行以稱焉可

蔡襄奏醫人李端試國子四門助教不理選限制

勑某爾從事於醫久矣而吾左右親信之臣稱爾之行能請一命焉厥有故常以爲爾寵其思淑慎以稱褒嘉可

程戡奏延州醫助教房用和國子四門助教不理選限制

勑某延州鎮撫一方而將吏賓[illegible]捍城之用爾其醫事莫府所稱甄序以官往祗厥服可

胡宿奏醫人夏日宣試國子四門助教不

理選限制

勑某夫論思獻納之臣實吾耳目腹心之賴而爾能執技調護某家請命于朝以爲爾寵吾其錫爾往哉勉哉可

范鎮奏成都府醫人王歡臣試國子四門助教不理選限制

勑某爾有邦人爲吾近侍藉爾留寄學于良於醫序試一官往其祗哉可

歐陽脩奏醫人夏日華試國子四門助教不理選限制

勑某天下安危治亂其責在乎政事之臣責之之任此其深則遇之豈可以不厚故其有求於上吾皆聽許

而不違令儀以爾能醫一而爲之請命吾其加錫以示
不違於文臣爾往懋哉當知夫名不可假可

趙學秦醫人武世安試國子四門助教不
擇舉限制

勑某古者聖人爲醫藥以濟民命而又建官制祿考
其所治之全失而上下勸焉其於愛人也深矣爾
能執技以濟衆而見稱於大臣俾試一官以爲爾勸
其思勉勵以稱褒嘉可

贈安遠軍節度使馬懷德遺表門客吳夏
試將作監主簿不理選限制

原闕

勑某懷德嘗將衛兵而其卒也求官其客亂爾所主
以知爾材往試一官勉之自稱可

河東都轉運使龍圖閣直學士何郯奏梓州醫博士謝愈試國子四門助教不理選限制

勑某爾以方技自名爲適臣所薦稱其於行藝必有可稱俾試一官以爲爾寵可

殿中省尚藥奉御直醫官院仇鼎充翰林醫官副使制

勑某古者視疾醫之全失而上下其食所以明沮勸也爾以技事上久而有勞遷之序厥官往欽無斁可

學士院孔目官梓州司户參軍周元亨成都府温江縣主簿制

勑某爾服釆禁林有勞可録宜亦祈之慶外序一官往

本頁原本闕，現據《中華再造善本·臨川先生文集》校補。

愼典刑保兹禄仕可

昭文　正名守當官陳旦利州司户參軍

依前充職制

勑某朕初即位大賚四海爾務于書林久矣序官□

掾往愼厥修可

朝堂知班引贊官遊擊將軍守右金吾□

長史魏昭永恩州録事參軍制

勑某宗祀之成並蒙禔福爾僨貢朝事者三年於此矣

出長州掾往其勉哉可

朝堂正名知班驅使官楊忠信真安郡何

惟慶並特授將仕郎制

某爾等駿奔于朝以給使令勤厥□久及再朝

本頁原本闕，現據《中華再造善本·臨川先生文集》校補。

甄序一官往共舊服可

都省正名驅使官袁士宗守連州連山縣

主簿依前充職制

勑某爾以勤服采積有歲年外序一官往共初服守

爾祿次厥惟慎哉可

中書守當官鄆州司戶參軍衛進之青州

司戶參軍制

勑某爾給事相府服勤歲久因時慶賜求得外遷往

掾大州勉其所服可

朝堂知班驅使官張歸一李汶並開州開

江縣主簿依前充職制

勑某等爾駿奔走以給朝廷之事久矣有勞可錄序

以一官往懋敢勤乃其無罰可

三司開折司守闕前行滑州別駕王亨鄭

州司馬制

勑某爾實掌書以管計官之治老而知止予念爾勞

司馬于州往惟祗服可

學士院勸留官遂州司戶參軍莊謝青州

壽光縣制

勑某宗祈成禮靈澤萬方駿奔之吏豈有常法序之

一尉往其勉哉可

中書錄事守成都府別駕魏貫游擊將軍

充中書守闕主事中書守闕錄事守大名

府別駕張世長中書錄事制

勑某等隸名中書能自砥礪今由入貢有闕故遷以補
之往懋厥勤無曠于職可
客省承受李懷曦嚴奉宗古遂州司户參軍
制
勑某宗祀之恩覃於小吏爾服勤久矣宜序一官往
勵厥修以共舊服可
浴堂五院副行首左千牛衛長史周成務
金吾衛長史制
勑某等役于宰屬積歲有勞升秩衛官序遷職服往
共厥事惟既乃心可
浴堂五院正名驅使官鄭州司户參軍呂
昭序常州宜興縣尉制

勑某爾以州録之名而役于宰屬豫蒙慶施當得外
舉進陞廉清可以祿録可
秘閣選滿楷書充編修院權書庫官袁賁
鄭雄州共靈縣尉制
勑某守書賁書積歲有勞既序一官往其祇服可
尚書都省額外正名年滿令安邊士寧青
州益都縣尉制
勑某爾以書賁沿積歲有勞請命于朝序官一尉往
共厥職無敢弗祇可
太常寺太樂署院官郭鎰慶應州金城縣
主簿制
勑某爾隸于太常久矣吏負有闕當得以進遷命以一

官往其祗服可

右衛司正名孔目官張文仲蓬州蓬山縣

主簿依前充職制

勑某祗載厥職於今十年稽狀有司序于官簿往共

舊服無墜乃前勞可

吏部侍郎平章事曾公亮奏句當人選化

某制

勑朕布神之惠而陪隸與焉爾服厥勤受茲氣寵

名者先王所慎以與人者也往思淑慎以禱之可

青州奏壽光縣豊城村張贇獨瓶眉和客

年一百一歲益本州助教制

勑某人壽至於百年則閱天下之故多矣寵以言號

使助守令教馴百姓豈不宜哉爾實應書往其欽服

可

安化中下州廿遥鎮蠻人一百一十人史□

銀酒監武制

勑某聲教所覃爾惟欽服克有名位榮于種落又輸

方物來效厥勤其錫異恩以嘉能享可

壽州稅户李仲宣李仲淵本州助教制

勑某淮人阻飢朕欲賙餘爾能輸米來助有司賞以

一官往其祗服可

宿州臨渙縣柳子鎮市户進納錢□□人朱本

盧□臻本州助教制

勑某□□□阻飢朝廷之政爾能輸積以助有司□□□

一官往其祗服可

某名助教并試監簿制

敕某河水衍溢月為民蠹爾能鈎稽以佐有司之急加爾以試官之賞其思慎行以稱焉可

臨川先生文集卷第五十五

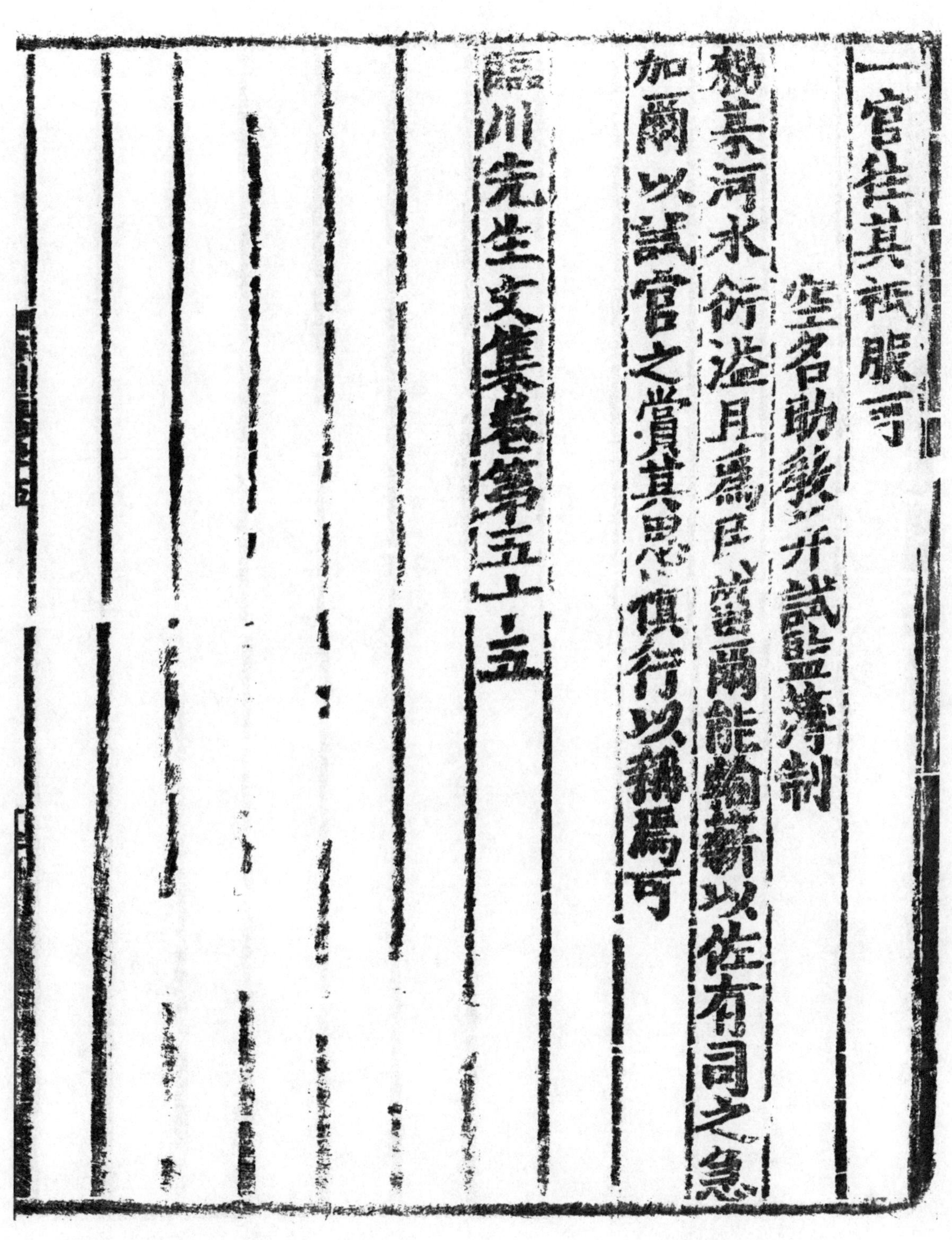

臨川先生文集卷第五十六

表

進洪範表

進修南郊勑式表

除知制誥謝表

知制誥知江寧府謝上表

除翰林學士謝表

賜衣帶等謝表

勑設謝表

百寮賀復熙河路表

臣某等言伏覩修復熙河洮泯疊宕等州幅員二千餘里斬獲不順蕃部一萬九千餘人招撫大小蕃族三十餘萬各降附者（奏）畢張天兵闢六八王土旌旗所指熙及氐羌攙讋相望（証）熙河隴（中加只）竊以三年見方

之伐高宗所以濟艱六月玁狁之征宣王所以復古
啟由人興道與世升伏惟 皇帝陛下溫恭而文睿
知以武講周唐之百度破方虎於一言戮陵我阿既
飭鷹揚之旅實墉實壑逐鳥鼠之戎用夏變夷以
今準古是基新命厥適往國臣等均被明恩具膺榮
祿接千歲之統適遭會於斯時上萬年之觴敢忘三
於故事臣無任

賜玉帶謝表

臣某言伏蒙 聖恩以收復熙河洮岷疊宕等州特
加褒諭親解玉帶賜臣者尸臣列侍方臨極辨之朗
贊御占傳獨拜非常之賜寵綏稠至懇避弗俞焜燿
有加凌競無措 中謝 竊以洮河之業光自 聖謨方虎

之材進非師錫片言殺酈遂察見其有孚衆訛盈庭豫照知其無眚以至緩兵算食寬亟第功能畢協於斡謀實仰歸於獨斷如臣蕞爾何力有焉伏惟
皇帝陛下善貸且成勞謙不伐弛曠瘝之大責録將明之小忠揚于廣除委以奇御遥彼英瑶之質煥乎華袞之言臨護昂光顧榮嗣於古昔退藏惟謹知燕及於雲來施更厚於解衣報敢忘於結草臣無任

詔進所著文字謝表

雲漢之光俯加貫冒營劇之賤仰誤詢求十謝臣聞百王之道雖殊其要不過於稽古六藝之文蓋敍所傳猶足以範民唯其測之甚淵深故或習矣而不察紹明精義允屬時偕
皇帝陛下有舜之文明

有湯之勇智以文爲度數若應於時一言必垂成憲言必稽於聖作欲推闡先王之大道以新美天下之英材宜得醇儒使陪休運臣初非秀穎謂迂愚徒以弱齡粗知強學服膺前載但讀禮書之餘追習文方豈遠室家之好過叨寶位使緝舊聞承推少作可否之浮辭豈能上副旁搜之至意伏望皇帝陛下矜其聞道之晚假以歷時之淹使更討論粗成義類然後上塵於睿覽且復取法於聖裁庶收寸長稍副寄用臣無任

進熙寧編敕表

臣某等言竊以觀天下之動而御其時齊萬物之自然而節卽其性區而不可不爲壹畫壹而不可一不厚

音云歲作無斁乃以不曆告遂頒春正月之吉爰授禮以五載之巡狩一代之典或於經無有世可知存所加損方叢成輔相之休運宜審節消色之幾能顧匪其人與於此選中謝蓋聞道有升降政有弛張緩急詳略度宜而已使民不倦乃作聖王爲能伏惟皇帝陛下天德地業體堯蹈禹承厶恐憲惠恭之舊或失防範之中還差有官付之論定具悉淺學罔副詳延屢彌歲至僅就篇帙刪除煩複蒐補闕遺於纔時因民患推求抗敵之實以方古垂後則或俟新美之士冒昧天威無容明詔

賜元豐勅令格式表

臣某言伏蒙聖慈特賜臣元豐勅令格式一部計

四十餘年新厥品章著之方冊雖又孫眷言尚冒分頒中興寶錄以后辟之所訓裁臣工之所承守歷觀既往或切審覈之餘緒正歟遺實也仍緝熙之久恭惟
皇帝陛下稟天縱之智御物自之時揚法於群變之先收功於異論之後慮無愆忒素舉必要綜然趨變以制宜式非初令則取新而垂裕宜有成書神機獨授於君官盡責遂擴於無極即居彪列科指聊分臺[illegible]之回其暗日月之照方久臣進陪國論退即里居在胥詭論奮負曠瘝之責奚於今尊闔吏又敢被受之恩若[illegible]在無任

賜弟安國及第謝表

臣某言伏蒙 聖恩召赴臣弟安國賜進士及第並

初無職官者。備問文之求外。豈草野寵光之施。自建門庭竊以新國論議之[illegible]之煩。而察知孤遠之行略。門資首專學之法。而教取沖淹之才。山林之所論說。兩雖遺陋巷之所驚嗟。而罕見。伏惟 皇帝陛下協德晉異比明羲皇博臨四方。洞照萬物。加臣同產為竝時人少遺閔凶自奮。吾雖進學力行。粗有清名。而少偶宦游。從幾絕榮望之期聖聽俯及幽潛。遂使窮途雲階華寵。變以詔書試藝賜之科第。而命官祿。不還親既永乖於養志。非為己當共誓於捐軀。臣無任

除弟安國館職謝表

臣某言。伏蒙 聖恩以臣弟安國為充崇文院校書郞者

書林置職方儲髙位之材詔板推恩遂假私門之寵

在於班賤實以兢慙中謝伏念臣初起孤生非謀膴

仕中參近侍特荷先朝屬憂患之相仍分湮淪而自

豈敢圖收召俯暨幽潛服在臣鄰驟冠論思之列恩

加子弟具膺慶賞之延有昧冒於殊私或超踰於常

法惟數奇之同産嘗久困於稠人第冊府通之前叨

於睿獎校文東觀更曲被於明揚此蓋伏遇　皇帝

陛下與善無方使能以類欲皐成於大治務博取於

衆材遂忘形迹之嫌以溥寵光之施褒宗既亢唯知

上報之難小己易盈彌懼先顛之疾臣無任

除雱中允崇政殿說書謝表

臣某言伏蒙　聖恩授臣男雱守太子中允充崇政

殿說書尋具劄子乞許免蒙降詔書不允者恩寵加於私室多所超踰事或累於公朝誠難昧冒仰煩睿訓曲喻至懷永惟眷獎之殊實重兢懃之至中謝伏念臣首叨召節得侍辭林隨被賚書使陪經幄稍更歲月莫補涓埃竊觀上智之日躋內訟淺聞而知困況又賤息厥有童心尚迷鑽仰之方豈稱招延之禮恕己量主非敢以私而自嫌爲官擇人顧雖成命而宜改輒布可辭之義上干難犯之威伏蒙 皇帝陛下屈體優容垂精寵答謂大人照臨之道廣當養以蒙意小夫誦說之智專遽忘其賤褒稱備學訓飭加嚴揣實未安寄顏有愳重念自古君臣之相與未有如臣父子之所遭蓋當用儒之時尤難講藝之職典謨

方御寶參備於討論誥辭言未終已繼叨於奬擢獲世官於閭巷嗣家學於朝廷又自非忘軀何以報國知人而官以哲愧已誤於明揚從養賢而教之忠盡永有於素守臣無任

除旁正言待制謝表

臣某言伏奉 聖恩除臣一旁寄右正言天章閣待制兼侍講特降中使宣諭令臣只受告勅不須辭免者竊流明恩寶自中出美官要職非常以次加知榮輝之及私顧僭差而累國家之天在吾土水炭交懷中謝臣出於寒窮好是摭直道常違俗宜與禍之致妖幸不遠人何霍蜀之能化 皇帝陛下收之末路付以叢機滔天之衆護責經世之來茲施及賤息度遊桐人選

暨朝行使國讓業方仰陪於縢席俄守履於爵蕩雖
進遇之獲又劬而問學之恩知抑且莫知報稱但負競
慚豈意睿懷更加超擢待制之爲識以侍讀芸嚴正
論之爲官以諫救遺失承金華之舊學親玉色於燕
閒併叨殊私甚駭羣聽此蓋伏遇　皇帝陛下攬取
片智無小大之遺搜揚衆才無入近之闕苟或不肖
譽嘗有聞必垂甄收以示勸懲四方之訓于我無競
維人多士之生斯時不顯亦世永惟遭值孰與等夷
君臣以事道相求是惟希世父子以傳經見用鮮或
同時雖愚擧陶淪矣之持敢忘忝竊敷忠之義臣無
任

進字說表

臣某言竊以書用於世久矣先王立學以教之設官以達之置使以諭之禁誅亂名豈苟然哉凡以同道德之歸一名法之守而已道衰以隱官失學廢循而發之實在聖時豈臣愚憧敢逮斯事蓋聞物生而有情情發而為聲聲以類合皆足相知人聲為言述以為字字雖人之所制本實出於自然鳳鳥有文河圖有畫非人為也人則效此故上下內外初終前後中偏左右自然之位也衡衺曲直耦重交析反缺倒仄自然之形也發斂呼吸抑揚合散虛實清濁自然之聲也可視而知可聽而思自然之義也以義自然故僊聖所宅雖殊方域言音乖離點畫不同譯而通之其義一也道有升降文物隨之[illegible]皇書名

或改原出要歸亦無二焉乃若知之所不能思之所不能至則雖非即此而可證亦非舍此而能畢盡唯天下之至神為能究此伏惟　皇帝陛下體元用妙該極象數稽古制法紹天覺民乃憫茲學之隕缺寓嗣罔任衆智微明顯隱蓋將以　合乎　神指者布之海内衆妙所寄窮之實難而臣須御　燕閒親承訓敕抱病負憂久無所成雖嘗有獻大懼冒浼退復自力用忘疾憊咨諏討論博盡所疑冀或有虞有助粗集謹勒成字說二十四卷隨表上進以聞臣某誠惶誠懼頓首頓首謹言

進洪範表

臣某言臣聞天下之物小大有　後先有倫敘者天

之道敘之者人之道天命靡人以敘之而聖人以考古成己然後以所嘗學措之事業爲天下利苟非其時道不虛行 中謝 伏惟 皇帝陛下德義之高術智之明足以黜天下之嵬瑣而異其豪傑以圖堯禹之平之治而朝廷未化海内未服綱紀憲令尚或紛舛意者殆當考質六子之所述以深發獨智趣時應物故也臣嘗以蕪廢腐餘之學得備論思勸講之官是與大政又竊寒暑勳績不效俛仰甚慚謹以嘗所著錄叢得刪潤繕寫爲輒以草芥之微求裕天之臣無任

進修南郊勑式表

郊祀事宜肇制于辭張以微能叨承嘉選 中謝 臣聞孝以配天爲大聖以饗帝爲能歲我百年之許曠典

[illegible]

時五代之流弊其尊則闕焉興人無為之累然臨御三紀矣
事或幾乎率略蓋已行之三載式當天意茲宣言肆及國
家肆禮之上儀而臣等恭奉長次之頭盜臣是荷寵
僅乃多備猶茲用於故常特詔條其綱元爲經
皇帝陛下體聖神之質志文武之功言兼其德皇寶命
寵異物方盡茂以薦信而無慙人且聰明命因循之
為本周稽制禮作樂以復唐虞之舊豈燃簡牘者僅
而守秦漢之餘則其所書遺譽入耔之徒論與舉嘗之
營爲難幸知變實肯考於將來臨時施宜亦不爲乎
無補臣無任

除知制誥謝表

臣某言今月初　日伏蒙　聖恩賜臣誥敕除臣

制誥者高辛之選欲報當艱固陋之才以榮爲懼中謝竊以自昔豪智能之士因使爲侍從之官豈特顯其虛名謂能華國蓋將收其實用詔與政君知號令文言之爲美而討論潤色之所寄苟失其職不稱則爲責起詬伏惟 皇帝陛下躬上聖之姿撫久安之運逾持有救弊之急守監有持盈之難當得俊良使陪遺忘則與司明命出入禁門一有瘝官尤爲累上臣圖置賤士擭部當人仕初有志於養親學遂不專於爲己比更頻使稍竊謬恩內慚尸祿之憂仰負食功之意又蒙拔擢以致超踰蓋君之視臣不使同犬馬之賤則下之報上亦欲致岡陵之崇況臣少習華文幾知名教遭逢一旦度越衆人唯當盡節於時豈敢

尚慚參孔計臣無任

知制誥知江寧府謝上表

擢進歷今經涉歲時　先帝登遐既不獲奔號道途
陛下即位又未嘗瞻望闕廷所憂後至之刑誅豈冀莫
寵卿叅官使畢知匭兢尚懼顛隮中闕蓋聞固任以
責舉材省以通衆志展或抱能而可用則雖負累
而見容如臣者違侍先朝叨官外制惓惓許國雖有
愚忠忍没没隨人但尸榮祿銜哀去位嬰疾彌年之藐
寵光分投宂散伏遇　皇帝陛下紹膺尊極俯燭幽
微延之以三節之騶付之以十城之重比緣禮祀荐
有曠封申命尚加圖郵併賜唯是土風之美兼無荐
獄之煩父書訖於丘壙經講知與閭里念肆開學右

薦擢於孝流以比造朝或未助於養羸錮思勤之臣迫且遜避之不容敢不少嘗體力之所任祗奉詔條而爲治冀跂上久戾仰稱殊私臣無任

除翰林學士謝表

臣聞人臣之事主患在不知學術而居寵有冒之心人主之畜臣患在不察名實而聽言無惻怛之意造有天下國家者所以難於任使而有道德者亦所以難於進取世學士職親地要而以討論諷議爲官非夫遠足以知先王近足以見當世忠厚篤實廉恥之操足以咨諏而不疑草創潤色文章之才足以付託而無負則在此位爲無以稱如臣不肖涉道未優初無學術過人之才徒有區區自守之善以至壽慢

是明之大體則或疏闊淺陋而不知加以憂傷疾病又棄重闈辭命之習蕪廢積年黽勉一州已爲忝冒崇秘之選豈所堪任伏惟 皇帝陛下躬聖德承聖學於群臣賢不肖已知考慎而於言也又能虛己以聽之故聰明睿知神武之實已見於行事日月未久而天下翹首企踵以望唐虞成周之太平臣於此時實被收召所以許國義當如何敢不磨礪淬濯已衰之心紬繹溫尋久廢之學上以備顧問之所及下以供職司之所守臣無任

賜衣帶等謝表

出入廷之顯服束以精鏐引内廄之名駒傳之寳式隆恩洊逮朽質知㷀宋中謝竊念臣弱力淺聞久憂之積

陝中臺從官之選外分守藩之權僅免譴訶負當載
名論思選色曾莫効於微勞茲承寵服無不乃前明詔其
數此蓋伏遇　皇帝陛下臨蒞賞罰許在朝廷因示
眷懷使知奮勵誓竭愚忠之無盡謀無虛投之樸言無
任

勑設謝表

職奉論思恩加豢飫禮華有舊寵實輩嘗中謝伏念
臣本之才穉守緣之兵蕃錢孤遠之蹤侍清光已浮參
秩之顯重明太官之賜蓋飫食言文王之華實善長
勛顧來歸無吉凶之勞徒多恭喜敢忘自竭匪稱焉
受言無任

臨川先生文集卷第五十六

臨川先生文集卷第五十七

表

辭免參知政事表

除參知政事謝表

辭免平章事監修國史表二道

除平章事監修國史謝表

還入東府賜　御筵謝表

觀文殿學士知江寧府謝上表

辭免除平章事昭文館大學士表二道

除平章事昭文館大學士謝表

辭免左僕射表二道

除左僕射謝表

辭免使相判江寧府表二道

除集禧觀使乞免使相表

進聖節功德疏右語

辭免參知政事表

臣某言伏奉制命特授臣右諫議大夫參知政事餘如故者寺壽聖興恩陛責重敢緣聰聽冒進號辭中謝竊以建用宗工輿圖大政以人賢否為世盛衰矧休運之有開須德哲而為輔弼臣學虛受以謀明揚如臣者奉學未優知方尤鈍　先朝備位每懷竊食之慙致皇服喪重困采薪之疾　皇帝陛下紹膺景統衍仁訊忠付之方面之權還之禁林之地圖己人言之衆豈云國論之斂知忽假寵靈益懷兢恐伏望

皇帝陛下考慎所與獨知不能亟許還謬恩以允公議
庶少安於鄙分無甚累於聖明臣無任

除參知政事謝表

承弼之任賢智所難顧惟鈍然何以堪此仰膺成命
弗獲固辭中謝竊以古先哲王考慎厥輔皆有一德
用戒衆功伏惟 皇帝陛下含獨見之明戡文安之
運甫終諒闇將大施爲宜得傳人與圖庶政如臣者
徒以孝學粗知義方本無它長可備官使退安私室
自絕榮塗既負采薪之憂因逃竊位之責大明繼燭
正路宏闢付以蕃宣還之侍從清閒之宴曷爵廷
茂眷所聞無蒙知遇以爲奉令孝敎庶幾無忝至恭
宫軸更申良非所獲寵光曲被震愧交懷此蓋伏遇

皇帝陛下德懋高明志存遠畧陛寬盡下故忠良有以輸心公聽並觀故讒慝不能肆志剴睿筭之天縱方聖治之日新恩稱所蒙敢忘自竭遠業無國事或媿於前修直道事君期不隤於素守臣無任

辭免平章事監修國史表

衿壽位高恩隆責重輒敷悃款仰瀆睿明中謝臣聞大有爲之君必考慎嚴相趣合施設相與爲一乃能協濟功治永綏黎元伏惟唐虞三代之迹滅熄久矣天錫皇帝陛下以上聖之才修身齊家外正天下與議所紀風雅所歌以今揆古未之有懿德宜求碩輔朝夕左右率勵衆志輔成太平如臣區區孤陋淺拙知學以爲己而昧於趨時所聞以道事君而昧於合衆

與聞大政已積疵瑕伏望　皇帝陛下量能賦任使
無譴尤追還誤恩以協公議臣無任

二

臣某言臣近上表辭免恩命伏蒙　聖慈特降批答
不允者天地之施厚矣不貲螻蟻之情微而未達重
煩奬訓彌集震兢中謝　臣聞論德序官明主所以御
世度能就位忠臣所以事君臣偶以薄材過忝榮祿
雖以捐軀而自擔顧於諉上而多慙竊觀聖制之所
以褒揚終非朽質之所能副稱矧叨任遇稍歷歲時
必欲詭責其後勳謂宜考觀於已事今内或怵奇衺
之俗無喻德宣譽之忠外或扇苟簡之風有犯令陵
政之悖百姓以安平無事之時而未免流離饑孛四

夷以衰弱僅存之勢而猶能跋扈飛揚　皇帝陛下以聖人之高材有天下之利勢憂勤已積功化未昭此亦由臣陳力就列以來不能助國立經陳紀之故方謀自弛以謝素餐豈意誤恩更加崇秩誠憂官謗能上累於明時所望天慈遂赦還於新命庶以通賢者之路且又協衆人之言臣無任

除平章事監修國史謝表

臣某言伏奉　恩命特授金紫光祿大夫行尚書禮部侍郎同中書門下平章事監修國史上柱國進封開國公加食邑一千戶實封四百戶仍賜推忠協謀佐理功臣尋具表陳免蒙批荅不允仍斷來章者揚于大廷寵以高位居之翊戴之重諉之宰制之平聖

心方慎於旁求小已知詮難於上表中謝臣聞人君代
天而理物人臣資父以事君然而君臣之大義有方
非若父子之至恩無間須倡而後和則誠意每患於
難通不入而後量則忠力或嫌於自獻唯成湯之聽
伊尹與傅説之遇高宗皆以疏遠而相求何其親厚
之獨至蓋所趣非由於二道故所爲若出於一身矣
豈干越夷貉之異心是謂元首股肱之同體臣既
以此獲展事君之義而君亦以此得成理物之功苟
非其人孰與於此臣受材單寡逢運休明初忝微於
藝文稍扳緣於祿仕叨塵近侍積媿空餐隮於
庭闈分長依於丘壠俄值纂承之慶繼叨收召之榮
責以論經尚少知於訓詁使之與政曾莫助於獻爲

竊以拙直而見知遂爲姦回之所忌伏遇　皇帝陛下納之以天地之量照之以日月之明數加獎勵之恩每辨讒誣之巧重遭上相申敕備官終遂避之無繇更兢慙於非據伏惟　皇帝陛下樂古訓之獲而忘其勢惡邪辭之害而斷以心勿貳於任賢務本以除惡使萬邦有共惟帝臣之志萬姓有一哉王心之言則進無求名之私退有補過之善臣之願也天實臨之臣無任

還入東府賜　御筵謝表

伏奉差中使傳宣今月七日辰時三刻還入新府并借官軍就賜　御筵者恩厚不貲誠優賢之務顧頑無似欲報國而知難中謝臣等過以凡材並膺殊選

以蓋臣區區上孤聖時伏惟 皇帝陛下謙德在容求仁以恕謂大臣方宣勞於王室則上主當加恤其私家發使禁闈之中視闤闠闠之下取於貲泉一皆斷於睿謀成事告功初不煩於卒旅董餉衡蓋周視庭除申以中人諭之良月使及日辰之吉即于堂寢之安輟車府之傍臺載其帑重錯樓官之事對備以鼓歌歡更遂於邇臣寵已加於小己陰陽或爽知變理之方風雨其除徒賴帡幪之賜臣無任

觀文殿學士知江寧府謝上表

臣某言伏奉 制命授臣觀文殿學士吏部尚書知江寧軍府事臣已於六月十五日到任訖以勞責路上息肩苟逃放廢之刑更濫褒揚之典免其犬馬

懷之力寵以丘墓所寄之郡仰希恩私旹踰分願
十臣操行不足以悅衆學術不足以趣時獨知義
命之安敢望功名之會值遭興運總領繁機惟睿廣
之日奇顧犀凡而坐困秋水方至因知海若之難窮
大明乍升豈宜爝火之弗熄加以病六飛於事爲之
宜罪愆積於歲月之多雖恃含治之寬終懷覆餗之
懼伏望陛下志存善貸爲在曲成試其事國之微
勞閔其衰竭天之至懇詭默幽之常法示從欲之至仁
遂體贊元殿任莫追於既往承流宣化收功尚冀於
方來臣無任

辭免除平章事昭文館大學士表

臣某言爲君所難尤慎蔽賢與命相不善將壞于咸錫

當責實之時敢替知非之義中謝臣知不足以及遠學不足以窮深比誤國恩嘗尸宰事初無薄效稱異一之褒揚止有多言煩瀆再三之辨釋終違譴負責甚保全恭惟 皇帝陛下若古以堯之欽明御今以禹之勤儉矜修積美山無一簣之虧圖任攸隆臺育九層之累小大祇若遐邇允懷含而不[illegible]其遺事權以既雨豈不昧於知時況惟疲曳之餘過重任明之累且用人而過矣固不免於敗封苛政命而當焉亦何嫌於反汗敢嗣 聖旨俯亮愚衷

二

臣某言臣近上表辭免恩命伏蒙 聖慈特降批答不允者愚誠盡布所冀矜從聖志未移中加獎訓辭

守可辭之義更千難犯之威中謝臣聞冢宰之於周則曰統百官而均四海丞相之於漢亦以附百姓而撫四夷位尊則自古以然材難則其何能稱臣之所守未有以過人臣之所知又不足蓋物垂使承流宣化託備藩維或令補闕拾遺追參侍從尚能罄竭小稱緒餘若乃秉操鈞衡承轉樞極仰陪休運儕稱具瞻事已試而可知力荷能而當止苟不量畀實之所任必且致棟橈於斯時伏望 皇帝陛下隨其器能付以職事圖惟大任改命上杵則熒爝末光不獲于時之咎攘攄近用亦參（缺名）厦之功

除平章事昭文館大學士謝表

臣某言伏奉 制命特授臣同中書門下平章事昭

文館大學士詳經潤文使加食邑一千戶食實封四百戶仍改賜推忠協謀同德佐理功臣臣昇具表陳免蒙降批荅不允仍斷來章者承流宣化方虞失職之誅經體贊元更慎選賢之舉中謝臣竊惟人物之會遇常寡實以君臣之遇合至難自匪同聲氣之求孰能借功名之享伏惟 皇帝陛下天縱大聖人與成能秉百年久安之機飭千歲積壞之蠹士識服矣而特祿養交之習未殄民允懷矣而樂事勸功之志未純近或長陋而仁義之澤未流遠或虐為而道德之威未立冒選於衆衆格于皇天之材使曾乃儒猷迪我高后之事冀膺所任以濟斯時而臣叅見知榮遭遇之中久獨立於傾搖之上勳庸弗效恩禮更加

託備外藩術鄰菁處遂叨詔旨還冠宰司自視羇單所憑寒遠方古耕築則有其陋爲世聘者則無其賢然以技老之軀而遭華值之運苟貪歲月遂致消埃且上之施既光則下之報宜厚與之戮力俾本睿知之臨同不同心術類忠良之論書彈蹤鈎圖稱休明臣無任

辭左僕射表

臣某言近累具劄子辭免恩命伏蒙 聖慈特賜詔書不允者賞典越踰訓辭稠疊渙汗所被是爲至榮朽竹難勝更以多懼輙輸危悃敢冒威尊中謝竊以左相從崇東臺地要雖置貳而久曠蓋授任之常難臣竊惟 西京時以八紘賢路未辜揚威命文蛇方國英俊八山

數繹微言蠡管窺於測海方諸何之爲賢且寵擢之
敢圖忽此兼叨負無前比遂作遜辭仰累休明伏望
聖慈俯昭愚款斷從公論追寢誤恩豈惟私義之獲
安實亦物情之歸允臣無任

二

臣某言近具表辭免恩命伏蒙 聖慈特降批荅不
允者恩言狎至郡守難移敢冒瀆威更陳私義中謝
竊以高秩厚禮以疇莫盛之勳勞綿力薄豈稱非
常之殊寵人之所畏物有固然臣議行見知而涉世
多爲衆毀論材受任而居官無以自昭顧惟屢首受
書幾至殘生傷性遠承 聖問乃知北海之華竊比
釋微言更借南箕之譽實號榮倚畀端分非宜苟叨

昧以自安懼譴尤之益至伏望　皇帝陛下俯矜危
悃曲賜全安不以反汗之小嫌爲能累國則是捐軀
之大節實在羣君臣無任

除左僕射謝表

臣某言伏準　制命特授臣尚書左僕射兼門下侍
郎同中書門下平章事昭文館大學士兼譯經潤文
使加食邑一千户食實封四百户臣累具辭免伏蒙
聖慈特降批荅不允仍斷來章者貳令中臺兼官左
省惟時遴選蓋嘗久曠而弗除忽此叨居顧豈微勞
之可稱陪敦厥邑數告于廷畢皆至榮冀以虛辱辭
竊以經術造士實始盛王之時儒說誣民是爲衰世
之俗蓋上無躬教立道之明斯則下有私學亂治之

甚蔑矣然孔氏以羇旅臣而興未喪之文孟子以游士而承既沒之聖異端雖作精義尚存逮更煨燼之災遂失源流之正章句之文勝質傳注之博溺心此淫辭詖行之所由昌而妙道至言之所爲隱篤生　上主純佑下民成能協乎人謀將聖出乎天縱作於心而害事放乎幾殫適於道以治官延登既衆尚懼膠庠之黎獻未昭典籍之群疑乃集師儒具論科指繕書來上褒與術加臣趣操弗高知識尤淺少嘗勤苦但爲衆氏之吟晚更耄衰豈免輪人之議初備使令之乏即知稱愜之難敢意誤恩獨當殊獎此蓋伏遇

皇帝陛下以化民成俗爲事故急在論人以尊德樂道爲懷故易於縻爵因忘固陋特假寵光祗服訓辭

深惟崇禮雖無博學對揚稽古之鴻名庶以雅言助
賡右文之美化臣無任

辭免使相判江寧府表

臣某言伏奉　制命特授檢校太傅依前尚書左僕
射同中書門下平章事使持節都督洪州諸軍事充
鎮南節度管內觀察處置使判江寧府加食邑一千
戶食實封四百戶仍改賜推誠保德崇仁翊戴功臣
者恩典有加事勞弗稱陳力況難於黽勉輸情終冀
於矜容中謝伏念臣晚出窮鄉首陪興運怨心豈已
雖知容膝之易安營職趣時更似絕筋而辦力既及
晚衰而成疾重遭憂釁以傷生姑欲補完唯當休愒
若任州藩之寄仍兼將相之崇是爲擇地以自營非

覆載天之素志伏望　皇帝陛下仁迴天覽諸洞愚
衷許守素言退依先隴續償夙願　加大惠於壽朝蒙
賜誤恩食舊勞於外觀尚堅壽嘗樂　非敢二十許自無之

二

臣去年言近具表辭免恩命伏蒙　聖慈苟答不允者
賜詔未蒙更加褒勉之恩分義所在敢冒叨貪之恥
上表　伏念臣江湖一介特荷　聖知於　先帝十年壽國
論又忝亢瀛所以深懼炎危積致之疾所以懇辭錢
晏若猶尸將相之尊祿且復歷方三州之大郡則是於
體盈之時欲冒而弗止以宣力之山一養痾而自營
聖慈雖或優容官謗何由解免伏望　皇帝陛下曲
垂念聽特賜矜從使盛世無虛授之嫌孤臣有少安

之幸臣無任

除集禧觀使乞免使相表

臣某言近具表乞以本官充使伏蒙 聖慈特降詔書不允者愚誠屢瀆方負憂兢 聖聽未移更加獎勵實行關於國體敢祭冒於天威 上謝 伏念臣頃于延司以虛大受繞羅疾疢自當辭[illegible]陛而畢居尚侍眷協故象新恩而家食將相之爲重[illegible]朝野之所具瞻若免於事任之勞而尸此名器之寵在昔之茂勲明德尚莫敢居矧臣之綿力薄材豈[illegible]非據伏望 皇帝陛下俯矜愚懇追寢誤恩豈惟[illegible]義之所安是圖物情之衆允臣無任

臣竊以紹皇策以降神□齡貫擬歸實坊而獻福萬萬惟功刹苛眷之特殊幽賴識之獨至伏願二儀協祐十方證知常儲有善之祥永御無疆之曆臣無任

二

臣竊以星虹獻瑞實啟聖於嘉祥鐘唄宣靈敢歸誠於妙道仰冀備膺多福大庇群生人永恬愉之安物無疵癘之苦天枝彌茂八神眷具依臣無任

三

臣竊以誕降聖神適天人之嘉會慶祈社福乃臣子之至情伏願萬寶偕昌三靈協慶永御無疆之寶籙丕承未艾之閎休臣無任

四

臣伏以握符踐運與時[illegible]物以偕昌歸德謳生在情文
而莫稱敦德慈祐申祝壽祺伏願 皇帝陛下算比
天崇業侔地富常御華胥之至樂永錫皇祉於黎元
臣無任

臨川先生文集卷第四十七

臨川先生文集卷第五十八

表

封舒國公謝表

除使相前左僕射觀文殿大學士集禧觀使謝表

朱炎傳　聖旨令視府事謝表

差蕭寔上傳旨令授勑命不須辭免謝表

孫琫傳宣許罷節鉞謝表

封荊國公謝表

賀貴妃進位表

賀生皇子表六道

賀魏國大長公主禮成表

賀冀國大長公主出降表

賀魯國大長公主出降表

賀康復表

賀南郊禮畢肆赦表二道

賀明堂禮畢肆赦表

封舒國公謝表

臣某言伏奉制命特授開府儀同三司封舒國公者
發號端門外覃慶賜疏恩列辟僃逮空飡無辭乎均賚
溯心獨幸中謝 伏念臣少孤耆遇當即譴訶曠歲籲
天尚辭榮而未獲新恩賜國仍席寵以有加乎兹邦
土之名乃昔臣遊之壤久陶聖化非復魯僖之所懷
頃習仁風乃嘗出守邑之見愛遺私所被祐實更榮

善　皇帝陛下道冒群生功彌天之[illegible]覆恩遇兼[illegible]許
物之所包以膂事備於郊宮而惠澤均於海宇故雖
幽屛弗以遐遺顧冒昧之不貲豈糜捐之可報臣無
任

除依前左僕射觀文殿大學士集禧觀使
謝表

臣某言伏奉制命除授依前行尚書左僕射充觀文
殿大學士集禧觀使者屢黷天威坐彌年所由發危
懇仰荷至慈中謝伏念臣學止求心行多違俗少適
官牒徒有志於養親晚誤聖知欲忘身而許國疾殁
又瘝於宰事鬬凶適在於私門中解繁機特上煩於
矜惻外分憂寄復難強於支持方累鴻私更尸殊寵

虎兢懃於非據輙冒昧以終辭伏蒙　陛下示以優容曼垂訓嚴赦其遁慢終賜矜全猶加祕殿之隆名俯慰窮閻之衰疾地崇祿厚尚非空食之所宜歲晚力慈雖欲捐軀而曷報臣無任

朱癸傳　聖旨令視府事謝表

臣某言三月二日甚舉江南路太常丞朱癸傳　聖旨令臣便視府事者使指端遣鏞訓詞俯逮章圖衰疾尚誤眷存中謝　伏念臣曾荷搜揚久孤何屬有能必默奉嘗擇事而辭難無力可陳乃始籲天而求佚然蒙焦恩有爲之日以此懷恩未報之身苟營燕安豈勝慙慄伏蒙　陛下人惟求舊義不忘遐乃因秉節將命之臣旦諭并釐授方之意奇覆無用誠荷忍於

弃捐朽株賤材尚奚勝於驅使永惟愛卹徒費廢捐
臣無任

差弟安上傳旨令授敕命不須辭免謝表

臣某言伏蒙　聖恩差弟安上齎默江南東路刑獄
以臣衰疾就令照管仍傳　聖旨令臣便授敕命更
不須辭免者江海養殘雲天悠遠恩言狎至感涕交
流中謝伏念臣積荷知憐初無報稱豈圖衰質上煩
聖心數遣中人問因外使喻以眷懷之至意慰其憂
苦之餘生意焉既久而彌加告矣雖頑而亦喜乃至
召見同產馳賜十行之書使營私門就捐一路之寄
訪遠纖悉矜及隱微追千載之遭逢殆無前比顧自
身之廢殞安可仰酬唯當祇聖訓之鴻私豈敢自愒

衰之小諒重念無傷於國體乃爲不負於天慈欲以
豈居之安而尸官廩之厚罔已犯明義而冒食功之
賞況復干隆名而長躁利之風至於詞窮辭競慝於
屢黷可以塞奪終冀垂於矜從臣無任

孫珪傳宣許罷節鉞謝表

臣某言二月二十二日江東轉運使孫珪到府伏奉
聖慈宣諭以臣誠請甚確志不可奪故罷節鉞春晴
更宜愼愛者囊封屢黷特荷矜從使傳戴馳重煩慰
撫 中謝 伏念臣久尸名寵莫報恩私旣進不職之誚
更竊無功之祿閉門養疾曾未瘳於朝榮擊壤歌時
顧難忘於聖力伏蒙 皇帝陛下義惟不替仁不棄
遐故雖鐫隳僨之遺尚蒙簡記曾是筋骸之衰敢愛其

稱臣無任

封荆國公謝表

臣某言伏奉勑命授臣特進荆國公加食邑四百戶食實封一百戶勳如故者言庭嘉享推恩衍以及人田里空飡濫宸恩而累國（中謝）伏念臣昔竊叢貲眷曲散材遭值休辰登備貴器有黍僨之厚責無可錄之微勞敢冀辭身尚叨徽數此蓋　皇帝陛下備成熙享答四表之歡心董正治官逮一代之明制因令疲苶與被光榮雖自替於康責賓有疇於貢禱臣無任

賀貴妃進位表

祲盛之禮發於宮闈驩康之聲播於寰海（中書恭作）

皇帝陛下放古之憲刑家以身乃資嬪德之良俾貳
坤儀之政蓋關雎之求淑女以無險詖私謁之心雞
鳴之佩賢妃則有警戒相成之道於以求助不專為
愚臣生逢明時竊觀盛事喜聖人之多子輒慕堯封
之祝合辭以式歌豈慙周雅臣無任

賀生皇子表六道

臣某言覩進奏院狀報誕生皇子者宮闈嗣慶寰
海交欣凡遠戴天惟均擊壤中賀臣聞螽斯之言衆
子是為王者之時華封之祝多男亦曰聖人之喜恭
惟皇帝陛下紹祖休顯憲天昭明致文武之憂勤
盛堯舜之仁孝宅師無競學肇之寢既豐傳類有祥
高禖之祠屢應詒謀方永錫羨用光臣託備著維切

秉睿燮不顯亦世家實具於衆懷於萬斯年心敢忘
於慶願臣無任

二

臣某言伏覩進奏院狀報誕生 皇子者嘉慶係傳
歡欣總集中賀臣歷觀古昔誕受福祥厥配天所以
久長乃有子至於千億伏惟 皇帝陛下鳧鷖之雅
媚于祈祓芣苢之風燕及黎庶弓韣嗣燕禖之報旒
嬹仍羆夢之祥無疆惟祚永保桑苞之固有室大競
方覩祉實之蕃臣嘗汙近司久尸榮祿特荷殊選之
至盡驩喜之情臣無任

三

臣某言伏覩都進奏院狀報誕生 皇子者皇運罕

[illegible]天枝獨茂熙臨所暨鼓舞攸均中賀臣聞文紀天慶之延昌惟十子詩歌姒徽之繼爰至百男摩敬于修乃饗厥祉恭惟 皇帝陛下道冒區宇德冠往初品庶蒙休既饗和平之樂神靈錫羨果膺蕃衍之祥臣曾叨近司備叨燕喜以宿疴而自困欲旅進以無階臣無任

臣某言伏覩都進奏院狀報七月四日誕生 皇子者慶兆六宮歡交九服熙臨所暨鼓舞惟均中賀竊以莞寢告祥實帝臨之[illegible]享于祠錫羨乃神保於昌禱伏惟 皇帝陛下追敬堯舜熙嗣系儀象鴻名敷播已協九皇之高純嘏無疆方當千子之衆維祺有徵

倖識無疆臣夙冒恩遇再乂尸榮祿適逅睢嘉之會共
欣趨造之難臣無任

五

臣某言伏覩都進奏院狀報誕生　皇子者元精孚
佑聖運挺生慶係集於宮庭歡外交於寰宇卜賚竊
以熊羆見夢種姓儲祥厥撫會昌之期乃膺錫羨之
福恭惟　皇帝陛下德高振古仁浹含生故神明之
胄浸蕃而福履之將來臣乂尸多祿特荷異恩顧
表族之滋多望清光而獨遠臣無任

六

臣某言伏覩都進奏院狀報誕生　皇子者養蓄參
德方鍾錫羨之祥羆夢生賢克協會昌之運奧在熙

臨之廣敷同天地之澤切以思齊神罔時恫假樂民之攸墍天所予佑厥儀太姒之多男國之禁懷亦曰虞王之敎子孫惟 皇帝陛下令德光乎洛誦康功茂乎岐昌鴻休無疆景命有僕蓋著莒之薄言采采衆皆先成則螽斯之宜爾振振宗彊勳懿臣父叨眷遇適匪追趨覲值本支百世之盛時敢忘壽考萬年之善祝

賀魏國大長公主禮成表妝建觀嗣

臣某言伏以明吿治家寵頒恩冊家邦之慶海宇以欣中賀某年 皇帝陛下荷天閎休若古丕式自[illegible]聖而尊於禮極愛敬而明姊親而先姑特加徽數改錫承嬪禮褒所生之八號已乎無言惟允臣父尸禁祿寵

睹盛儀，臚傳雖異，六變九賓，率舞尚同於百獸。臣無任

賀冀國大長公主出降表

慶事備成，恩紀隆洽，有榮夷夏之歡，嚴孚邦國之休。中謝蓋聞勿恤於有家，以祉而歸吉，禮儀卒獲，風化所原，不有卒躬之清明，其能由內而成熾？恭惟

皇帝陛下道光覆照，教始親成，篤念祖之至情，致先

姑之美義，庶言無間，徽典有加。臣叨昧殊講，褒寵遠屏，親值禁懷之日，用忘呼舞之勞。臣無任

賀魯國大長公主出降表

臣某言：伏覩進奏院報，魯國大長公主出降，著占吉聘，夢祥實發於先朝，眞薦告期，論臣肅成於外館者實。臣聞觀成經五禮之始，睦婣貫六行之中，善與物昌

慶惟時賴恭惟皇帝陛下齊家而國治睦族而民雍恩隆天屬之尊禮重王姬之降慎所選尚燕及文母之慈厚於送歸追成穆考之孝臣叨陪興運獲覩盛儀雖句臚中絶於九賓然呼舞外均於百獸臣無任

賀康復表

臣某言天佑俊德永錫康寧三靈一心所共欣慶中賀竊以執契踐運寶命在躬無疆惟休何恙不已伏惟皇帝陛下堯仁舜孝克假彰聞惠于神民循道不越雖勤勞庶慎衛養小愆而福履綏將旋日底豫平格獲祐效驗甚明而臣衰疾所嬰久違宸宇聞傳踴躍倍百群黎臣無任

賀南郊禮畢大赦表二道

臣某言伏覩十一月二十五日南郊禮畢大赦天下者精意上昭神靈底豫茂恩旁暢夷夏接和中賀臣聞道以饗帝爲難禮以配天爲至有秩斯祜唯四表之歡心胡臭亶時匪九州之美味自古在昔若聖與仁厥遭昌辰乃覩熙事恭惟　皇帝陛下邁種三德數奏九功率籲奉璋之衆髦肇稱奠璧之新禮庿遵致孝郊血告幽誠既格於穹旻福遂均於品庶振憂矜寡原宥眚烖第五玉以褒封善人是富發三錢而慶賜賦者不虛天其居歆人以呼舞臣某叨寵褒靚值休成雖無與於駿奔實不勝於竊抃臣無任

臣某言伏覩今月初五日南郊禮畢大赦天下者精明條達神聽顧而依懷膏澤川流人懽呼而踏厲中賀臣聞語孝之至莫大於配天議禮而豐不足以享帝能舉舊章實歸聖時恭惟 皇帝陛下鴻化已昭庥年屢歷三會定籩豆有童正之治宮廟崇豐暨粢盛有底慎之財賦禮成穀旦恩浹縣區雖洛誥咸秩之侔明尚難譬稱豈見寬之淺呐能盡揄揚臣夙荷慈憐方嬰衰瘵望九賓之縉笏獨遠句傳押百獸於山林猶知率舞

臣無任

賀明堂禮畢肆赦表

臣某言伏覩今月二十二日明堂禮畢大赦天下者蒐講上儀神天厭豫敷施大號萬宇交欣中賀蓋聞

聖以垂帝爲難孝以載文爲至所以孝文爲盛其一而
帝事漢記諸神武爲稱豈示無窮於後　皇帝陛下遍
包衆甫運會一平巍巍成功竟之所謂大業業致孝
發之所由昌滿選休辰肇錫寵饗古禮既至而正惟
已獨萬壽徵酢而福與衆均　臣久習書詩方嬰衰疾
叨承邀召乃獨後於臣工雖無芒鎬之稱自同於鳥獸
百無任

臨川先生文集卷第五十八

臨川先生文集卷第五十九

表

賜衣服銀絹等謝表

中使宣醫謝表

差張諤醫男雱謝表

賜曆日謝表二道

賀冬表八道

臣某言伏以無疆潛萌上儀亞歲室告氣行之協臺之瑞至之嘉恭惟　皇帝陛下孝敎復以大中覿朋乘之衆僕剛健之德冀陽皆亨壽昌之期如日方永臣叨榮近列攖疾蘇方島趨獨後於在庭爵躍實深於在關臣無任

二

臣某言伏以寶曆無疆嘉晴告儀物共昭明而赤氣順

[illegible]動於黃宮中賀恭惟皇帝陛下道協乾元德參
陽感靈一元而獨復漸萌寶以普臣承御玉晷凝春
總振臣宿嬰衰疾久隔清光迹雖遠於丘園志不忘
於宸宇臣無任

三

臣某言伏以萬寶潜萌應黃宮之協氣百工奉慶
正歲之上儀中賀恭惟皇帝陛下體御至神誠
獨智武烈丕承乎前載堯明光被乎多方茂對斯時
備膺諸福臣比緣衰疾獨遠清光雖存闕之不忘尚
造庭之未獲臣無任

四

臣某言伏以氣復黃宮茂對物滋之始晷移北陸肇

賓日至之長（中賀）恭惟 皇帝陛下道與時行化與
天運同無疆而履位寔肩禧以宜民肩臨陽長之期
大繁福綏之慶臣思容居里病區造庭匪薦壽以無
階顧駭心而局己臣無任

五

臣某言伏以陰含物極陽與（闕）來推歷玩占乃見潛
萌之信體元御辨以知敦復之中（中賀）恭惟 皇帝
陛下舜孝禹功文謨武烈茂對一時之禧嚴靈承旅以
壽康臣久冒朝榮外叨方任弗與稱觴之末豈勝存
闕之深臣無任

六

臣某言伏以候臨三微氣[illegible][illegible][illegible]冀護觀書雲之（下缺）[illegible]

獻歲以陳儀中賀 恭惟 皇帝陛下祗適懋謨豐[illegible]
徠運兆一陽而獨復斂諸福以賜率臣屬此養痾苶
然在遠傾心舜日欣實景之晷長仰首堯天祝壽祺
而等以臣無任

七

臣某言伏以運與陽升晷從日至儀占三朔之會氣
先五刻之占中賀 恭惟 皇帝陛下茂對斯時備膺
諸福御至和之玉燭撫大順於璿璣臣竊望清光獨
嬰衰疾徒有懷於率舞乃弗預於稱觴臣無任

八

臣某言伏以一陽氣復萬寶具明生天人效五雲之祥律
應三統之首茲為大慶允屬 熙朝中賀 恭惟 皇帝

陛下道泰羲軒德深堯禹文物聲明之昭稱禪衣祖
考之安寧適丁壼治之期翕及之履長之序萬靈賡祉
四海交歡而臣身處江湖地遥宸極瞻天日之表阻
獻於壽觴望雲龍之庭徒傾於曬頌臣無任

賀正表五道

臣某言伏以漢儀高會方登四海之圖周曆脩頒乃
憲百官之象中賀恭惟皇帝陛下含德淵懿撫辰
休嘉彝貽射之雲龍所叟者化育敷於遂艾各遂
其生運與日升道侔乾始臣尚依枌社獨隔楓宸緬
瞻朝著之班竊慕封人之祝臣無任

二

獻歲初吉嘉月始和萬實取新之元九儀告慶之會

中賀 恭惟 皇帝陛下 體神聖智 抱一建中 允迪彝勳 永膺孚祐 德日新而有俶 福時萬以無疆 臣特荷寵光 久嬰衰疾 雲天在望 惟緬想於句傳 麋鹿與遊 豈暫忘於率舞 臣無任

三

寶曆無疆 嘉生有俶 屬初獻歲之吉 乃始端月之和

中賀 恭惟 皇帝陛下 常德日新 景福特茂 體泰元而韡老 閱衆甫以貴耆 臣久負異恩 尚嬰衰疾 瞻雲爲郁 想朝路以戴欣 倘日舒長無疆 人而晉樂 臣無任

四

寶曆無疆 嘉生有俶 門憲始和之象 庭充元會之儀

中賀伏惟 皇帝陛下膺保永圖綏將純嘏撫五辰而致順毓萬物以皆昌臣久負畀恩尚嬰衰疾瞻雲曠瀰欣逢舜旦之華聳抃清揚樂得夏時之正臣無任

五

馭正夏時更端周曆體一元而敷惠適與春浮斂諸福以代新方徧川至中賀恭惟 皇帝陛下誕昭明德祗紹孫謀齊七政以當天順五辰而凝績用求協氣以阜嘉生閱千古之上儀肆三朝之盛會仰同星拱竦百辟以在庭追效嵩呼之禮萬年上而薦壽臣纍簪幾景慶鹿益遐誰奠與於臚傳退但知於率舞臣無

辭免南郊陪位表

伏奉詔書令發來赴闕南郊陪位者萬國駿奔煒上儀之殊觀一夫幽屏叨明命之特招中謝伏念臣竊祿已多冒恩是渥自致惓惓之義實有素情無贖穆穆之容豈非禁顧而恭禁莫萱景環以況爾伏歎以負茲於今來已侍壇垓而踐豆房豈為姑臣無任

辭免明堂陪位表

臣某言伏奉詔書令發來赴闕明堂陪位者合宮一至享宇駿奔冒褻優詔之加役陪顯祠之來中謝伏念臣棄身荒遠上負眷憐今璽恭嚴父勞監存荒宗祈之盛禮辱號召之明恩當即辭是嚴豈容辭謝而退冥浸劇匪勉寘冀心若子年驚舞存於魏闕身安樓

僕乃自外於漢闕臣無任

詔免南郊陪位謝表

臣某言近具表爲疾病乞免赴闕南郊陪位伏蒙
聖慈特賜詔書許免者螻蟻惓惓上干旒扆雲天覆
露下賁丘園中謝臣憊矣微生頹然暮齒冒恩鼎食
非堅許以爲高承命旌招宜驟奔而反後顧緣衰疾
致隔清光伏蒙　皇帝陛下特赦允違曲垂念竊慕
聽養[illegible]尚延舜日之華豈賢易遺更獲堯雲之潤臣
無任

詔免明堂陪位謝表

臣某言近具表爲疾病乞免赴闕明堂陪位伏蒙
聖慈特賜臣詔書許免者自駭弃常獲內懷違慢之誅

靈等曰俞上荷眷憐之至中謝伏念臣久違禁近遠

迫衰殘長負異恩固難避於幽縶敢圖舊事乃復與

於詳延輒冒布陳重煩詔旨允鴻私所被寵一札以知

榮蔽方已懲殞百身而何及臣無任

加食邑謝表二道

臣某言伏奉誥命加食邑四百戶實封一百戶者顯

相郊宮固宜寵賚曠居田里乃濫褒嘉中謝伏念臣

尚負宿痾久尸榮祿無可論之薄效有蒼穹之陰恩

方國明禋無工祝戴奉璋之職豈旅幣獻琛具蒲奔走

之勞獨抱滯留之歎豈圖謙遜亦冒龍光此蓋

皇帝陛下荷休駿庬斂福敷錫故雖幽屏弗以遐遺

身無補於慈憐心敢勞於勸獎臣無任

解渥旁流明綸俯被永惟叨一存深以競榮中書竊以

特郊丘之孝所以尊上帝壽官邑之賜所以富善人

盛福慶垂昌三至恩惟稱臣久塵三接近上累昭明方王幹

之親祠以銅符而外守遠均此慶例獲褒嘉此蓋伏

遇　皇帝陛下以平施於萬方無遐遺之一物製蒙

圖任之眷特蒙知之深祇服訓辭敢忘報禮臣無

任

　賜生日禮物謝表二道

璽書加獎臺銘既示優崇使者之光華賁臣門之榮寵

臣竊念臣才非秀穎勢又羈單方少也臣父教臣

以為之方及長也臣毋勉臣以許國之[illegible]至

此稱效鈌然慈訓久孤每念劬勞之日恩須慙明盛之期此蓋伏遇　皇帝陛下智臨方臣庶嘉以物多而備禮使知意厚而盡心敢不斷斷之能庶以少申惓惓之義臣無任

二

慰藉溢言匪須異數荷恩勤之及此思報稱以茫然中謝伏念臣謏簡神心叨陪大政以久孤之樸學當難遇之盛時雖罄愚忠何裨聖治門弧可想方求念於劬勞豈覬有加更上煩於寵獎此蓋伏遇　皇帝陛下施仁品物致禮臣鄰將備責於安危故俯同於憂樂所顧輸勞而後食敢知得賜之為榮矧生巳之至恩巳云不報獨事君之大義庶或無慙臣無任

三

臣某言伏蒙　聖慈以臣生日特降詔書賜臣羊酒米麪者書名閭史適在斯宸拜使家庭猥叨異數中謝伏念臣才非經國幸實遭時徒塵宰席之延初乏辰猶之告敢圖恩獎俯逮燕私此蓋伏遇　皇帝陛下寵厚近班率循前憲因令疵賤獲被龍光敢忘夙夜之勤以稱乾坤之施臣無任

四

臣某言伏蒙　聖慈特差臣男大子中允雱押賜臣生日禮物衣一對衣着一百匹金花銀器一百兩馬二匹金鍍銀鞍轡一副者劬勞之感方愴於私懷寵獎之加更慙於異數中謝　伏念臣

年初無横草之勞但有敗林之愧延膺重任久曠隆
恩敢圖誕彌之辰更冒匪頒之澤此蓋伏遇 皇帝
陛下惇修故事優眷近司屈聖制以褒嘉示殊私於
錫予永惟叨昧彌積震驚撫己寘惟亮難酬於盛德
惟時忠慎竊自誓於愚誠臣無任

五

臣某言伏蒙 聖慈特差入内内侍省内東頭供奉
官馮宗道傳 宣撫問及就府賜臣生日禮物金花
銀器一百兩衣著一百匹衣一對金鍍銀鞍轡一副
并纓複馬二匹湯藥一銀合御封全者微勞不效僭
逃三興之科厚禮有加尚躐充儀之等中謝臣外叨
寄屬仰誤眷憐已隮恭考賔異之恩負無慈之教追効

勞於晩節方不自勝惟蓄庶之誓忌終無以稱伏蒙
皇帝陛下更馳膚使曲諭至懷賜敕書珍藥奇組異恩
豈下流之敢及皆前比之所無念二凡歲旆多錫蠲禁
於既往鈆刀駑焉強扶難冀於將來不肆天地常負其
謝生顧臣子敢忘於致死臣無任

給蔡卞假傳宣撫問謝表

伏蒙
聖恩以臣疾病特給蔡卞假以將臣女子省侍
令卞傳宣撫問諭以調養者飭醫還退使己叨訓勉於
緹身轂待予寧重累顧哀於慈子之教言俾至感瀉交
流臣趣尚缺如遭逢榮甚竊食浮而廢任特負知憐
昧祿殖以挺突終貽罪疾伏遇
皇帝陛下地容天
幬雲蔭露濡昫吹賜出於更生指緜申加於瀕死醫

知造化難紀，叙於曲成。雖糜捐敢稱論而上報，臣無任

甘師顏傳宣撫問并賜藥謝表

臣某言：屢使寵辭，載華康濟，饗益珍劑，加賁臣躬。臣下情伏念臣少出衡茅，曉惟權德，寄重方鎮，知深但念里居，長負丘山之責。敢期寢食，尚賀暫履之矜。此蓋伏遇皇帝陛下天仁，憐無疆海，而不棄纂忘之盛德，豈特銘肌撫易盡之餘生，唯當臣言無任

李舜舉賜詔書藥物謝表

臣某言：叡宮閤親近之臣，賜湖澄寬闊之野老之藥物，憐以訓辭。尸厚祿而無勞，謂當誅絕；蒙大恩而不

報爾所兢惕臣中謝伏念臣本以羈單自昔論意晚由
於學上蒙聖知智曾罔效以亦身忘寧懷於許國誤謗
甚巧切愛解免之難況施而文安特荷眷遇之至況遭
遠以孤之地實負罪譴爾前之時而離明昭晰於隱微
解澤競營於流言之過 皇帝陛下以上仁含
尋以大智寬容異議優容得一例修戢揚之狀更令北户
坐蒙臨照之光恭然蓋書之禍爲驅沱若横流之意濤
惟困窮無理猶致命於一餐饋冒昧不貴敢忘懷於
九死臣無任

中使撫問謝表

臣某言孤臣藏跡竟音阻進趨 上主慈憐猶加撫諭特
伏念臣晚節山林遇非付荷異恩擯置無功行惕一介之軀

曉貸新有疾仍慙制禄之優豈謂陛下所摠萬機不忘一物迺因輶軒之出俯逮蹻屨之遺仰荷眷私唯知感涕臣無任

二

臣某言去國彌年屢[illegible][illegible]懇恤兼朝使道復賜[illegible]存中謝伏念臣冒恩殊深奉事[illegible]多廢久素餐而無責方宿衰之有加帝以遐遺實仰[illegible]恩於眷遇真知上報徒永懷於蘇榮詣臣無任

賜湯藥謝表

臣某言隆恩齊施帝以[illegible][illegible]遺弱力薄才豈能仰稱中謝臣久孤重任上誤聖知[illegible]何荷眷憐備昭誠僞猶以優愛之郡休其疲曳之軀[illegible][illegible]涉之路示寵問勞之恩先

至重書甚厚藥物兼珍此蓋伏遇 皇帝陛下丕冒
海隅寵綏臣庶發瞽聾之曾不忍於棄忘覃三天之高每
眷及庭幃永惟報効徒懷攀指臣無任

中使傳宣撫問并賜湯藥及萬慶安國寺
之謝表

臣某言伏蒙曲澤雖遠不忘晼晩餘年懼終莫報伏
念臣辭恩機要藏疾里閭既疲瘵之寖衰顧憂傷之
重至仰煩眷禮特示閔憐中飭使軺備宣恩厚寵頒
藥物深念衰殘此蓋伏遇 皇帝陛下日月照臨乾
坤覆燾俯矜舊物曲軫睿慈始終顧遇之私人知無
替存沒榮懷之感情實難勝臣無任

李友聞傳宣撫問及賜湯藥謝表

臣某言伏奉　聖慈特差李友詢扶護亡母棺柩到府并撫問者臣特荷慈憐未獲捐軀報德戢息比叨寵獎復以遺骨累恩臣中謝伏念臣釁積自躬凶流及嗣因仍積歲蔵厝不時敢謂私憂上貽聖慮伏蒙　皇帝陛下俯節遣親使護送旅櫬使亡子之魂即安於窀穸天性之愛得盡於莫年卑之訓辭無以葬物嘗被終始禮并恭存亡銘骨不足以叙欽兼之心瀝肝不足以繼感泣之血獨恨既忽之力莫知自効之方臣無任

賜衣服銀綃等謝表

臣某言今月十一日准都進奏院遞到詔書并別録賜臣衣服金帶魚袋一副銀器綃銀鞍轡馬者恩蕃溢言

上享寵眷臣須異數此荷慈憐臣曉以薄材嘗陪輿
追華原之轡未憗每疇矜收橋山之劍初遺徧悲淪
涅伏蒙 皇帝陛下勤劬追考異厚勉臣中遠被寵光
中加善庶竭負薪之志少力難效驅馳顧結草之殘魂
猶知報稱臣無任

中使宣醫謝表

臣某言秉衰攖厲敢忘澆閭軒舊垂矜曲加寵數即
馳近御兼飭太醫錫以寶奩實之珍劑創殘再肉顛
旬更蘇沓被慈憐不勝負荷臣叨恩鼓報昧祿取災
東崇降以疾殄至上煩於愍惻此蓋伏遇 皇帝陛
下覆幬念厚軒幄眷深天弟顧焉亦臨雲肩瞻而旣
術定入廟禦奈文哀感劇孤 臣論可無大清埃難知稱効顧

未填之溝壑……心獨臣無任……

差張諤醫臣男雱謝表

臣某言：伏蒙聖慈特差中使傳宣撫問，并賜臣男
雱湯藥，押沖靜處士張諤至本府醫治者。豈敢爾餘生
備叨眷撫，恭然戢息，更荷哀憐。臣初之精明之
材，適遭開泰之運，父子並蒙寵擢，臣鄰莫冀，等夷去
闕以來，歷時未久，問勞狎至，憂勤併加，以察父之爲
私，荐具臣之晚節，但懃疲實，莫副馳驅，冀憑天地之
恩，得全駒犢之命，永依輦策，共……臣無任

賜曆日謝表

臣伏以太史序年，靜觀人正之授，遂臣尸祿，乃叨天
貺之加。臣中謝竊以欽若昊穹，敬授人時，所以

作事治曆所以授時恭惟 皇帝陛下道邁古初德敷方夏治敎之象上協於天心正朔所施外逾乎海表敢圖幽屛亦誤寵頒倚尊閣以知榮曷虞嶺之可豢臣無任

二

臣伏以清臺課曆肇明一歲之宜列郡仰成欽布四時之事闕文切抃拜賜爲榮恭惟 皇帝陛下躬包曆數政順璣衡齊日月之照臨體乾坤之闔闢考覈新度遠存堯象之明推步六端猶得夏時之正盡備仰察觀之理槩裁成輔相之宜凡厥事備存詔文偕下先天誕告間無抄忽之差率土逢占驗若節符之合臣敢不恭承 旨順益授時行蕃 聖神化育之功極天

人和同之効奉而行政則不戾於陰陽推以治人庶
克躋於富壽臣無任

臨川先生文集卷第五十九

臨川先生文集卷第六十

表

兩府待罪表

臣某等伏覩内降德音以陝西河東兩路外勤師旅内耗黎元引咎推恩者罪己以興方懋日新之德經邦弗效敢辭天討之刑中謝臣等昔以凡材過叨重任内不能定國家之論以協士民外不能成疆場之謀以綏夷狄用開邊隙亟使人勞至深惻於聖懷賞大懲於榮禄瘝官若此即罪為宜唯並寘於嚴科乃大符於公論臣等無任

請 皇帝御正殿復常膳表二道

臣等言奉 聖旨以祈雨未應避正殿減常膳者陽春生物偶霑澤之稍愆睿意恤民遽側身而自抑德已脩於銷變數或係於非常當復彝儀用安群下中謝恭惟 皇帝陛下天仁博施神智曲成躬忘旰食之

勞坐講日新之政四時協序萬物致和適當化養之辰宜得涵濡之澤少違常儀深彰淸衷退師氏之正朝約大官之盛饌仰窺謙德忘在閔民然而避膚東朝當即法宫之位誕辰入慶合陳燕娛之珍事有所先禮雖偏廢伏願仰回淵聽俯狥輿情夙御九筵之居並羞十閣之具上以全於國體下以副於臣誠臣無任

二

臣某等言近上表請 御正殿復常膳蒙降批答不允者時澤偶愆屢勤齋禱 聖衷愈勵曲盡焦勞請損已以召休因退次而貶食列陳對奏尚闕綸音在臣列之靡遑伏帝閽而再扣中謝恭惟 皇帝陛下

體居離正德稟乾剛朞揉俗以致康嘗納隍而興念七載于此繼獲豐穰一春而来或罹愆亢皇慈深軫群祀徧脩恐徒犴乘則親憲其因懼藺巖羨則躬變其服仍損內饔之舉無虛正宁之朝然而禮貴從宜事難泥古而況肅臨誕節交罄慶儀有列辟拜萬年之觴有殊俗脩兩朝之好苟虧彝制難副群情少屈淵衷特從誠懇天臨廣廈日御常珍親事法宫廓宣於政治惟辟玉食貽示於等威仰以慰兩宫之慈倚以安群下之望臣等無任

乞罷政事表三道

臣某言竊以使啓國論惟亮天工必用强明乃能協濟豈容昏瞀可以叨居濫冒聰明罄陳危悃中謝伏

念臣遠侍　先帝列官外朝晚以衰歸因爲高麗伴
遇　皇帝陛下召還辭禁擢參經筵收於衆惡之中
諏以萬機之事錫御讒諛而並至輒賜辨明推孤掄功
直前每蒙開納　陛下所以遇臣者可謂厚矣臣之
所以報國者終於缺然實理勢之獨難非才能之素
薄方懼過尤之積乃罹衰疾之加比欲外乞州藩冀
以就營醫藥重念采薪之疾給尚何討論之敢請輒
緣不能者止之言庶免貪以敗冒之譏伏望　皇帝
陛下尚垂仁惻俯記愚忠賜以分司一官許於江寧
居止則天地之德實有施於餘年犬馬之勤冀或輸
效異日臣無任

臣某言近具表乞罷政事分司伏奉手詔封還不
允所乞者私懇悉已具布聞　聖訓丁寧未蒙開
納敢冒崇高之聽再輸悃愊之情中謝臣聞任賢之
務莫貴其所用陳力之義止於不能苟弗集於事功且
重罹於取戾豈容苟祿以累明揚伏念臣猥以孤生
親逢盛世昧於量己志欲攄於休明失在信言享遇
□於汙□每煩眾論上瀆　聖聰久知素曠之羞詎□
□積病而自困辭而去位庶逃竊食之誅勉以就工
重荷包荒之德雖貪順命終懼妨功伏望　皇帝陛
下闡度兼容大明俯燭特垂矜允俾遂退藏如此則
臣進亡身獲全生於末路具瞻之地得改命於時材
臣無任

臣某言近再具表乞罷政事伏蒙批答不允者訃奏
上昭未能感徹訓辭下逮更誤褒嘉中謝臣聞恕以
及物者君之仁量而受事者臣之義蓋世之道有舜
而有降故士之行或肆而或拘遭聖治之尚容冀私
議之獲遂伏念臣自蒙任使已歷歲時雖效於不
忘曾莫稗於大政逮茲孱疾乃始告勞姑以免旁言
之詬誶何足汙上恩之獎勵使人押至詔指屢頒紙
荷顧憐重懷感悸非不願粗施其樸學庶幾以仰副
於為私顧惟剛德之浸亨方奮叡謀而獨斷辨忠賢
之可任既示弗疑察姦罔之為朋將知所畏人宜善並
力朝豈乏材寧容昏憊之餘尚冒寵靈之厚敢望一

皇帝陛下離明俯燭解澤旁施矜綿力之既殫愍監近
司之或曠俯從控懇實允詢謀雖已事之無稱難言
報國貰其餘生之未泯向獲捐軀臣無任

乞出表二道

臣某言竊以丞相之職天子是毗方當圖政之憂勤
難以養病而瘵冒輒輸情素仰干恩憐中謝臣叨被
鴻私誤尸榮祿竟乍天覆幸荒穢之兼包爲聖日齊
顧卑凡而自盡尚惟許國姑誓忘軀豈意昏庸新
年而瘦劇更知駑蹇難重任之久堪伏惟　皇帝陛
下明燭隱微惠憐疲羸揭閔其積衰收還上宰之印章
賜以餘年歸展先臣之丘壟生當擊壤以詠矜容之
德死當結草以酬亭育之恩臣無任

二

臣某言今月十一日輒輸情素仰丐恩憐實以抱疾之深難於竊位之久過蒙褒諭未賜矜從事有迫於懇誠理必祈於哀惻中謝臣僻自守與俗多違審容膝之易安因忘擇地昧毀譽之難避遂廢占天豈圖憂患之餘更值清明之始寘之之日畏而暴之之日從之之人寡而拔之之人多尚誤聖知猥妨賢路屢頃於嗟躓頗效於歲勞以蚊負山顧難勝於重任況復瞀昏而曠責若猶冒昧以尸官是乃明憲之所不容豈特煩言之爲可畏伏惟　皇帝陛下天地覆載日月照臨賜以曲成容其少愒區區旅力或未愆於餘年斷斷小能冀尚幾於畢日臣無任

乞退表四

臣忠於爲國故進而能致其身君恕以及人故病則
閔勞以事此今昔共由之通義實上下相與之至情
敢觸冒昧之誅冀蒙哀矜之聽中謝 臣受材鄙劣遭
逢休明卑忠或會於聖心承主之遂尸於宰事謀謨寡
[illegible]護不見其有成操行陵夷又或幾於無恥久宜辭
位尚茍貪恩豈圖養拙以乘方重以瞀昏而廢務盈
實陳列未獲於從黽勉以來浸淫遂劇大懼典司之
曠上煩程督之嚴伏惟 陛下詢事考言循名責實
或輟夜分之寐常臨日昃之朝萬方黎獻之多略皆
樞辟三事士大夫之守豈已瘝官仰冀高明俯昭悃愊
念其服勞之久憫其嬰瘵之深及未干鈇鉞之時令

遂解機衡之任豈特小安於私義兹惟上協於師虞臣無任

二

臣昨具表乞解機政伏奉　手詔未賜俞允者明主訓辭之寵宣即奉承匹夫志守之愚敢覬矜允中書繇以品制百爲總裁萬務任怨盡萃於持久服勞安可以獨賢所以中外迭居是爲祖宗故事況於疲臾加以瞀昏若由昧冒而無慙慝其必顛隮而不救臣是叨會獎備進近司當循名責實之時故任怨特多於制置兼綱令改制之事故服勞尤在於一身雖蒙全度之恩僅免譴訶之域其於多故實以難支矧疾疢之交攻且事爲之浸廢伏望　陛下昭其悃愊假以

優詔便得保養於衰疲以示保全於孤拙臣無任

三

臣某言近具表乞解機務伏奉 手詔未賜俞允者
聖恩所及有隆天重地之施私義未安有深淵薄冰
之懼中謝竊惟成湯高宗之世有若伊尹傅說之臣
其道則格于上帝而無疑其政則加乎民而有愛后惟
時人相亦有終追乎中世之陵夷非復古人之髣髴
忠或不足以取信而事事至於自明義或不足以勝
姦而人人與之爲敵以此秉權而久處孰能持祿以
少安此臣之慮危於居寵之時而昧死有均勞之乞
況於抱病浸以瘝官伏惟 陛下道與日躋德作乾
覆哀一夫之失所樂萬物之皆昌則夫眷遇之優既

已勤劬之久宜蒙善貸使獲曲全賜其疲賤之身假以安閑之地則敝車無用猶可具於旁薪棄席未忘或再施於華幄臣無任

四

臣某言伏奉　聖旨令臣入見赴中書供職者螻蟻微誠屢聞省覽天地大德未賜矜從中謝臣聞周之士也貴秦之士也賤周之士也肆秦之士也拘其縱之爲貴其拘之爲賤賤故尚勢利而忘善惡貴故尊行義而矜廉恥士知尊行義而矜廉恥宗廟社稷之安而天下之治也伏惟　陛下言必稽堯舜動必憲文武故視遇天下之士欲其貴不欲其賤欲其肆不欲其拘臣以羇孤旁無攸助一言竊意特見甄收適

遭欲治之盛特實預扶衰之大義事或乖於衆口而
陛下力賜辯明言有逆於聖心而[redacted]陛下常垂聽納
比臣所以屢艱虞而不忌服勤苦而不辭雖百度搶
攘未就平成之敘然四年黽勉非無夙夜之勞今特
以心氣之衰疲目力之昏耗哀祈外補冀幸小休而
乾剛確然莫可回奪則其親值周家之忠厚獨爲秦
[redacted]之賤拘事與願違能無竊歎理當情恕豈免上煩
實望[redacted]聖慈俯昭愚欵外賜優閑之地少安疾疢之
身須其有瘳乃責外効臣生當捐軀以報德死當結
草以酬恩

乞宮觀表四道

臣某言疏疾時畀敢忘慮報之忠陳力弗能當布可

辭之義中謝伏念臣三既倚與遭久汙近司亟辱恩寵逾於清光褒拔更忝於環瀆尚免大訶之責乃叨異數之加授以戎旃之寄帶松楸舊國實使鄉鄰蒲鄉殘年足為榮耀顧在宣化承流之地方當循名責實之時疲曳難支顛躋可畏仰祈睿眷俯徇愚衷并解將相之官外除官觀之任託依田里瞻守丘墳儻遂休養之私終獲衰殘之福敢忘策勵復效京糜遺無任

二

臣某言近具表乞以本官外除一宮觀差遣伏蒙聖慈特降中使賜臣詔書不允者天地至恩賁知華報蟬蟣微息尚竊有懷輒冒隆威言亦輸危悃伏念臣

遭逢異甚稱効蔑如苟涓力之可陳豈餘生之足惜顧以憂傷而至弊重爲疢疾之所攖倫假便州必負曠瘝之責過尸厚祿更愆明哲之懃伏望 陛下本孝燭知始終護念俯徇一餉三之懇俾無累國之允尙冀寧孚寥誓終靡殞臣無任

三

臣某言輒傳俯臨璽書得益仰荷眷存之厚第懷感悸之深任有不勝勉非所及輒輸危懇再冒天威伏念臣久誤至恩難圖報稱適尸寧祿易取災危力憊矣而弗支氣喘焉而將殲影圖掃軌斯爲待盡之殘莫府遐棍豈臣養痾之地詎以懼曠瘝之責敢辭逋之誅伏望 陛下照以末光遂其微請使壇陸之身

無茲視之悲遽渠之色有從容之樂庶蒙寬復更董

處稍臣無任

四

臣某言勤敝衰茶僅有餘生肝膈精誠簡在聖聽豈

圖寵獎未賜矜從輒冒威尊更輸情素中謝伏念臣

久妨機要初無補之涓埃苟免庶尤實荷恩私之至蓋緣

多疾更尸名器之崇祇辱使軺係宣詔旨深懼策勵

御稱寵光而況病疢有加療治無損辭榮家食乃為

理分之宜于澤自營尚恃眷憐之舊伏惟 皇帝陛

下衡聽萬事器使衆材念其罷勉之終難假以便安

而少偈庶完體力圖報毫分臣無任

手詔令視事謝表

臣甚言伏蒙宣示言者所奏輒具劄子乞傳示公議
改用賢人伏奉詔獎勵令視事如故者前議并聞已
韙舜禹之豁達懇誠上訴更煩周誥之丁寧竊以作
庸者主之權待察者臣之禮蓋雖蒙非常之厚遇亦
將避可畏之煩言臣志尚非高才能無異舊惟所學
之迂闊難以趨時因欲自屏於寬閑庶幾承志惟聖
人之時不可失而君子之義必有行故當　陛下即
政之初輒慕昔賢際可之仕越從鄉郡歸直禁林或
因勸講而賜留或以論思而請對愚忠偶合即知素
顧之獲申睿聖日躋更慚淺聞之難副壹叨拜獎忝
秉洪鈞所宜引分以固辭乃以衰冒恩而輕就寬負待明
主知臣之有素故以孤身並□國而無長人習玩於文

聖旻循緣於積歲可以款言不忌誠行無慙論者俗之亦
始欲徐徐而變革惠愛日之至親又將汲汲於施爲以
物役已則神志有交戰之勞以道御衆則事功無必
成之望恐上辜於眷屬誠竊幸於退藏猶貪仰附於
末光亦莫輕成於薄効比聞獨斷謂合僉言但勤承
命之忠遂觸招權之毁因請避衆賢之路庶以厭異
議之人伏蒙　皇帝陛下敦大兼容清明旁燭賜之
神翰諭以至懷君臣之時嘗千載而難值天地之遭
豈一身之可酬敢不自忘形迹之嫌庶協神明之運
臣無任

添差男雱方句當江寧府糧料院謝表

臣某言近輒冒昧陳乞男雱方句當江寧府糧料院一

次伏蒙特恩添差者去寄卧家猶尸厚禄祈學及嗣負荷殊私中書伏念臣汗馬之勞初無可紀甄債之憂乃敢有言顏雖腆以知慙心固甘於獲譴豈謂陛下矜軒幄之舊録簪履之微不特出於上恩俾遽叨於世禄繄曲成之造化常以遐遺徒共誓於糜捐安能仰稱臣無任

謝以所居園屋爲僧寺及賜寺額謝表

臣某言臣基迹叢祠冀鴻延於萬壽錫名扁榜竊豔適於一時臣生乏寸長世叨殊獎賤息奄先於犬馬覆齡俯迫於桑榆獨念親逢莫有涓埃之補報永惟宏願豈忘香火之因緣伏蒙皇帝陛下俯徇祈誠特加善禱所懷封人之祝終以堯齡乃靈長者之園遂

許仰憑護，下念哲甲，熏脩臣

依所乞私田充蔣山太平興國寺常住謝

表

臣某言：緣恩昧冒，方虞罔上之誅；加恩異矜，遂竊蓋天之幸。伏念臣少嘗罹閔，晚慎憂虞，崇祿雖多，不逮養親之日；餘年向盡，更爲無子之人，豈[illegible]香火之緣，仰賴金繒之賜，尚復祈恩而不已，又[illegible]福於無窮。伏蒙陛下眷遇一於初終，愛恤兼於存沒，特[illegible]法俯旋私求。雖老矣無能，莫稱淵泉之施；若死命之流，豈忘結草之酬。臣無任

辭免司空表二道

臣某言：今月十一日，三班差使崔汝蕭三奉宣聖旨

及壽陽制誥一道除授臣司空依前觀文殿大學士集禧觀使加食邑四百戶食實封一百戶餘如故者優寵驟授祗忝明恩家巷卧居敢叨虛譽中謝竊以事官之所命異於時制之令除名稱三公班亭一品選辰特言穪位實難臣晚玷誤恩嘗尸劇任曾無尺寸報無普憐獨有丘山莫知負載豈意還擾一河之父來明嗣服之初縣力薄材邁旨於屏棄高秩厚禮更冒殊褒崇惟器與名恐身累國仰祈遷令追寢青書應以衰殘獲所安之終吉亦令蹇淺免非據於負瞻臣兼任

二

臣某言近具表乞追寢恩命伏蒙 聖慈特降詔書

不允者隆施所逮懇辭弗俞輒冒天威更輸微款
臣享勞無紀擁旆行不脩居糜萬鍾之初未知於辭富望
彌九載方有俟於黜幽豈圖邦命之新尚眷求人之
舊寵靈疊被危厲增加位高而疾顛力少任重實負前修
之切戒敢以醜之冒瀆仰冀睿明顧憐衰朽故茲非
眾免貽官謗之憂寧以圖功俾獲里居之佚臣無任

乞致仕表（此表不曾奏發舊從集見遺藁）

臣某言祿以賞官嘗恃食功之義老而辭祿敢忘知
止之廉輒冒天威具輸微款伏念臣小聞官業識薄才力
淺術信獨善以一心歸自營之白慮久享視過特幸
遭逢昔也壯時尚無可紀今而耄矣豈有能爲敢望
睿明許之致仕實於危朽賜以全生庶以衰殘就豫佚

太平之樂亦今遲暮免離大耋之嗟

臨川先生文集卷第六十

臨川先生文集卷第六十一

表

賀册　仁宗　英宗徽號禮成表

賀景靈宫奉安　列聖御容表

賀　哲宗皇帝登極表

賀升祔禮成表

英宗山陵禮畢慰　皇帝表

又慰　太皇太后表

又慰　皇太后表

英宗祔廟禮畢慰　皇帝表

又慰　太皇太后表

又慰　皇太后表

慈聖光獻皇后昇遐慰　皇帝表
慈聖光獻皇后啓殯及復土返虞慰　皇帝
表二道
慈聖光獻皇后神主祔廟慰　皇帝表
慈聖光獻皇后朞祥除慰　皇帝表
正旦奉慰表
魯國大長公主薨慰表
八皇子薨慰　皇帝表
八皇子葬慰　皇帝表
謝宰相笏記
謝翰林學士笏記
知常州謝上表

南郊進奉表

代鄆州韓資政謝上表

代王魯公乞致仕表三道

代人賀壽星表

代人明州謝上表

代王魯公德用乞罷樞密使表三道

賀冊 仁宗 英宗徽號禮成表

臣某言伏覩進奏院狀報冊告 仁宗皇帝 英宗皇帝徽號禮成者肇稱縟禮追薦鴻名揚二聖之閎休風四海以純孝惠心昭假釐事備成臣中謝恭惟仁祖以堯之巍巍丕冒區夏 英考以舜之業業祗承廟祧紹隆德至於難名崇報義存於無已 皇帝

陛下仰稽前憲俯采庶言命冊使而致嚴告匱主而歸美神靈率顯其啓後於無疆品庶交欣以奉先而不匱臣備叨殊眷獲睹上儀顧久負於沉痾乃獨妨於旅進

賀景靈宫奉安　列聖御容表

臣某言新一代之上儀極二端之美報經始有俶實自睿謀歡成無疆乃僉衆志臣中謝竊以閟宫鬼享周特腆於姜嫄原廟神游漢獨隆於高帝遠或遺祖近止及親恭惟　皇帝陛下服卑而即功食菲以致孝嚴祖宗之衆像依仙釋而異宫館御因時初豈忘於苟簡修除備物乃有待於純熙宸宇祕嚴扁榜崇麗祼獻式序妥侑維時藐然往初孰此倫擬臣久尸

祿尚負宿痾閒雍事之覬成與羣情而偕樂臣無任

賀哲宗皇帝登極表

臣某言伏覩赦書皇帝陛下今月五日登寶位者郊廟神靈永有宗依華夏黎民永有歸賴中謝恭惟皇帝陛下光御歷服大承統緒以聖繼聖紹祜無疆臣遭遇先朝久叨榮祿不獲奔走瞻望清光臣無任

賀升祔禮成表

臣某言伏覩進奏院狀報七月十二日升祔禮成者涓選休辰肇稱吉禮神靈底豫品庶交欣中謝竊以登儼紫庭歸配清廟於穆禘在昔有嚴維時恭惟皇帝陛下德茂承祧志存念祖傚唐文而制作致彝

孝於烝嘗蠲享既成歡心齊協臣尚攖衰疾久闕清
光陪九賓之臚傳獨無厚幸偕四方而來賀徒有微
誠臣無任

英宗山陵禮畢慰　皇帝表

臣某言積百祀之材已襄葬故設九虞之主方考祔
儀伏惟　皇帝陛下德懋欽明道隆勤孝雖送終之
禮已備而追遠之念甫深惟順變以抑哀實含生之
至願臣限分鎮守阻豫班朝臣無任

慰　太皇太后表

臣某言宮車去返陵邑既營凡在照臨豈勝攀慕伏
惟　太皇太后道侔坤育仁出天成永懷愛孝之隆
充積悲惘之感稍節慈念寬慰輿情臣切備從官限

分符守徙有攀號之云書稱初無辨護之儀勞臣無任

慰　皇太后表

臣某言臧靈有集方祔於廟祧威慕無窮外暨於蠻貊伏惟　太后比賢任姒纘緒塗莘祇協孫謀克襄大事地非蒼梧之遠勢有霸陵之安唯割至哀尚膺遐福臣備官有守奔問無階臣無任

英宗祔廟禮畢慰　皇帝表

臣某言七月而葬既克奉於寢園萬世不祧遂崇成於廟室凡居覆燾同盡攀號伏惟　皇帝陛下膺保聖神踐行仁孝纏哀罔極率禮無違仙遊既集於宗祊聖念彌勤於真室仰祔順變備禮合生臣符守於遐班朝奠豫臣無任

慰　太皇太后表

臣某言威靈來返祠廟有嚴序穆昭禋之倫定列祖宗之次哀號罔極擗踊所同伏惟　太皇太后功佐帝圖德齊坤載永惟孝愛允積悲懷冀紓天性之慈以承母儀之福臣無任

慰　皇太后表

臣某言宗祐告成皇靈來燕凡居覆露同盡哀罹伏惟　太后協慶塗山比賢太姒方正坤儀之位上同乾御之仁虞祔奄終攀號靡極冀哀悁之念節膺福祉之無疆臣限守州符西趨天陛臣無任

慈聖光獻皇后昇遐慰　皇帝表

臣某言伏以上天降禍　太皇太后奄違孝養伏惟

皇帝陛下攀號感慕聖情難堪臣限以衰疾在遠不
獲奔赴闕庭臣無任

慈聖光獻皇后啓殯及復土返虞慰

皇帝表

臣某言伏以日月徂遷以承太皇太后諏辰協吉
肇啓殯宮聖情攀號何以勝處恭惟 皇帝陛下聖
孝發中天毅備至感慕摧咽遐邇一情臣無任

二

臣某言伏承太皇太后神宮復土奄及返虞聖心
傷摧何以勝處恭惟 太皇太后天助懿德以昌
運輔佐保祐功施三朝粤自棄捐宮闈爰及襄事
陛下哀恫夙夜發於至情追奉致隆有崇嘗禮顯情

秉德內外單盡孝治所形人用感歎臣伏限在遠無
緣奔走瞻望闕庭臣無任

慈聖光獻皇后神主祔廟慰　皇帝表

臣某言伏承　慈聖光獻皇后神主祔廟既克禮成
伏惟　皇帝陛下聖孝發於哀慕難勝日月徂遷禮
有嚴變伏望少抑至情以幸天下臣無任

慈聖光獻皇后朞祥除慰　皇帝表

臣某言伏以日月流邁　太皇太后捐棄天養奄及
朞祥仰惟　聖孝攀慕無極伏望深加裁抑以幸萬
方臣限以衰疾無緣奔詣闕庭臣無任

正旦奉慰表

臣某言伏以日晷流邁歲曆肇新　太皇太后棄捐

宮闈奄歷晴序伏惟 皇帝陛下孝友至感慕難
勝臣以衰疾無緣奔走瞻望闕庭臣無任

魯國大長公主薨慰表

臣某言伏覩進奏官狀報魯國大長公主薨背伏惟
聖情痛悼臣以衰疾無緣奔走伏望以理寬釋循慰
群情臣瞻望闕庭無任

八皇子薨慰 皇帝表

臣某言伏覩進奏院報八皇子薨背伏惟 聖情悲
悼難任敢乞抑割天慈以幸[illegible]為邦臣瞻望闕庭無任

八皇子薨慰 皇帝表

臣某言伏聞鄂王襄事有日靈輴即路伏惟 聖情
悲悼難勝敢乞割抑天慈以幸于天下臣瞻望闕庭無

任

謝宰相笏記

揆荷寵靈叢載懷感懼竊念臣某愚暗寡學古之不逮謀識蒙記憐特賜收用伏惟 皇帝陛下紹膺天統尊養耋功旁招儁良積及疎賤者豈宜蒙竭仰稱寵光臣無任

謝翰林學士笏記

合哀去國疾憊造朝躐坐禁嚴許之燕見玉堂閑暇賜以叨居申飭使人就傳德意事雖耆故寵賞非常莫知報稱之謂何徒荷眷求之如此臣無任

常州謝到任上表

臣某言以貧擇郡以病辭竝以暫責之朝旨在遣

詔三域中謝　伏念臣比在羣牧嘗求外官蒙恩非廷
以職繫縣未識賢愚之方已纏悸眩之病區區本懷
懇懇自許遂蒙優詔特與便州雖臣之愚所學非敏
受祿則辭貧而取卑當官則讓劇而求閒使有以臨
知罪其極此蓋伏遇　皇帝陛下明照萬物寬惠四
方在官而不擇其可許因能而不責其所乏顧雖無
用於當世嘗以有聞於先臣恩報所蒙敢忘盡瘁忠
而州郡撫循之勢患在數更官司考課之方要諸久
任惟此弊邑比多凶年歲行兩周守更八易嘗郡人
煩勞之後以臣身疲病之餘自非少假以歲時將必
上孤於器使所祈降鑒姑使息肩則斷斷一臣不獨
免於大戾元元萬室儻有望於小休臣雖天資無

任

南郊進奉表 江寧

臣某言伏以郊兆宗祈臣工顯相慶九畿之藩屏備萬物之貢輸前件物掌於邦財斂自民藏寓竊覬燎禋之盛式修幣獻之常臣無任

代鄭州韓資政謝上表

臣某言祕殿升華名城借重寵靈溢分媿懼交懷謝竊念臣世系單平天姿滯固親逢文雅之會首玷秀廉之科黽勉在公優游過紀比被蒙眷與度越等夷省寺備官禁庭充衛分無可采懼拙冒於憲章寸有所長使裨參於治政竊忘自信智慮罕適未盡將明之才已干訶譴之與至寬之言俞猶貸其愆遂遞夫上左右之

聯嘗以京南之弊敗財傷鉅宜有如不多之譏增秩明
金本非平素之望敢圖上聖復嘗孤臣就徙通班
改司善部惟汶陽之與壤乃曾服之大邦豈矇薄材
辦是煩使此蓋皇帝陛下遇臣之造於遠不忘獨
物之明辟微必達追惟疇曩之舊特借叢霄之休功
自揣循躬安義難敢不激昂忘尚陳悉政經宣布詔
條之寬綏安風俗之厚庶幾一得少禆萬分臣無任

代王魯公乞致仕表 德局

臣某言臣聞下之所以忠於上力已竭則不敢棄所
官君之所以愛其臣年已至則不思勞以事敢務蕃
義冒盡所言中謝伏念臣以斗筲之材加犬馬之齒
比嘗得謝誤復見收血氣既衰日月逾邁固已積歲

賢者之路豈獨多曠朝廷之儀法望 聖慈許令致
仕則賴天之力使終晚節之優游乞臣之身得免夫
詩之責耗臣無任

二

臣聞言愚臣之在暮年禮當求去 聖主之於耆舊
恩不忍捐顧在禮之可言敢緣恩而苟止 伏念
臣起身疏賤逢世休嘉年除歲遷遂塵於非望夙興
夜寐常媿於無勞惟是寵榮殊非所欲矧知固陋豈
敢為高徒以歲路之向窮不勝人言之甚衆爭前而
冒寵則辱之在後也或多蓋衆以擅榮則患之及身
也嘗聞是亦有傷於國體豈惟無補於臣身此臣所
以迫切於歸誠而 徨於受命也況 陛下待之厚

之烈享百年之平勢盈則非易以持法文則當通其變此誠致慎於安危之際而責難於將相之時雖臣旅力之方剛亦宜知止豈此餘生之無幾尚可妨賢伏望　天慈俯循人欲上以終愛人之德下以免累國之誅則膂力既愆雖負捐軀之素志餘忠未訖猶知請祝於明時干冒宸嚴臣無任

三

臣某言竊以將相之權臣之所貪得君親之命臣之所憚違懇懇至於辭說之屢區區亦惟義理之迫討伏念臣典司機密倍輔清光年之浸尋職以曠屢假息幸蒙於寬政引身輒匄於餘年豈期恩褒未動聖察令臣股肱便敏足以趨賔贊之儀耳目精明足以

副謀議之託雖知當退猶願自強奈何獨以罷癃之軀而欲久私要劇之地自計且知其不可人言孰以爲當然伏望　聖慈哀憐悃愊無空敎獎使得罷休臣無任

代人賀壽星表

臣某言上靈儲祉南極效祥凡在觀瞻實增慶抃伏以皇帝陛下紹休　三聖博愛萬方唯乾則之恭壽星文之歷應臣叨塵要近親會休嘉豫聞太史之占[illegible]倍恒人之祝臣無任

代人上明州到任表

臣某言奉勑差知明州已於某月到任訖夷越故區東南窮處施澤之下歡然有生庇身於茲坐以無事

中謝臣受材素薄選擢數頗言可否有補忠之心道著顯之路曉塵郎位頗切郡章歸待罪於省中遂得著於海上自初受命以至造官歷年兩周跋道萬里備更艱阨職臣之分使然卒就宴安賴上之恩抵此餘年且衰旅力已愆尚何施爲可以報稱於苟利國家之事靡所不思及未填溝壑之時庶幾無愧臣無任

代王魯公德用乞罷樞密使表

臣聞周任有言曰陳力就列不能者止自惟踐官之守猶或不敢冒居況於任重責大安危所繫豈其老昏憊耄可以久饕敢緣前言上冒聖聽伏念臣以衰賤之身遭逢　陛下拔擢兼官將相典領機密內之無陪輔將明之効外之無折衝禦侮之勞是　陛下

所以寵臣者不可勝此言而臣之所以報　陛下者未嘗能稱況今犬馬之齒七十有七不能者止宜在此時顧貪戀聖世未敢乞身田里長違　陛下左右惟幾務之衆非臣疲曳所能勉強伏望　陛下憫臣無狀賜罷樞密院職事毋使久塞賢者之路臣不任祈恩待命激切之至

二

臣比以殘餘之生久罹賢路願還要職退就散地天聽高遠未蒙照省惓惓之私竊不自寧敢緣厚恩妄從愚著臣聞量臣以授官者君之所以仁於下也審己以從事者臣之所以忠於上也今臣罷老雖近習事謀之有所不給況於官隆事劇所揔一不一以[illegible]

審己誠不宜久叨橫寵長負 陛下任使之意伏惟
陛下量臣之聰明不足以達事量臣之強力不足以
副禮聽臣所丐早令得方有識 陛下信任之失而
臣亦賴 陛下之賜免於官謗臣無任

三

惓惓之私至于再三上累聖德而終未蒙省察獎勸
過溢非臣所堪區區之愚豈敢苟止伏念臣以羈孱
遭遇拔擢人臣貴寵少在臣右而勞烈行治無稱舉
時攘竊之地安危所繫雖臣方壯固憚不稱況於殘
年餘日豈宜尚污印數為朝廷羞方今明明在上濟
濟多士足以與司樞要補敝救失稱 陛下任使副
元元之望者甚衆 陛下雖欲苟私愚臣臣雖欲自

侍左右儒所以幸臣之意豈惟公論於臣有所不容
誠恐覆餗以虧 陛下知人之明而令賢能宜在高
位者久竊於壅出則喪身毀宗不足以塞責矣伏惟
陛下哀臣懇迫聽臣所丐以終 陛下眷寵老臣之
賜臣無任

臨川先生文集卷第六十一

臨川先生文集卷第六十二

論議

郊宗議伏奉聖問撰議繳進

問郊祀后稷以配天宗祀文王於明堂以配上帝二者皆配天也或於郊之圓丘或於國之明堂或以冬之日至或以季秋之月或以祖或以禰或曰配天或曰配上帝其義何也對曰天道升降於四時其降也與人道交其升也與人道辨冬曰上天與人道辨之

時也先王於是乎以天道事之秋則猶未辨乎人也先王於是乎以人道事之以天道事之則宜遠人宜以自然故於郊於圓丘以人道事之則宜近人宜以人爲故於國於明堂始而生之者天道也成而終之者人道也冬之日至始而生之之時也季秋之月成而終之之時也故以天道事之則以冬之日至以人道事之則以季秋之月遠而尊者天道也邇而親者人道也祖遠而尊故以天道事之則配以祖禰邇而親故以人道事之則配以禰郊天祀之大者也徧於天之群神故曰以配天明堂則弗徧也故曰以配上帝而已夫天與人異道也天神以人事之何也曰所謂天者果異於人邪所謂人者果異於天邪故先王

之於人鬼也或以天道事之蕭合稷黍臭陽達於牆屋者以天道事之也嗚呼天人之不相異非知神之所爲其孰能與於此此禮也尚矣孔子何以獨稱周公曰嚴父配天者以得天爲盛天自民視聽者也所謂得天得民而已矣自生民以來能繼父之志能述父之事而得四海之驩心以事其父孰能盛於周公者也

答聖問賡歌事

臣聞叙有典秩有禮命有德討有罪皆天命也人君能勑正則治不能勑正則亂所以勑正之不可以無其爲一也然爲於可爲之時則治爲於不可爲之時則亂故人君不可以不知時時有難易事有大細爲難

當於其易爲大當於其細幾者事細而易爲之時也故人君不可以不知幾帝庸作歌曰勑天之命惟時惟幾此之謂也人君雖知此然賢臣不心悅而服從則不能興事造業而熙百工乃歌曰股肱喜哉元首起哉百工熙哉此之謂也夫欲股肱之喜蓋有其道是蓋人君率其臣作而興事在明乎善而已明乎善在所爲法以示人者當所爲法以示人者賞乃股肱之所以喜也股肱喜而事功成事功成而能屢省以不怠廢此又股肱之所以喜也爲是者在欽而已矣皐陶拜手稽首颺言曰念哉率作興事愼乃憲欽哉屢省乃成欽哉此之謂也蓋憲者爲法以示人之謂也所爲法以示人者當率法愼爲能然欲愼而不明乎

善亦何能濟故人主者以明乎善爲難苟明乎善矣則人臣孰敢爲不善人臣無敢爲不善事其有不治者乎乃賡載歌曰元首明哉股肱良哉庶事康哉此之謂也人君不務近其人論先王之道以自明而苟欲以耳目所見聞總天下萬事而斷之以私智則人臣皆將歸事於其君而不任其責汎辭飾說並至而人君聽斷不知所出此事之所墮也又歌曰元首叢脞哉股肱惰哉萬事墮哉此之謂也然則人君之股肱良而庶事康不在乎他在明乎善而已明乎善不可以責諸人也伏惟天錫　陛下以堯舜之材自秦漢以來欲治之主固未有能髣髴者然百工未熙庶事不康者殆所謂近其人論先王之道以自明者尚

有所缺而非可以他求也臣昨日蒙德音賜及尚書
賡歌之事而悤憧倉卒言不及究故敢復具所聞以
獻伏惟 聖心加察幸甚

看詳雜議

臣今月二日至中書曾公亮傳 聖旨以雜議一卷
付臣看詳臣謹具條奏如後

議曰官有定員則進趣雖多不能爲濫宜定臺省
監寺之員須有闕然後用

臣某曰今之臺省監寺之官雖名曰職事官而實非
前代之所謂職事官而與前代刺史等所帶檢校官
無以異前代檢校官之類亦不能定員待有闕然後
用前代所謂職事官即今所謂差遣是也今

職已有定員須有闕然後用人矣若欲令今所謂職事官亦有定員則令職事官以差遣員數校之幾至兩倍而有功有考當陟者又未有以禦之欲有定員所謂可言而不可行者也

議曰內外之官正其名稱出則正刺史縣令之名入則還臺省之名

臣某曰前代有勳官有散官有檢校官有職事官勳官散官當其有罪則皆得議請減而應覓官則又可以當官而檢校官與今行守之官無異故罰之與奪皆足以為人榮辱利害今散官勳官檢校官既不足以為人榮辱利害為人榮辱利害者唯有職事官與差遣而已今若令內外官正其名稱出則正刺史縣

令之名入則還臺省之名則是丞郎知州謂之刺史京朝官知州亦謂之刺史不知職事官之貴賤何以别乎又其禄秩位次不知當復如何若同之則是不可行若不同則與未名之時又何以異臣以為今州郡長吏謂之知州非不正名所領職事官乃與前代刺史等帶檢校官無異何傷於正名而欲改之乎且漢以丞相史刺察州郡謂之刺史今欲名州郡長吏為刺史則何得謂之正名

議曰罷官而止停

臣某曰文王治岐仕者世禄武王克商庶士倍禄蓋人主於士大夫能饒之以財然後可責之以廉恥方今士大夫所以鮮廉寡恥其原亦多出於禄賜不足

又以官多員少之以緊擬罷官數年而後補君罷官而止俸恐士大夫愈困窮而無廉恥士大夫無廉恥最人主所當畏且邦財貴省之大原乃不在此議者但知引據典實乃不知唐時官人俸厚故罷爲前資未至困乏今古人俸薄則與唐時事不得同且不吝於與人以官而吝於與官以祿非計之得也

議曰以釐務實日併爲三年以叙磨勘之法以符考績之義

臣慕曰今欲以釐務實日併爲三年以叙磨勘之法竊以爲不釐務者非人情之所欲也釐務者非人情之所苦也今等之無功而不釐務則計日得遷等之無

罪而不釐務則不得計日而畫一恐未足以稽考績之義而適足以致不均之怨也且黜陟之法務在懲勸罪功不知立法如此有何懲勸

議曰置兵部審官院

臣某曰崇班以上置兵部審官院此恐可議而行蓋崇班以上差遣盡付之兵部則不可行當如文吏之法分處所任輕重緩急有付之審官者有屬之樞密者三班磨勘則官視卿監以下皆付之兵部審官可也

議曰置兵部流内銓以代三班及置南曹

臣某曰三班院無以異於兵部流内銓何必以代三班乎今三班自無闕事而又増置南曹則非省官之

意

議曰廢江淮荆浙發運使

臣某曰江淮荆浙發運使嘗廢矣未幾復置者以不可廢故也蓋發運使廢則其本司職事必令淮南轉運使領之淮南轉運所總州軍已多地里已遠而發運司據六路之會以應接轉輸及他制置事亦不少但以淮南轉運使領發運則恐一司事多墮廢此蓋其所以廢而復置也臣比見許元為發運使時諸路有歲歉米貴則令輸錢以當年額而為之就米賤路分糴之以足年額諸路年額以易辦而發運司所收錢米常以有餘或以其餘借助諸路闕乏其所制置利便多如此類要在揀擇能吏以為發運而已廢之

不爲便也

議曰廢都水監

臣某曰都水監亦恐不可廢今議者以謂此三司判官主領之時事日煩費日廣舉天下之役其半在於河渠隄埽故欲廢之此臣之所未喻也朝廷以爲天下水利領於三司則三司事叢不得專意而河渠隄埽之類有當經治而力不暇給故別置都水監此所謂脩廢官也官脩則事舉事舉則雖煩何傷財費則利興利興則雖費何害且所謂舉天下之役其半在於河渠隄埽者以爲不當役而役之乎以爲當役而役之乎以爲不當役而役之則但當察官吏之不才而不當廢監以爲當役而役之則所役雖多是乃因置監

吏得以售其職而無廢事也何可以廢豈無人乎
土之利患在留且官不多而不息其穴也
議曰合三部句院
臣某曰三部句院臣未知其詳然恐由近歲三司帳籍鉤考之法大壞而不舉故三司句院有臺省磨勘不然則此三部句院理不可合
議曰提舉百司不當用內制但用知雜御史若
臣某曰提舉百司多用內制而今患其與三司並行指揮言務異同雜事不以爲嫌權均體敵乃可以相檢制專有異同則埋言在直道在關門之外對非理者得上罪庸務司亦何嫌於雜事今若只用知雜歸顧者一人與三司表裏綱紀細務則恐與三司權

不肯體不敢辭足以綱紀細務而三司皆置判司失理莫能與之抗議今使內制一人總其權以敵三司又使如張師顏者一人躬親點檢細事小既足以究察諸司姦弊大又足以檢制三司如此處置未爲失也吾以爲賞而當省則提舉官司於內制但爲兼職廢之何所省乎

一議曰廢宮觀使副都監

臣某曰宮觀置使提舉都監誠爲冗散然今所置名爲兼職其有特置則朝廷之禮當尊寵而不以職事責之之者也廢與置其爲利害亦不多若議冗費則宜一之類自有可議非但置此以提舉都監爲可省也

議曰外則并郡縣

臣某曰中國受命至今百二十餘年無大兵革生齒之衆蓋自秦漢以來莫及臣所見東南州縣大抵患在戶口衆而官少不足以治之臣嘗奉使河北疑其所置州縣太多如棣莫二州相去纔二十餘里閭如此者甚衆其民徭役因多財力彫弊恐亦因此然臣不深知其利害不敢言

議曰詔執事之臣下逮有司俾行審官銓選之職稍稍寬假使時有簡拔

臣某曰今朝廷使諸司守倅及知縣以上各以所知論舉薦爲人材然尚患其所舉不如舉狀今若令有司行審官銓選之職時有簡拔臣恐以一二人之耳目不足以盡天下之材而所簡拔不足以塞士大夫

之非議又其所任或不免交私則於薦舉者有所嫌而已

議曰擇判司簿尉三考四考有兩紙三紙舉狀者引對試筆札條爲治目不拘文辭歲以聞對命官考覈有理趣者除縣令三考績效有聞委提刑轉運上其實狀除京官二年入兩任知縣如政績顯白與減一任通判便除知州

臣某曰議者以爲近世縣令最卑者出身三考無出身四考不問其人材如何但非贓犯則以次而授焉甚非重民察吏之謹臣以爲今有出身三考無出身四考皆有三人舉主乃得爲縣令非不問其人材如何而特以次授也蓋近歲薦舉令之法最爲嚴近

歲縣令亦稍勝於往時但朝廷誘養之道未純督察之方未盡大抵人才難得非特縣令之人今議者欲擇判司簿尉三考四考有兩紙三紙舉狀者引對欲除以爲令則與舉令之法無甚異也若欲以筆札條對求治民之材臣恐不必得治材之實但得能文辭談說者爾又以爲績效有聞則提刑轉運上其實狀即除京官若令提刑轉運舉者至於五人而後與轉京官則得轉京官者少若但要提刑轉運舉狀不必五人而後轉則如此選擢之人何以知其賢於舉令而遽優異之如此又以爲兩任知縣政績顯白與減一任通判便除知州不知政績如何而可以謂之顯白若有殊尤可賞則朝廷自當選擢及有升任指揮

若不足以致選擢及升任指揮則其政績不爲甚異政績無甚異而更不用關陞之法便减一任通判與除知州臣恐入知州者愈究而所除又未必賢

右臣所聞淺陋不足以知治體謹具條奏并元降雜議封上取 進止

詳定十二事議

起居舍人司馬光起請舊官九品之外别分職任差遣爲十二等以進退群臣十二等之制宰相第一兩府第二兩制以上第三三司副使知雜御史第四三司判官轉運使第五提點刑獄第六知州第七通判第八知縣第九幕職第十令録第十一判司簿尉第十二其餘文武職任差遣並以此比類爲十二等若

上等有闕則於次之中擇才以補之奉　聖旨兩制詳定聞奏王珪等詳定司馬光起請難盡施行外致治之要在任官之久欲乞知州令滿三年爲一任通判入緣審官院見今員多闕少候將來差遣得行亦别取指揮知縣入今後初入者並滿六周年方入通判仍乞下審官詳定條約聞奏者臣愚以謂司馬光十二等之說王珪等既以爲難行而珪等所議知州三年爲一任知縣六年方入通判亦無補於官人矣得之數朝廷必欲大修法度甄序人材則以至誠惻怛求治之心博延天下論議之士而與之反復必有至當之論可施於當世凡區區變更而終無補於事實者臣愚竊恐皆不足爲

臨川先生文集卷第六十三

臨川先生文集卷第六十三

論議

易泛論

柔巽隱伏制得其道則易制者魚也民之象也小人女子之象也貪暴而止乎高者隼也貪竊而動乎陰者鼠也狐疑也不果也牛順而強也羊很也羊前其剛以觸者也鮒物之在下汙而微者也鳥飛而止則

困者也雉文明見乎外者也豹文之蔚然者也虎文之炳然者也虎豹剛健君子大人之象也虎之搏物擬而後動動而有獲者也鶴潔白以遠舉鳴之以時而遠聞者也鴻進退以時而有序者也禽飲井之無擇者也犢豕之牙能畜其剛而不可犯者也豕汙穢也豚豕之微者也龜有靈德潛見以時而不忘於養者也龜人之所恃以知吉凶者也龍天類也能見能躍能飛能雲雨而變化不測人不可係而服者也馬地類也能行而係乎人其爲物有常者也鬼物之無形者也凡尊物也所馮以爲安者也牀安上以止者也車載其上以行者也輪有運動之材而非車之全也可以爲車之一器者也輿有承載之材而亦非車

之金者也輪車輿所以行者也缶圜虛以容而應者也矢直而利乎行者也弧攻遠之器也鼎成物之器也鉉所舉鼎而行之者也鼎耳虛中以受鉉者也瓶井之上水者也甕井水之已出乎上而受之者也筐女所以承實者也匕鬯所以薦宗廟社稷之器也樽酒簋貳祭之約也貳簋享之約也曆而能正時者斗也暮夜者陰盛之時也日中者豐之時也日昃者過中當退之時也晝日者明進已盛而未至乎中之時也日中則照天下矣日以明進至晝日其極盛也甲仁屬也庚義屬也月幾望陰盛而不亢也雲陰上也雨陰陽應也霜陰剛之微也堅冰陰剛而疑陽也膏陽之澤也血陰之傷也汗出而不反也膚柔物之爲

闢而易侵者也趾在下而行者也拇在下之微而無能爲者也腹容物者也頄上體之見乎外而無能爲者也臀下體之無能爲者也身躬己也項首之上者也面見乎外者也心體之主也限上下之所同也夤上體之接乎限者也須柔而附剛者也陽物之飾也背體之不接乎物而止者也尾後也首先也上也足下也角剛之上窮者也肱上體之隨而附者也股下體之隨而附者也腓趾之上股之下而體之隨而附者也垂其翼下也耳所聽也東北止以近險也西南順以遠險也西南衆也南明也西南坤之地也東北違坤之所也西陰所也東陽所也左下也右上也載者載上也負後也負者下道也乘者上道也載鬼以

見爲在上也負塗以塗爲在後也往從之也往之外也往之上也來之已也來之内也渝變其德也億也也居不行也安以靜居也逐從求之也血去不來也出自穴出不去也複反而得其所也反自外來而復也見見彼也處不行也征進也盤淵聖御名動未進也止而安之也動方征也起方往也遇逢而見之也躋升也孕女之得其配也以有爲而未功也字育女之功也田興事之大者也弋興事之小者也飛宜下不宜上者也且方然也或疑辭也方也後也乃徐也方此爻之時未可以然也要其終則然也田平夷著見之地也非龍之所宜宅也大川險也涉近險而無難也泥則近險而有難也沛澤之困乎水者也六陰之

宅也在穴動物在陰之小者也淵龍之宅也在天則龍育爲之地陸高平也陵陸之大也塗汚也井泥濁也谷下也井谷旁出而下流也臲卼乘剛也石堅而不動者也金剛而趣變者也玉温潤粹美剛而不可變者也干鴻之在下而不失其宜者也鴻所宜居者也桷木之在上者也株木不能庇蔭其下者也磐進於干而不失其安者也甘物之所美也苦物之所惡也黄地色也玄天色也黄中之見乎色者也白成色之主也白未受飾乎物者也朱紱天子飾下者也赤紱人臣飾下者也泣血陰之憂也涕憂之見乎容貌者也號嗟憂之見乎音聲者也號甚乎嗟者也藩內外之隔也廬人所庇也升虛邑小而易之也升階貴

易以有序以漸升而得位也伐邑者小之也伐國大事也伐邑小事也城地道上承而外扞也復于隍則不上承不外扞矣牆扞外以保內也自下之高者也二簋陰象也門陰象也户陽象也易曰猶未離其類也故稱血焉易象之大槩見於乾坤之說推而長之則凡易之象可不疑矣棟室壁之所恃也野空曠也同人于野無適莫也龍戰于野無君臣也邑有事之地也趣時而爲之者也郊遠乎有事之地次歸於之安舍也巷〻出門庭而未易道也自牖自幽以發明也婚媾〻內外之合也鄰比己者也妻配也王母幽以遠也以父爲陽以母爲幽也以母爲近則王母爲遠也妣以順配祖者也臣以順承君者也考父之有成德

之稱也長子一也弟子不一也僕畢以順也童未有與也婦一乎順者也妾配之不正者也士未成夫之辭也女未成婦之辭也娣妾歸而不得正配者也衣上飾也袖所以室隙也裳下之飾也鞶帶在下體之上而以柔爲飾也袂體乎衣者也囊所以畜物也茀所以蔽車也履踐下而承上也履上道也載下道也不可甚乎不利也可其爲利僅也有凶不必凶而凶在其中也有厲不必厲而厲在其中也有悔不必悔而悔在其中也

卦名解

剛柔始交而難生動乎險中故曰雲雷屯屯已大亨則雷雨之動滿盈而爲解故曰雷雨作解動而免乎

險難也六有險非險之地也可謂知而止焉以濟其難之
故為蹇蹇者險在前者也險在前而不可以涉涉者矣
蹇之彖曰見險而能止知矣哉知者又在乎彖以為需亦
險在前也其不為乾健而進也非其畏之至也非險
之所能陷也待時而進耳故為需小畜柔得位而上下應
之小者之畜也小者畜則其畜亦小矣故為小畜以
小而畜大非柔之中也柔不得位而不中不中而上下
應之小畜之道也能止健大者之畜也大者畜其
畜亦大矣故為大畜四陽過二陰而陽得中故為大
過大過者大者過也大者過則亦事之大過越也耳
陰過二陽而陰得中故為小過小過者小者過也小
者過則亦事之小過越者耳大有能有大者也大者

應之謂柔得尊位大有者也同人同乎人者也柔得
位得中而應乎乾者也二女而麗乎內故為家人上而
麗乎外故為旅少男長必蠱山下有風必蠱蠱者
蠱惑之名也為天下之患蠱者事也故為蠱少女少男
男下女上故為咸咸者二氣交感之名也長男長女男上
女下故為恒姤陰遇陽故為姤陽終決陰故為夬柔
履剛故為履履禮也禮合必以柔復剛者也剛應順而
以動故為豫上下交故為泰不交故為否以剛中為
而下順從故為比順而止故為謙動而說故為隨
者在上故為觀大者壯故為大壯剛浸長以臨柔
者上臨下者大臨小之名故曰臨臨者大也柔來文剛
剛上文柔故為賁柔變剛為剝剝者消剝之名

也剝窮上而反故曰復復者反而得其所之名也
天下雷行物應之故爲無妄無妄者雷之起物物之所以應
無妄者也剛退故爲遯遯明入地中故爲明夷明夷者日之傷
於暗之主也文王與紂當其象矣以爻考之自二以
中周象也自四以上殷象也一明出地上晉臣進之象
卦也明出地上則方晝而未至乎中中則照天下者豐
則進之盛而不亢乎王者也一損上益下主於自損者
也故爲益損下益上主於自益者也故爲損乾道成
男坤道成女凡女卦皆受損者也凡男卦皆受益者
也損上益下損下益上此之謂也巽乎水而上水以
爲井以木巽火故爲鼎明以動故爲豐豐者光明盛
大之卦也剛上下而實在其間頤中有物之象也

中有物曰噬嗑噬嗑則合矣故爲噬嗑噬嗑者有間而通之
之卦也上險下說說以行險故爲節節柔在內而剛得
中說而巽故爲中孚中孚柔在內而可謂誠矣中孚者至
誠之卦也无妄則不妄而已一陽陷於二陰故爲坎
坎者陷也內明水象也一陰麗於二陽故爲離離麗
也外明火象也水之爲物陷者也火之爲物麗者也
推此則震巽艮兌可以類知之也上火下澤睽睽者
下合之名也二女之卦也火在水上未濟未濟者行
濟之道也男女之卦也水上火下男女相遇之卦也
故爲既濟澤上火下二女不相得之卦也故爲革革不
相得而相害革之所以生也以衆行險故爲師師上剛
而下險險而健故爲訟上動而下止動而以止爲頤

止而動頤之道也上兌說而下順故爲萃上巽而下險
險而巽故爲渙渙者離散之名也巽而免乎險則不
蹇不困下雖險上巽而不健則不訟故爲渙而已困
則剛見揜者也在險中者也不可以不動矣蹇則難
在前者也不可以往而已故彖曰利西南也順而巽
其進也孰禦焉故爲升外止而巽有止之道故爲漸歸
妹者歸女之卦也妹少女也少女爲主於內故曰歸
妹歸妹女歸之以其時也故曰動而說所以爲歸妹
也陽在下則動而上進故爲震震進在陰上已得其所則
止故爲艮內柔伏故爲巽巽外柔見故爲兌此其文皆
在繫辭或彖繫不論則不言以其所言反求其所不言則
知其所以然也

河圖洛書義

孔子曰河出圖洛出書聖人則之圖必出於河而洛不謂之圖書必出於洛而河不謂之書者我知之矣圖以示天道書以示人道故也蓋通於天者河而圖者以象言也成象之謂天故使龍負之而其出在於河龍善變而尚象者天道也中於地者洛而書者以法言也效法之謂人故使龜負之而其出在於洛龜善占而尚占者人道也此天地自然之意而聖人於易所以則之者也

諫官論

以賢治不肖以貴治賤古之道也所謂貴者何也公卿大夫是也所謂賤者何也士庶人是也同是人也

或爲公卿或爲士何也爲其不能公卿也故使之爲士爲其賢於士也故使之爲公卿此所謂以賢治不肖以貴治賤也今之諫官者天子之所謂士也其貴則天子之三公也惟三公於安危治亂存亡之故無所不任其責至於一官之廢一事之不得無所不當言故其位在卿大夫之上所以貴之也其道德必稱其位所謂以賢也至士則不然脩一官而百官之廢不可以預也守一事而百事之失可以言也稱其德副其材而命之以位也循其名傃其分以事其上而不敢過也此君臣之分也上下之道也今命之以士而責之以三公士之位而受三公之責非古之道也孔子曰必也正名乎正名也者所以正分也

然且為之非所謂正名也身不能正名而可以正天下之名者未之有也蚳鼃為士師孟子曰似也為其可以言也蚳鼃諫於王而不用致為臣而去孟子曰有言責者不得其言則去有官守者不得其職則去然則有官守者莫不有言責有言責者莫不有官守士師之諫於王是也其諫也蓋以其官而已矣是古之道也古者官師相規工執藝事以諫其或不能諫謂之不恭則有常刑蓋自公卿至於百工各以其職諫則君莫與為不善自公卿至於百工皆失其職以阿上之所好則諫官者乃天子之所謂士耳吾未見其能為也待之以輕而要之以重非所以使臣之道也其待己也輕而取舍里任焉非所以事君之道也不

得已若唐之太宗庶乎其或可也雖然有道而知命
者果以為可乎未之能處也唐太宗之時所謂諫官
者與丞弼俱進於前故一言之謬一事之失可救之
於將然不使其命已布於天下然後從而爭之也君
不失其所以為君臣不失其所以為臣其亦庶乎其
近古也今也上之所欲為丞弼所以言於上皆不得
而知也及其命之已出然後從而爭之上聽之而改
則是士制命而君聽也不聽而遂行則是臣不得其
言而君恥過也臣不得以其言士制命而君聽二者
上下所以相悖而否亂之勢也然且為之其亦不知
其道矣及其諱諱而不用然後以知道之不行其亦辨
之晚矣或曰周官之師氏保氏司徒之屬而大夫之

秩也曰嘗聞周公爲師而召公爲保矣周官則未之
學也

伯夷

事有出於千世之前聖賢辯之甚詳而明然後世不
深考之因以偏見獨識遂以爲說既失其本而學士
大夫共守之不爲變者蓋有之矣伯夷是已夫伯夷
古之論有孔子孟子焉以孔孟之可信而又辯之反
復不一是愈益可信也孔子曰不念舊惡求仁而得
仁餓于首陽之下逸民也孟子曰伯夷非其君不事
不立惡人之朝避紂居北海之濱目不視惡色不事
不肖百世之師也故孔孟皆以伯夷遭紂之惡不念
以怨不忍事之以求其仁餓而避不自降辱以待天

下之清而號爲聖人耳然則司馬遷以爲武王伐紂伯夷叩馬而諫天下宗周而恥之義不食周粟而爲采薇之歌韓子因之亦爲之頌以爲微二子亂臣賊子接迹於後世是大不然也夫商衰而紂以不仁殘天下天下孰不病紂而尤者伯夷也嘗與太公聞西伯善養老則往歸焉當是之時欲夷紂者二人之心豈有異邪及武王一奮太公相之遂出元元於塗炭之中伯夷乃不與何哉蓋二老所謂天下之大老行年八十餘而春秋固已高矣自海濱而趨文王之都計亦數千里之遠文王之興以至武王之世歲亦不下十數豈伯夷欲歸西伯而志不遂乃死於北海邪抑來而死於道路邪抑其至文王之都而不足以及

武王之世而死耶如是而言伯夷其亦理有不存者也且武王倡大義於天下太公相而成之而獨以爲非豈伯夷乎天下之道二仁與不仁也紂之爲君不仁也武王之爲君仁也伯夷固不事不仁之紂以待仁而後出武王之仁焉又不事之則伯夷何處乎余故曰聖賢辯之甚明而後世偏見獨識者之失其本也嗚呼使伯夷之不死以及武王之時其烈豈獨太公哉

臨川先生文集卷第六十三

臨川先生文集卷第六十四

論議

三聖人

孟子曰可欲之謂善有諸己之謂信充實之謂美充實而有光輝之謂大大而化之之謂聖聖之爲名道

之極德之至也非禮勿動非禮勿言非禮勿視非禮勿聽此大賢者之事也賢者之事如此則可謂備矣而猶未足以鑽聖人之堅仰聖人之高以聖人觀之猶太山之於岡陵河海之於陂澤然則聖人之事可知其大矣易曰與天地合其德與日月合其明與鬼神合其吉凶此蓋聖人之事也德苟不足以合於天地明苟不足以合於日月吉凶苟不足以合於鬼神則非所謂聖人矣孟子論伯夷伊尹柳下惠皆曰聖人也而又曰伯夷隘柳下惠不恭隘與不恭君子不由也夫動言視聽苟有不合於禮者則不足以爲大賢人而聖人之名非大賢人之所得擬也豈隘與不恭者所得僭哉蓋聞聖人之言行不苟而已將以爲

天下法也昔者伊尹制其行於天下曰何事非君何
使非民治亦進亂亦進而後世之士多不能求伊尹
之心者由是多進而寡退苟得而害義此其流風末
俗之弊也聖人患其弊於是伯夷出而矯之制其行
於天下曰治則進亂則退非其君不事非其民不使
而後世之士多不能求伯夷之心者由是多退而寡
進過廉而復刻此其流風末世之弊也聖人又患其
弊於是柳下惠出而矯之制其行於天下曰不羞汙
君不辭小官遺逸而不怨阨窮而不憫而後世之士
多不能求柳下惠之心者由是多汙而寡潔惡異而
尚同此其流風末世之弊也此三人者因時之偏而
救之非天下之中道也故久必弊至孔子之時三聖

人之弊各極於天下矣故孔子集其行而制成法於天下曰可以速則速可以久則久可以仕則仕可以處則處然後聖人之道大具而無一偏之弊矣其所以大具而無弊者豈孔子一人之力哉四人者相爲終始也故伯夷不清不足以救伊尹之弊柳下惠不和不足以救伯夷之弊聖人之所以能大過人者蓋能以身救弊於天下耳如皆欲爲孔子之行而忘天下之弊則惡在其爲聖人哉是故使三人者當孔子之時則皆足以爲孔子也然其所以爲之清爲之任爲之和者時耳豈滯於此一端而已乎苟在於一端而已則不足以爲賢人也豈孟子所謂聖人哉孟子之所謂隘與不恭君子不由者亦言其時爾且夫

道豈不美哉而鄭人以爲野鄭之道豈不美哉而周人以爲鄙所謂隘與不恭者何以異於是乎當孟子之時有教孟子枉尺直尋者有教孟子權以援天下者蓋其俗有似於伊尹之弊時也是以孟子論是三人者必先伯夷亦所以矯天下之弊耳故曰聖人之言行豈苟而已將以爲天下法也

周公

甚哉荀卿之好妄也載周公之言曰吾所執贄而見者十人還贄而相見者三十人貌執者百有餘人欲言而請畢事者千有餘人是誠周公之所爲則何周公之小也夫聖人爲政於天下也初若無爲於天下而天下卒以無所不治者其法誠修也故三代之制立

庠於黨立序於遂立學於國而盡其道以爲養賢教士之法是士之賢雖未及用而固無不見尊養者矣此則周公待士之道也誠若荀卿之言則春申孟嘗之行亂世之事也豈足爲周公乎且聖世之事各有其業講道習藝患日之不足豈暇遊公卿之門哉彼遊公卿之門求公卿之禮者皆戰國之奸民而毛遂侯嬴之徒也荀卿生於亂世不能考論先王之法著之天下而惑於亂世之俗遂以爲聖世之事亦若是而已亦已過也且周公之所禮者大賢與則周公豈唯執贄見之而已固當薦之天子而共天位也如其不賢不足與共天位則周公如何其與之爲禮也子產聽鄭國之政以其乘輿濟人於溱洧孟子曰惠而

不知為政蓋君子之為政以立善法於天下則天下治立善法於一國則一國治如其不能立法而欲人人悅之則日亦不足矣使周公知為政則宜立學校之法於天下矣不知立學校而徒能勞身以待天下之士則不唯力有所不足而勢亦有所不得也或曰仰祿之士猶可驕正身之士不可驕也夫君子之不驕雖闇室不敢自慢豈為其人之仰祿而可以驕乎嗚呼所謂君子者貴其能不易乎世也荀卿生於亂世而遂以亂世之事量聖人後世之士尊荀卿以為大儒而繼孟子者吾不信矣

子貢

予讀史所載子貢事疑傳之者妄不然子貢安得為

儒哉夫所謂儒者用於君則憂君之憂食於民則患民之患在下而不用則修身而已當堯之時天下之民患於洚水堯以爲憂故禹於九年之間三過其門而不一省其子也回之生天下之民患有甚於洚水天下之君憂有甚於堯然回以禹之賢而獨樂陋巷之間曾不以天下憂患介其意也夫二人者豈不同道哉所遇之時則異矣蓋生於禹之時而由回之行則是楊朱也生於回之時而由禹之行則是墨翟也故曰賢者用於君則以君之憂爲憂食於民則以民之患爲患在下而不用於君則修其身而已何憂患之與哉夫所謂憂君之憂患民之患者亦以義也苟哉而能釋君之憂除民之患賢者亦不必爲其吏託

曰齊伐魯孔子聞之曰魯墳墓之國國危如此二三子何爲莫出子貢因行説齊以伐吳説吳以救魯復説越復説晉五國由是交兵或強或破或亂或霸卒以存魯觀其言迹其事儀秦軫代無以異也嗟乎孔子曰己所不欲勿施於人已以墳墓之國而欲全之則齊吳之人豈無是心哉奈何使之亂歟吾所以知傳者之妄一也於史考之當是時孔子子貢爲匹夫非有卿相之位萬鍾之祿也何以憂患爲哉然則異於顏回之道矣吾所以知其傳者之妄二也墳墓之國雖君子之所重然豈有憂患而謀爲不義哉借使有憂患爲謀之義則豈可以變詐之説亡人之國而求自存哉吾所以知其傳者之妄三也子貢之行雖

不能盡當於道然孔子之賢弟子也固不宜至於此或曰孔子使之也太史公曰學者多稱七十子之徒譽者或過其實毀者或損其真子貢雖好辯詎至於此邪亦所謂毀損其真者哉

揚孟

賢之所以賢不肖之所以不肖莫非性也賢而尊榮壽考不肖而厄窮死喪莫非命也論者曰人之性善不肖之所以不肖者豈性也哉此學乎孟子之言性而不知孟子之指也又曰人爲不爲命也不肖而厄窮死喪豈命也哉此學乎揚子之言命而不知揚子之指也孟子之言性曰性善揚子之言性曰善惡混孟子之言命曰莫非命也揚子之言命曰人爲不爲

命也孟揚之道未嘗不同二子之說非有異也此孔
子所謂言豈一端而已各有所當者也孟子之所謂
性者正性也揚子之所謂性者兼性之不正者言之
也揚子之所謂命者正命也孟子之所謂命者兼命
之不正者言之也夫人之生莫不有羞惡之性有人
於此羞善行之不修惡善名之不立盡力乎善以充
其羞惡之性則其爲賢也孰禦哉此得乎性之正者
而孟子之所謂性也有人於此羞利之不厚惡利之
不多盡力乎利以充羞惡之性則其爲不肖也孰禦
哉此得乎性之不正而揚子之兼所謂性者也有人
於此才可以賤而賤罪可以死而死是人之所自爲
也此得乎命之不正者而孟子之所兼謂命者也有

人於此才可以貴而賤德可以生而死是非人之所為也此得乎命之正者而揚子之所謂命也今夫有有之不學惡有之不多盍方乎利而至乎不肖則揚子豈以謂人之性而不以罪其人哉亦必惡其失性之正也才可以賤而賤罪可以死而死則孟子豈以謂人之命而不以罪其人哉亦必惡其失命之正也孟子曰口之於味也目之於色也耳之於聲也鼻之於臭也四支之於安逸也性也有命焉君子不謂性也仁之於父子也義之於君臣也禮之於賓主也知之於賢者也聖人之於天道也命也有性焉君子不謂命也然則孟揚之說果何異乎今學者是孟子則非揚子是揚子則非孟子蓋知讀其文而不知求其

指耳而曰我知性命之理誣哉

材論

天下之患不患材之不衆患上之人不欲其衆不患士之不欲爲患上之人不使其爲也夫材之用國之棟梁也得之則安以榮失之則亡以辱然上之人不欲其衆不使其爲者何也是有三蔽焉其尤蔽者以爲吾之位可以去辱絕危終身無天下之患材之得失無補於治亂之數故偃然肆吾之志而卒入於敗亂危辱此一蔽也又或以謂吾之爵祿貴富足以誘天下之士榮辱憂戚在我吾可以坐驕天下之士將無不趨我者則亦卒入於敗亂危辱而已此亦一蔽也又或不求所以養育取用之道而諰諰然以爲天

下實無補則亦卒入於敗亂危辱而已此未一蔽也其三蔽者其爲患則同然而用心非不善而猶可以論其失者何以天下爲無材者耳蓋其心非不欲用天下之材特未知其故也且人之有材能者其形何以異於人哉惟其遇事而事治畫策而利害得治國而國安利此其所以異於人也上之人苟不能精察之審用之則雖抱皐夔稷契之智且不能自異於衆況其下者乎世之蓄材者方曰人之有材能者其猶錐之在囊其末立見故未有有其實而不可見者也此徒有見於錐之在囊而固未覩夫馬之在廄也駑驥雜處飲水食芻嘶鳴蹄齧求其所以異者蔑矣及其引重車取夷路不屢策不煩御一頓其轡而千里

已至矣當是之時使駑馬並驅則雖傾輪絕勒敗筋傷骨不舍晝夜而追之遼乎其不可以及也夫然後騏驥騕褭與駑駘別矣古之人君知其如此故不以天下爲無材盡其道以求而試之試之之道在當其所能而已夫南越之脩簳鏃以百鍊之精金羽以秋鶚之勁翮而彊弩之上而彍之千步之外雖有犀兕之捍無不立穿而死者此天下之利器而決勝覿武之所寶也然用以敲扑則無以異於朽槁之梃是知雖得天下之瑰材桀智而用之不得其方亦若此矣古之人君知其如此於是銖量其能而審處之使大者小者長者短者彊者弱者無不適其任者焉如是則士之愚蒙鄙陋者皆能奮其所知以效小事況其

嘗能智力卓犖者也。嗚呼！後之在位者，蓋未嘗求其說，而試之以實也，而坐曰天下果無材，亦未之思而已矣。或曰：古之人於材有以教育成就之，而子獨言其求而用之者，何也？曰：天下法度未立之後，必先索天下之材而用之；如能用天下之材，則能復先王之法度。能復先王之法度，則天下之小事無不如先王時矣，況教育成就人材之大者乎？此吾所以獨言求而用之之道也。噫！今天下蓋嘗患無材。吾聞之，六國合從，而辯說之材出；劉、項並世，而籌畫戰鬬之徒起；唐太宗欲治，而謨謀諫諍之佐來。此數輩者，方此數君未出之時，蓋未嘗有也；人君苟欲之，斯至矣。天下之廣，人物之衆，而曰果無材可用者，吾不信也。

命解

先王之俗壞，天下相率而爲利，則強者得行無道，弱者不得行道；貴者得行無禮，賤者不得行禮。孔子脩身絜行，言必由繩墨，陳蔡大夫惡其議已，率衆而圍之，此乃所謂不得行道也。公行有子之喪，右師往弔，入門有進而與右師言者，有就位而與右師言者，孟子不與右師言，右師不說。孟子曰：我欲爲禮也。方是時，不獨右師不說，凡與右師言者，蓋皆不說也，此乃所謂不得行禮也。然孔子不以弱而離道，孟子不以賤而失禮，故立乎千世之上而爲學者師。右師、陳蔡之大夫，卒亦不得傷焉，以其有命也。今不知命之人，剛則不以道御之，而曰有命焉，彼安能困我；由此則免乎巖牆之下者猶正命也柔則不以禮節之而曰不出懼及禍焉由此則是貧賤可以嘗去也夫柔而不以禮節之剛而不以道御之其難免一也故易蒙之初六與上九同患悲夫離道以合世去禮以從俗苟命之窮矣孰能恃此以免者乎

對疑

己亥勑書自今內殿崇班以上大喪致其事供奉官以下則勿致如其故於是士有疑者以爲供奉官以下亦士大夫也而朝廷獨遇之之如此顧而問曰今子以爲如何嘗竊原朝廷之意以對曰先王之制喪禮不飲酒不食肉不御於內以致其哀戚者所謂禮之實而其行之在我者也不論其人之貴賤不視其世之

可否而使之同者也然而有長則雖賤者亦使之飲酒而食肉此所謂以權制者也或不言而事行或言而後事行或身執事而後行此所謂禮之文而其行之在物者也論其人之貴賤視其世之可否而爲之節者也視其世之可否而爲之節故金革之事則雖貴者亦有時乎而無辟此所謂以權制者也今欲使三班趨走給使之吏大喪則皆無以身執事而後言者卿士大夫之禮此固盛世之所宜急而先王或考理天下之意然而事又有先於此者古之時卿大夫之喪所以聽身不執事者爲其可以不身執事也其可以不身執事者何也古之人君於其卿士大夫之喪所以存問養恤者蓋不識於其在事之時其於大

喪而得不以身執事者以其臣屬足使而祿賜足以事養故也今三班趨走給使之吏其素所以畜養之非備厚也一日使去位而治喪則朝廷視遇與庶人之在野者無以異庶人之在野者所以葬祭其先人畜養其妻子有常產矣三班趨走給使之吏去位而治喪則其使令非有臣屬事養非有祿賜一日無常產則其窮乃有欲比於庶人而不得者若用事者不為之憂此而曰汝必無以身執事則亦有餓而死者耳然而世之議者方曰今之小吏去位而治喪者衆矣吾未見有餓而死者夫今之去位而治喪者自非多積餘藏有以活身則皆能無以身執事者乎今欲使之去位而治喪故欲使其致喪之實而無以身執

事也。苟不能使之無以身執事，而徒使之去位，則豈
盛世之所急而先王以孝理天下之意也？愚故曰事
又有先於此者，謂所以存問恤養士大夫如古之時
者，今之所先也。夫明吾政以贍天下之財，而存問恤
養士大夫如古之時，此吾之所易為也。仰無以葬祭
其先人，俯無以畜養其妻子，然且去位而治喪，無以
身執事以致古者士大夫之禮，此人所難行也。舍吾
之所易為，而忽不謀，曰是嘗先王之事，非吾今日之
所能為也；操人之所難行而誅之不釋，曰古之士大
夫言然爾矣，喜而不為。朝廷或者以為此非先王以
權制喪內恕及人之道，故止而不為。雖然，愚亦有疑
焉。欲內恕以及人，而不為吾之所易為者，何也？

臨川先生文集卷第六十四

臨川先生文集卷第六十五

論議

洪範傳

易象論

洪範傳

五行天所以命萬物者也故初一曰五行五事人所以繼天道而成性者也故次二曰敬用五事五事人君所以脩其心治其身者也脩其心治其身而後可以爲政於天下故次三曰農用八政爲政必協之歲月日星辰曆數之紀故次四曰協用五紀既協之歲月日星辰曆數之紀當立之以天下之中故次五曰建用皇極中者所以立本而未足以趣時趣時則中

不中無常也唯所施之宜而已矣故次六曰乂用三德有皇極以立本有三德以趣時而人君之能事具矣雖然天下之故猶不能無疑也疑則如之何謀之人以盡其智謀之鬼神以盡其神而不專用己也故次七曰明用稽疑雖不專用己而參之於人物鬼神然而反身不誠不善則明不足以盡人物幽不足以盡鬼神則其在我者不可以不思在我者其得失微而難知莫若質諸天物之顯而易見且可以爲戒也故次八曰念用庶證自五事至於庶證各得其序則五福之所集自五事至於庶證各失其序則六極之所集故次九曰嚮用五福威用六極敬者何君子所以直內也言五事之本在人心而已農者何厚也言

君子之道施於有政取諸此以厚彼而已有本以保常而後可立也故皇極一曰建有極以趣時而後可治也故三德曰乂嚮者其忝而欲其至也威者畏而欲其亡也五行一曰水二曰火三曰木四曰金五曰土何也五行也者成變化而行鬼神往來乎天地之間而不窮者也是故謂之行天一生水其於物爲精精者一之所生也地二生火其於物爲神神者有精而後從之者也天三生木其於物爲魂魂從神者也地四生金其於物爲魄魄者有魂而後從之者也天五生土其於物爲意精神魂魄具而後有意自天一至於天五五行之生數也以奇生者成而耦以耦生者成而奇其成之者皆五五者天數之中也蓋中者所以

成物也道立於兩成於三變於五而天地之數具其爲十也耦之而已蓋五行之爲物其時其位其材其氣其性其形其事其情其色其聲其臭其味皆各有耦推而散之無所不通一柔一剛一晦一明故有正有邪有美有惡有醜有好有凶有吉性命之理道德之意皆在是矣耦之中又有耦焉而萬物之變遂至於無窮其相生也所以相繼也其相克也所以相治也語器也以相治故序六府以相克語時也以相繼故序盛德所在以相生洪範語道與命故其序與語器與時者異也道者萬物莫不由之者也命者萬物莫不聽之者也器者道之散時者命之運由於道聽於命而不知者百姓也由於道聽於命而知之者君

子也道萬物而無所由命萬物而無所聽唯天下之至神爲能與於此夫火之於木妻道也其於土母道也故神從志無志則從意志致一之謂精唯天下之至精爲能合天下之至神精與神一而不離則變化之所爲在我而已是故能道萬物而無所由命萬物而無所聽也水曰潤下火曰炎上木曰曲直金曰從革土爰稼穡何也北方陰極而生寒寒生水南方陽極而生熱熱生火故水潤而火炎水下而火上東方陽動以散而生風風生木木者陽中也故能變能變故曲直西方陰止以收而生燥燥生金金者陰中也故能化能化故從革中央陰陽交而生濕濕生土土者陰陽沖氣之所生也故發之而爲稼斂之而爲穡

曰者所以命其物爰者言於之稼穡而已潤者性也炎者氣也上下者位也曲直者形也從革者材也稼穡者人事也冬物之性復復者性之所故於水言其性夏物之氣交交者氣之時故於火言其氣陽極上陰極下而後各得其位故於水火言其位春物之形著故於木言其形秋物之材成故於金言其材中央人之位也故於土言人事水言潤則火熯土溽木敷金斂皆可知也火言炎則水洌土烝木溫金清皆可知也水言下火言上則木左金右土中央皆可知也推類而反之則曰後曰前曰西曰東曰北曰南皆可知也木言曲直則土圜金方火銳水平皆可知也金言從革則木變土化水因火革皆可知也土言稼穡

則水之井洫火之爨冶木金之爲械器皆可知也所謂木變者何灼之而爲火爛之而爲土此之謂變所謂土化者何能熯能潤能敷能斂此之謂化所謂水因者何因甘而甘因苦而苦因蒼而蒼因白而白此之謂因所謂火革者何革生以爲熟革柔以爲剛革剛以爲柔此之謂革金亦能化而命之曰從革者何可以圜可以平可以銳可以曲直然非火革之則不能自化也是故命之曰從革也夫金陰精之純也是其所以不能自化也盖天地之用五行也水施之火化之木生之金成之土和之施生以柔化成以剛故木撓而水弱金堅而火悍悍堅而濟以和萬物之所以成也柰何終於撓弱而欲以收成物之功哉潤下

作鹹炎上作苦曲直作酸從革作辛稼穡作甘何也寒生水水生鹹故潤下作鹹熱生火火生苦故炎上作苦風生木木生酸故曲直作酸燥生金金生辛故從革作辛濕生土土生甘故稼穡作甘生物者氣也成之者味也以奇生則成而耦以耦生則成而奇寒之氣堅故其味可用以耎熱之氣耎故其味可用以堅風之氣散故其味可用以收燥之氣收故其味可用以散土者沖氣之所生也沖氣則無所不和故其味可用以緩而已氣堅則壯故苦可以養氣脉耎則和故鹹可以養脉骨收則強故酸可以養骨筋散則不攣故辛可以養筋肉緩則不壅故甘可以養肉堅之而後可以耎收之而後可以散欲緩則用甘不欲

則弗與也古之養民生治疾者必先通乎此不通乎此而能已人之疾者蓋寡矣五事一曰貌二曰言三曰視四曰聽五曰思貌曰恭言曰從視曰明聽曰聰思曰睿恭作肅從作乂明作哲聰作謀睿作聖何也恭則貌欽故作肅從則言順故作乂明則善視故作哲聰則善聽故作謀睿則思無所不通故作聖五事以思爲主而貌最其所後也而其次之如此何也此言修身之序也恭其貌順其言然後可以學而至於哲既哲矣然後能聽而成其謀能謀矣然後可以思而至於聖思者事之所成終而所成始也思所以作聖也既聖矣則雖無思也無爲也寂然不動感而遂通天下之故可也八政一曰食二曰貨三曰祀四曰司

空五曰司徒六曰司寇七曰賓八曰師何也食貨人之所以相生養也故一曰食二曰貨有相生養之道則不可不致孝於鬼神而著不忘其所自故三曰祀有所以相生養之道而知不忘其所自然後能保其居故四曰司空司空所以居民民保其居然後可教故五曰司徒司徒所以教民教之不率然後俟之以刑殺故六曰司寇自食貨至于司寇而治內者具矣故七曰賓八曰師賓所以接外治師所以接外亂也自食貨至於賓師莫不有官以治之而獨曰司空司徒司寇者言官則以知物物之有官言物則以知官之有物也五紀一曰歲二曰月三曰日四曰星辰五曰曆數何也王省惟歲卿士惟月師尹惟日上考之[illegible]

曆天之曆數然後歲月日時不失其政故一曰歲二曰月三曰日四曰星辰五曰曆數曆者數也數者一二三四是也五紀之所以終而所以成始也非特曆而已先王之舉事也莫不有時其制物也莫不有數有時故莫敢廢有數故莫敢亂蓋堯舜所以同律度量衡協時月正日而天下治者取諸此而已皇極皇建其有極斂時五福用敷錫厥庶民何也皇君也極中也言君建其有中則萬物得其所故能集五福以敷錫其庶民也惟時厥庶民于汝極錫汝保極何也言庶民以君爲中君保中則民與之也凡厥庶民無有淫朋人無有比德惟皇作極何也言君中則民人中也庶民無淫朋人無比德者惟君爲中而已蓋君

有過行偏政則庶民有淫朋人有比德矣凡厥庶民有猷有爲有守汝則念之不協于極不罹于咎皇則受之而康而色曰予攸好德汝則錫之福時人斯其惟皇之極何也言民之有猷有爲有守汝則念其所猷所爲所守之當否所猷所爲所守不協于極亦不罹于咎君則容受之而康汝顏色以誘之不協于極不罹于咎雖未可以錫之福然亦可教者也故當受之而不當譴怒也詩曰載色載笑匪怒伊教康而色之謂也其曰我所好者德則是協于極則非但康汝顏色以受之又當錫之福所以勸焉如此則人惟君之中矣不言攸好德則錫之福而言曰予攸好德則錫之福何也謂之皇極則不爲已甚也攸好德然後錫

之福則獲福者寡矣是爲已甚而非所以勸也曰予攸好德則錫之福則是苟革以從吾之攸好者也汝不深探其心而皆錫之福也此之謂皇極之道也無虐煢獨而畏高明何也言苟曰好德則雖煢獨必進寵之而不虐苟曰不好德則雖高明必罪廢之而不畏也蓋煢獨也者衆之所違而虐之者也高明也者衆之所比而畏之者也人君蔽於衆而不知自用其福威則不期虐煢獨而煢獨實見虐矣不期畏高明而高明實見畏矣煢獨見虐而莫勸其作德則爲善者不長高明見畏而莫懲其作僞則爲惡者不消善不長惡不消人人離德作僞則大亂之道也然則虐煢獨而寬朋黨之多畏高明而忽卑晦之賤者人君

之大哉也人之有能有爲使蓄其行而邪其言何也言有能者使在職而蓄其材有爲者使在位而蓄其德則邦昌也人君孰不欲有能者蓄其材有爲者蓄其德然曠千數百年而未有一人致此盖聰不明而無以通天下之志誠不至而無以同天下之德則智以難知而爲愚者所詘賢以易助而爲不肖者所困雖欲蓄其行不可得也通天下之志在窮理同天下之德在盡性窮理矣故知所謂各而弗受知所謂德而錫之福盡性矣故能不虐煢獨以爲仁不畏高明以爲義如是則愚者可誘而爲智也雖不可誘而爲智必不使之詘智者矣不肖者可革而爲賢也雖不可革而爲賢必不使之困賢者矣夫然後有能者有爲者

得羞其行而邦賴之以昌也凡厥正人既富方穀汝弗能使有好于而家時人斯其辜向也言凡正人之道既富之然後善雖然徒富之亦不能使之善也必先治其家使人有好於汝家然後人從汝而善也汝弗能使有好於汝家則人無所視効而放僻邪侈亦無不為也蓋人君能自治然後可以治人能治人然後人為之用人為之用然後可以為政於天下為政於天下者在乎富之善之而善之必自吾家人始所謂自治者惟皇作極是也所謂治人者弗協于極弗罹于咎皇則受之而康而色曰予攸好德汝則錫之福無虐煢獨而畏高明是也所謂人為之用者有能有為使羞其行而邦其昌是也所謂為政於天下者凡厥

正人是也既曰能治人則人固已善矣又曰富之然
後善何也所謂治人者以教化以善之也所謂富之然
後善者政以善之也徒以教化不能使人善故繼之曰
凡厥正人既富方穀徒政亦不能使人善故卒之曰
汝弗能使有好于而家時人斯其辜也于其無好德
汝雖錫之福其作汝用咎何也既言治家不善不足
以正人也又言用人不善莫不足以正身言崇長不好
德之人而錫之福亦用以作汝而已矣無偏無陂遵
王之義無有作好遵王之道無有作惡遵王之路無
偏無黨王道蕩蕩無黨無偏王道平平無反無側王
道正直會其有極歸其有極曰皇極之敷言是彝是
訓于帝其訓何也言君以虛其心平其意唯義所

在以會歸其有極者其説以爲人君以中道布言是以爲彝是以爲訓者于天其訓而已夫天之爲物也可謂無作好無作惡無偏無黨無反無側會其有極歸其有極矣蕩蕩者言乎其大平平者言乎其治大而治終於正直而王道成矣無偏者言乎其所居無黨者言乎其所與以所居者無偏故能所與者無黨故曰無偏無黨以所與者無黨故能所居者無偏故曰無黨無偏偏不已乃至於側陂不已乃至於反始曰無偏無陂者率義以治心不可以有偏陂也卒曰無反無側者及其成德也以中庸應物則要之使無反側而已路大道也正直中德也始曰義中曰道曰路卒曰正直尊德性而道問學致廣大而盡精微極

高明而道中庸之謂也孔子以爲示之以好惡而民知禁今曰無有作好無有作惡何也好惡者性也天命之謂性作者人爲也人爲則與性反矣書曰天命有德五服五章哉天討有罪五刑五用哉命有德討有罪皆天也則好惡者豈可以人爲哉所謂示之以好惡者性而已矣凡厥庶民極之敷言是訓是行以近天子之光曰天子作民父母以爲天下王何也言凡厥庶民以中道布言是訓是行以近天子之光者其說以爲天子作民父母以爲天下王當爾而比之以效其所爲而不可逆蓋君能順天而效之則民亦順君而效之也二帝三王之誥命未嘗不稱天者所謂于帝其訓也此人之所以化其上也及至後世矯

誣上天以帝命于下而欲人之弗叛也不亦難乎三德一曰正直二曰剛克三曰柔克何也直而不正者有矣以正正直乃所謂正也曲而不直者有矣以直正曲乃所謂直也正直也者變通以趣時而未離剛柔之中者也剛克也者剛勝柔者也柔克也者柔勝剛者也平康正直彊弗友剛克爕友柔克何也爕者和孰上之所爲者也友者右助上之所爲者也彊者弗柔從上之所爲者也弗友者弗右助上之所爲者也君君臣臣適各當分所謂正直也若承之者所謂柔克也若威之者所謂剛克也蓋先王用此三德於一顰一笑未嘗或失況以大施於慶賞刑威之際哉故能爲之其未有也治之其未亂也沈潛剛克高明

柔克何也言人君之用剛克也沈潛之於內其用柔克也發見之於外其用柔克也抗之以高明其用剛克也養之以卑晦沈潛之於內所以制姦慝發見之於外所以昭忠善抗之以高明則雖柔過而不廢養之以卑晦則雖剛過而不折易曰道有變動故曰爻爻有等故曰物物相雜故曰文文不當故吉凶生焉吉凶之生豈在夫大哉蓋或一嚬一笑之間而已洪範之言三德與舜典皐陶謨所序不同何也舜典所序以教胄子而皐陶謨所序以知人臣故皆先柔而後剛洪範所序則人君也故獨先剛而後柔至於正直則舜典洪範皆在剛柔之先而皐陶謨乃獨在剛柔之中者教人治人者一皆以正直爲先至於三德之

品則正直者中德也固宜在柔剛之中也惟辟作福惟辟作威惟辟玉食臣無有作福作威玉食臣之有作福作威玉食其害于而家凶于而國人用側頗僻民用僭忒何也執常以事君者臣道也執權以御臣者君道也三德者君道也作福柔克之事也作威剛克之事也以其侔於神天也是故謂之福作福以懷之作禍以威之言作福則知威之爲禍言作威則知福之爲懷也皇極者君與臣民共由之者也三德者君之所獨任而臣民不得僭焉者也有其權必有禮以章其别故惟辟玉食也禮所以定其位權所以固其政下僭禮則上失位下侵權則上失政上失位則亦失政矣上失位失政人所以亂也故臣之有作福

作威玉食其害于而家凶于而國人用側頗僻民用僭忒也側頗僻者臣有作福作威之効也僭忒者臣有玉食之効也民側頗僻也易而其僭忒也難民僭忒則人可知也人側頗僻則民可知也其曰庶民有滛朋人有比德亦若此而已矣於滛朋曰庶民於僭忒曰民而已何也僭忒者民或有焉而非衆之所有也天子皇王辟皆君也或曰天子或曰皇或曰王或曰辟何也皇極于帝其訓者所以繼天而順之故稱天子建有極者道故稱皇好惡者德故稱王福威者政故稱辟道所以成德德所以立政故言政於三德而稱辟也建有極者道故稱皇則其曰天子作民父毋以爲天下王何也君所建者道而民所知者德而

已矣七稽疑擇建立卜筮人乃命卜筮曰雨曰霽曰蒙曰驛曰克曰貞曰悔凡七卜五占用二衍忒何也言有所擇有所建則立卜筮人卜筮凡七而其爲卜者五則其爲筮者二可知也先卜而後筮則筮之爲正悔亦可知也衍者吉之謂也忒者凶之謂也吉言衍則凶之爲耗可知也凶言忒則吉之爲當亦可知也此言之法也蓋自始造書則固如此矣福之所以爲福者於文從畐畐則衍之謂也禍所以爲禍者於文從咼咼則忒之謂也蓋忒也當也言乎其位衍也耗也言乎其數夫物有吉凶以其位與數而已六五得位矣其爲九四所難者數不足故也九四得數矣其爲六五所制者位不當故也數衍而位當者吉數

耗而位忒者凶此天地之道陰陽之義君子小人之所以相爲消長中國夷狄之所以相爲强弱易曰人謀鬼謀百姓與能蓋聖人君子以察存亡以御治亂必先通乎此不通乎此而爲百姓之所與者蓋寡矣立時人作卜筮三人占則從二人之言何也卜筮者質諸鬼神其從與違爲難知故其占也從衆而已也汝則有大疑謀及乃心謀及卿士謀及庶民謀及卜筮何也言人君有大疑則當謀之於己己不足以決然後謀之於卿士又不足以決然後謀之於庶民又不足以決然後謀之於鬼神鬼神尤人君之所欽也然而謀之反在乎卿士庶民之後者吾之所疑而謀者人事也必先盡之人然後及鬼神焉固其理也聖

人以鬼神爲難知而卜筮如此其可信者易曰成天下之亹亹者莫大乎蓍龜唯其誠之不至而已矣用其至誠則鬼神其有不應而龜筮其有不告乎汝則從龜從筮從卿士從庶民從是之謂大同身其康彊子孫其逢吉何也將有作也心從之而人神之所弗異則有餘慶矣故謂之大同而子孫其逢吉也汝則從龜從筮從卿士逆庶民逆吉卿士從龜從筮從汝則逆庶民逆吉庶民從龜從筮從汝則逆卿士逆吉何也吾之所謀者疑也可以作可以無作然後謂之疑疑而從者衆則作而吉也汝則從龜從筮逆卿士逆庶民逆作內吉作外凶何也尊者從卑者逆故逆者雖衆以作內猶吉也龜筮共違于人用靜吉用作

凶何也所以謀之心謀之人者盡矣然猶不免於疑則謀及於龜筮故龜筮之所共違不可以有作也庶徵曰雨曰暘曰燠曰寒曰風曰時者何也曰雨曰暘曰燠曰寒曰風者自肅時雨若以下是也曰時者自王省惟歲以下是也五者來備各以其叙庶草蕃廡何也陰陽和則萬物盡其性極其材言庶草者以爲物之尤微而莫養又不知自養也而猶蕃廡則萬物得其性皆可知也一極備凶一極無凶何也雨極備則爲常雨暘極備則爲常暘風極備則爲常風燠極無則爲常寒寒極無則爲常燠此饑饉疾癘之所由作也故曰凶曰休徵曰肅時雨若曰乂時暘若曰哲時燠若曰謀時寒若曰聖時風若曰咎徵曰狂恒雨

若曰僭恒暘若曰豫恒燠若曰急恒寒若曰蒙恒風若何也言人君之有五事猶天之有五物也天之有五物一極備凶一極無亦凶其施之小大緩急無常其所以成物者要之適而已人之有五事一極備凶一極無亦凶施之小大緩急亦無常其所以成民者亦要之適而已故雨暘燠寒風者五事之證也降而萬物悅者肅也故若時雨然升而萬物理者乂也故若時暘然哲者陽也故若時燠然謀者陰也故若時寒然睿其思心無所不通以濟四事之善者聖也故若時風然狂則蕩故常雨若僭則亢故常暘若豫則解緩故常燠若急則縮栗故常寒若蒙其思心無所不入以濟四事之惡者蒙故常風若也孔子曰見賢

思齊見不賢而內自省也君子之於人也固常思齊其賢而以其不肖爲戒況天者固人君之所當法象也則質諸彼以驗此固其宜也然則世之言災異者非乎曰人君固輔相天地以理萬物者也天地萬物不得其常則恐懼脩省固亦其宜也今或以爲天有是變必由我有是罪以致之或以爲災異自天事耳何豫於我我知脩人事而已蓋由前之說則蔽而葸由後之說則固而怠不蔽不葸不固不怠者亦以天變爲己懼不曰天之有某變必以我爲某事而至也亦以天下之正理考吾之失而已矣此亦念用庶證之意也王省惟歲卿士惟月師尹惟日何也言自王至于師尹猶歲月日三者相繫屬也歲月日有常而

視夫民者天之所不能違也而況於王乎況於卿士
乎五福一曰壽二曰富三曰康寧四曰攸好德五曰
考終命何也人之始生也莫不有壽之道焉得其常
性則壽矣故一曰壽少長而有為也莫不有富之道
焉得其常產則富矣故二曰富得其常性又得其常
產而繼之以毋擾則康寧矣故三曰康寧也夫人君
使人得其常性又得其常產而繼之以毋擾則人好
德矣故四曰攸好德好德則能以令終故五曰考終
命六極一曰凶短折二曰疾三曰憂四曰貧五曰惡
六曰弱何也不考終命謂之凶蚤死謂之短中絕謂
之折禍莫大於凶短折疾次之憂次之貧又次之故
一曰凶短折二曰疾三曰憂四曰貧凶者考終命之

反也短折者壽之反也疾憂者康寧之反也貧者富之反也此四極者使人畏而欲其亡故先言人之所尤畏者而以稍愈者次之矣君人者使人失其常性又失其當產而繼之以擾則人不好德矣故五曰惡六曰弱惡者小人之剛也弱者小人之柔也九疇曰初曰次而五行五事八政五紀三德五福六極特以一二數之何也九疇以五行爲初而木之於五行貌之於五事食之於八政歲之於五紀正直之於三德壽凶短折之於五福六極不可以一爲初故也或曰箕子之所次自五行至於庶證而今獨曰自五事至于庶證各得其序則五福之所集自五事至于庶證各其序則六極之所集歟也曰人君之於五行也以

五事修其性以八政用其材以五紀協其數以皇極建其常以三德治其變以稽疑考其難知以庶證證其失得自五事至于庶證各得其序則五行固已得其序矣或曰世之不好德而能以令終與好德而不得其死者衆矣今曰好德則能以令終何也曰孔子以爲人之生也直罔之生也幸而免君子之於吉凶禍福道其常而已幸而免與不幸而及焉蓋不道也或曰孔子以爲富與貴人之所欲貧與賤人之所惡而福極不言貴賤何也曰五福者自天子至于庶人皆可使慕而欲其至六極者自天子至於庶人皆可使畏而欲其亡若夫貴賤則有常分矣使自公侯至於庶人皆慕貴欲其至而不欲賤之在已則陵犯篡

天寔之行日起而上下莫不安其命矣詩曰肅肅宵征抱衾與禂寔命不猶蓋王者之世使賤者之安其賤如此夫豈使知貴之為可慕而欲其至賤之為可惡而欲其亡乎

易象論解

君子之道始於自強不息故於乾也君子以自強不息自強不息然後厚德載物故於坤也君子以厚德載物自能積德以有載也而能經綸故於屯也君子經綸經綸者君子有事之時故於蒙也君子以果行育德果行育德則無事矣故於需也君子以飲食宴樂飲食宴樂所以待人而與之從事者也故於訟也君子以作事謀始作事謀始則能為物主故於師也君

子以容民畜衆建萬國親諸侯容民畜衆之大者故於比也先王以建萬國親諸侯諸侯親則無所用武故於小畜也君子以懿文德以禮爲體故於履也君子以辨上下定民志禮也者四時之會通以財成輔相天地者也故於泰也后以財成天地之道輔相天地之宜以左右民物不能終泰故於否也君子以儉德避難不可榮以祿泰則通否則辨故於同人也君子以類族辨物族各有其類物各有其辨則君子小人見矣故於大有君子以遏惡揚善順天休命雖遏惡也不可以爲偏亢故於謙也君子以裒多益寡稱物平施順天休命而以謙平施則人樂之故於豫也先王以作樂崇德殷薦之上帝以配祖考樂成而

息故於隨也君子以嚮晦入宴息物不可以終息故於
蠱也君子以振民育德振民育德莫大乎教思無窮
容保民無疆故於臨也君子以教思無窮容保民無
疆教思無窮容保民無疆莫大乎省方觀民設教故
於觀也先王以省方觀民設教教至矣則明罰勅法
噬嗑之故於噬嗑也先王以明罰勅法明罰勅法者所
以待之而非敢於折獄故於賁也君子以明庶政無
敢折獄無敢折獄者將以厚下也故於剝也上以厚
下安宅厚下者將使人無失其性命之情也夫不失
其性命之情則亦不違其性命之理而已故於復也
先王以至日閉關商旅不行后不省方者所以養乎
知復時然後知對時育物故於無妄也先王以茂對

育萬物對時育物者非稽古畜德之主則不能故於大畜也君子以多識前言往行以畜其德畜德莫大乎養故於頤也君子以慎言語節飲食知自養然後出處皆有以大過人故於大過也君子以獨立不懼遯世無悶出則欲獨立不懼處則欲遯世無悶則德不可無習故於坎也君子以常德行習教事德行不失其事教事不廢其習然後可以繼明照四方故於離也大人以繼明照于四方所謂明者非惟其所明則資諸人而已故於咸也君子以虛受人惟以虛受人而有節於內故於恒也君子以立不易方所以有時而遠小人故於遯也君子以遠小人不惡而嚴所謂嚴者亦禮而已矣故於大壯也君子以非禮弗履非禮

勿履德之所以昭也故於晉也君子以自昭明德明
著自明非所以莅衆故於明夷也君子以莅衆用晦
而明知自明又知所以莅衆則言有物而行有常故
於家人也君子以言有物而行有常言有物行有常
則知所同知所異於睽也君子以同而異同固能有
容異故能有辨反身脩德言有辨也故於蹇也君子
以反身脩德、赦過宥罪言有容也故於解也君子以
赦過宥罪能反身脩德赦過宥罪則其欲也懲而窒矣
故於損也君子以懲忿窒慾能懲忿窒慾然後見善
遷有過改故於益也君子以見善則遷有過則改以
居則脩德以動則有功功不可以擅德不可以居也
故於夬也君子以施祿及下居德則忌能施祿及下居

德則忌則衆之所聽也故於姤也后以施命誥四方衆之所聽不可不戒故於萃也君子以除戎器戒不虞不虞知戒以天德之所以積也故於升也君子以順德積小以高大積小以致高大而至於命則志遂矣故於困也君子以致命遂志至於命則所以成己也而後可以成民民勸故於井也君子以勞民勸相勞民勸相莫大乎革變故於革也君子以治歷明時能治歷明時然後能正位凝命故於鼎也君子以正位凝命正位凝命不可恃故於震也君子以恐懼脩省脩省之道在於正己而已故於艮也君子以思不出其位能正己則賢德可居俗可善故於漸也君子以居賢德善俗俗善矣其終不能無變變則敝矣故於歸妹也君子

以永終知敝知敝則所以待人者盡矣故於豐也君子以折獄致刑折獄以刑君子所以明慎之時也故於旅也君子以明慎用刑而不留獄不留獄則治道終矣終則有始故於巽也君子以申命行事申命行事不可以無學故於兌也君子以朋友講習所講習者仁義而已故於渙也先王以享帝立廟享帝立廟則仁之至義之盡矣其措行之也度數不可以無制德行不可以無議故於節也君子以制數度議德行制數度議德行則欲急己以緩人故於中孚也君子以議獄緩死急己以緩人者依於仁而已故於小過也君子以行過乎恭喪過乎哀用過乎儉依於仁則無憾矣故於既濟也君子以思患而豫防之物不窮也

故於未濟言君子以愼辨物居方辨物居方者物之終始也

臨川先生文集卷第六十五

臨川先生文集卷第六十六

論議

周南詩次解

王者之治始之於家家之序本於夫婦正夫婦正者在求有德之淑女爲后妃以配君子也故始之以關雎夫淑女所以有德者其在家本於女工之事也故

次以葛覃有女功之本而后妃之職盡矣則當輔佐
君子求賢審官者非所能專有志而已故
次之以卷耳有求賢審官之志以助治其外則於其
内治也其能有嫉妬而不逮下乎故次之樛木無嫉
妬而逮下則子孫衆多故次之以螽斯子孫衆多由
其不妬忌則致國之婦人亦化其上則男女正婚姻
時國無鰥民也故次之以桃夭國無鰥民然後好德
賢人衆多故次之以兎罝好德賢人衆多是以室家
和平而婦人樂有子則后妃之美具矣故次之以芣
苢后妃至於國之婦人樂有子者由文王之化行使
南國江漢之人無思犯禮此德之廣也故次之以漢
廣德之所及者廣則化之行乎汝墳之國能使婦人閔

其君子而勉之以正故次之以汝墳婦人能勉君子以正則天下無犯非禮雖衰世公子皆能信厚此關雎之應也故次之以麟之趾焉

禮論

嗚呼荀卿之不知禮也其言曰聖人化性而起僞吾是以知其不知禮也知禮者貴乎知禮之意而荀卿盛稱其法度節奏之美至於言化則以爲僞也亦烏知禮之意哉故禮始於天而成於人知天而不知人則野知人而不知天則僞聖人惡其野而疾其僞以是禮興焉今荀卿以謂聖人之化性爲起僞則是不知天之過也然彼亦有見而云爾凡爲禮者必詘其放傲之心逆其嗜欲之性莫不欲逸而爲尊者勞莫

不欲得而爲長者讓擎跽曲拳以見其恭夫民之於此豈皆有樂之之心哉患上之惡己而隨之以刑也故荀卿以爲特劫之法度之威而爲之於外爾此亦不思之過也夫斲木而爲之器服馬而爲之駕此非生而能者也故必削之以斧斤直之以繩墨圓之以規而方之以矩束聯膠漆之而後器適於用焉前之以銜勒之制後之以鞭策之威馳驟舒疾無得自放而一聽於人而後馬適於駕焉由是觀之莫不劫之於外而服之以力者也然聖人捨木而不爲器捨馬而不爲駕者固亦因其天資之材也今人生而有嚴父愛母之心聖人因其性之欲而爲之制焉故其制雖有以強人而乃以順其性之欲也聖人苟不爲之

禮則天下盡將有慢其父而疾其母者矣此亦可謂失其性也得性者以爲僞則失其性者乃可以爲眞乎此荀卿之所以爲不思也夫狙猿之形非不若人也欲繩之以尊卑而節之以揖讓則彼有趨於深山大麓而走耳雖畏之以威而馴之以化其可服邪以謂天性無是而可以化之使僞邪則狙猿亦可使爲禮矣故曰禮始於天而成於人天則無是而人欲爲之者舉天下之物吾蓋未之見也

禮樂論

氣之所禀命者心也視之能必見聽之能必聞行之能必至思之能必得是誠之所至也不聽而聰不視而明不思而得不行而至是性之所固有而神之所

自生也盡心盡誠者之所至也故誠之所以能一不測
者性也賢者盡誠以立性者也聖人盡性以至誠者
也神生於性性生於誠誠生於心心生於氣氣生於
形形者有生之本故養生在於保形充形在於育氣
育氣在於寧心寧心在於致誠養誠在於盡性不盡
性不足以養生能盡性者至誠者也能至誠者寧心
者也能寧心者養氣者也能養氣者保形者也能保
形者養生者也不養生不足以盡性也生與性之相
因循志之與氣相爲表裏也生渾則蔽性性渾則蔽
生猶志一則動氣氣一則動志也先王知其然是故
體天下之性而爲之禮和天下之性而爲之樂禮者
天下之中經樂者天下之中和禮樂者先王所以養人

之神正人氣而歸正性也是故大禮之極簡而無文大樂之極易而希聲簡易者先王建禮樂之本意也世之所重聖人之所輕世之所樂聖人之所悲非聖人之情與世人相反聖人内求世人外求内求者樂得其性外求者樂得其欲欲易發而性難知此情性之所以正反也衣食所以養人之形氣禮樂所以養人之性也禮反其所自始樂反其所自生吾於禮樂見聖人所貴其生者至矣世俗之言曰養生非君子之事是未知先王建禮樂之意也養生以爲仁保氣以爲義去情卻欲以盡天下之性修神致明以趨聖人之域聖人之言莫大顏淵之問非禮勿視非禮勿聽非禮勿言非禮勿動則仁之道亦不遠也耳非取

人而後聽目非取人而後視口非取諸人而後言也身非取諸人而後動也其守至約其取至近有心者形著者有之也然而顏子且猶病之何也蓋人之道莫大於此非禮勿聽非謂掩耳而避之天下之物不足以干吾之聰也非禮勿視非謂掩目而避之天下之物不足以亂吾之明也非禮勿言非謂止口而無言也天下之物不足以易吾之辭也非禮勿動非謂止其躬而不動天下之物不足以干吾之氣也天下之物豈特形骸自爲哉其所由來蓋微矣不聽之時有先聰焉不視之時有先明焉不言之時有先言焉不動之時有先動焉聖人之門惟顏子可以當斯語也是故非耳以爲聽而不知所以聽者不足以盡天

下之瞶非目以爲明而不足以所以明者不足以盡天下之視聽明者耳目之所能爲而所以聰明者非耳目之所能爲也是故待鐘鼓而後樂者非深於樂者也待玉帛而後恭者非深於禮者也蕢桴土鼓而樂之道備矣燔黍捭豚污尊抔飲禮既備矣然大裘無文大輅無飾聖人獨以其事之所貴者何也所以明禮樂之本也故曰禮之近人情非其至者也曾子謂孟敬子君子之所貴乎道者三動容貌斯遠暴慢矣正顏色斯近信矣出辭氣斯遠鄙倍矣籩豆之事則有司存觀此言也曾子而不知道也則可使曾子而爲知道則道不違乎言貌辭氣之間何待於外哉是故古之人目擊而道已存不言而意已傳不賞而人

自勸不罰而人自畏莫不由此也是故先王之道可以傳諸言効諸行者皆其法度刑政而非神明之用也易曰神而明之存乎其人默而成之不言而信存乎德行去情卻欲而神明生矣修神致明而物自成矣是故君子之道鮮矣齊明其心清明其德則天地之閒所有之物皆自至矣君子之守至約而其至也賾其取至近而其應也遠易曰擬之而後言議之而後動擬議以成其變化變化之應天人之極致也是以書言天人之道莫大於洪範洪範之言天人之道莫大於貌言視聽思大哉聖人獨見之理傳心之言乎儲精晦息而通神明君子之所不至者三不失色於人不失口於人不失足於人不失色者容貌精也

不失口者語默精也不失足者行止精也君子之道也語其大則天地不足容也語其小則不見秋毫之末語其強則天下莫能敵也語其約則不能致傳記聖人之遺言曰大禮與天地同節大樂與天地同和蓋言性也大禮性之中大樂性之和中和之情通乎神明故聖人儲精九重儀鳳凰修五事而關陰陽是天地位而三光明四時行而萬物和詩曰鶴鳴於九皋聲聞于天故孟子曰我善養吾浩然之氣充塞乎天地之間揚子曰貌言視聽思性所有潛天而天潛地而地也嗚呼禮樂之意不傳久矣天下之言養生修性者歸於浮屠老子而已浮屠老子之說行而天下爲禮樂者獨以順流俗而已夫使天下之人驅禮

樂之文以順流俗爲事欲成治其國家者此梁晉之君所以取敗之禍也然而世非知之也者何耶特禮樂之意大而難知老子之言近而易輕聖人之道得諸已從容人事之間而不離其類焉浮屠直空虛窮苦絕山谷林之間然後足以善其身而已由是觀之聖人之與釋老其遠近難易可知也是故賞與古人同而勸不同罰與古人同而威不同仁與古人同而愛不同智與古人同而識不同言與古人同而信不同同者道也不同者心也易曰苟非其人道不虛行昔宓子賤爲單父宰而單父之人化焉今王公大人有堯舜伊尹之勢而無子賤一邑之功者得非學術素淺而道未明歟夫天下之人非不勇爲聖人之道爲

聖人之道者時務速售諸人以為進取之階今夫進
取之道譬諸鈎索物耳幸而多得其數則行為王公
大人若不幸而少得其數則裂逢掖之衣為商賈矣
由是觀之王公大人同商賈之得志者也此之謂學術
淺而道不明由此觀之得志而居人之上復治聖人
之道而不捨焉幾人矣內而好愛之容蠱其欲外有
便嬖之諛驕其志向之所能者日已忘矣今之所好者
日已至矣孔子曰有顏回者好學不遷怒不貳過又
曰吾見其進未見其止也夫顏子之所學者非世人
之所學不遷怒者求諸己不貳過者見不善之端而
止之也世之人所謂退顏子之所謂進也人之所謂
益顏子之所謂損也易曰損先難而後獲顏子之謂

也耳損於聲目損於色口損於言身損於動非先難歟及其至也耳無不聞目無不見言無不信動無不服非後得歟是故君子之學始如愚人焉如童蒙焉及其至也天地不足大人物不足多鬼神不足爲隱諸子之支離不足惑也是故天之高也日月星辰陰陽之氣可端策而數也地至大也山川丘陵萬物之形人之常產可指籍而定也是故星曆之數天地之法人物之所皆前世致精好學聖人者之所建也後世之人守其成法而安能知其始焉傳曰百工之事皆聖人作此之謂也故古之人言道者莫先於天地言天地者莫先乎身言身者莫先乎性言性者莫先乎精精者天之所以高地之所以厚聖人之所以配之

故御人人與不盡能而造父獨得之非車馬不同造父精之也射人莫不盡能而羿獨得之非弓矢之不同羿精之也今之人與古之人一也然而用之則二也造父用之以爲御羿用之以爲射盜蹠用之以爲賊

大人論

孟子曰充實而有光輝之謂大大而化之之謂聖聖而不可知之之謂神夫此三者皆聖人之名而所以稱之之不同者所指異也由其道而言謂之神由其德而言謂之聖由其事業而言謂之大人古之聖人其道未嘗不入於神而其所稱止乎聖人者以其道存乎虛無寂寞不可見之間苟存乎人則所謂德也是以人之道雖神而不得以神自名名乎其德而已

夫神雖至矣不聖則不顯聖雖顯矣不大則不形故曰此三者皆聖人之名而所以稱之之不同者所指異也易曰蓍之德圓而神卦之德方以智夫易之爲書聖人之道於是乎盡矣而稱卦以智不稱以神者以其存乎爻也存乎爻則道之用見於器而剛柔有所定之矣剛柔有所定之則非其所謂化也且易之道於乾爲至而乾之盛莫盛於二五而二五之辭皆稱利見大人言二爻之相求也夫二爻之道豈不至於神矣乎而止稱大人者則所謂見於器而剛柔有所定爾蓋剛柔有所定則聖人之事業也稱其事業以大人則其道之爲神德之爲聖可知也孔子曰顯諸仁藏諸用鼓萬物而不與聖人同憂盛德大業至矣

矣哉此言神之所為也神之所為雖至而無所見於天下仁而後著用而後功立聖人以此洗心退藏於密及其仁濟萬物而不窮用通萬世而不倦也則所謂聖矣故神之所為當在於盛德大業德則所謂聖業則所謂大也世蓋有自為之道而未嘗知此者以為德業之卑不足以為道道之至在於神耳於是棄德業而不為夫為君子者皆棄德業而不為則萬物何以得其生乎故孔子稱神而卒之以德業之至以明其不可棄蓋神之用在乎德業之間則德業之至可知矣故曰神非聖則不顯聖非大則不形此天地之全古人之大體也

致一論

萬物莫不有至理焉能精其理則聖人也精其理之道在乎致其一而已致其一則天下之物可以不思而得也易曰一致而百慮言百慮之歸乎一也苟能致一以精天下之理則可以入神矣既入於神則道之至也夫如是則無思無爲寂然不動之時也雖然天下之事固有可思可爲者則豈可以不通其故哉此聖人之所以又貴乎能致用者也致用之效始見乎安身蓋天下之物莫親於吾之身能利其用以安吾之身則無所往而不濟也無所往而不濟則德其有不崇哉故易曰精義入神以致用利用安身以崇德此道之序也孔子既已語道之序矣患乎學者之明也於是又取於爻以喻之焉非其所困而困非其

勸而據不恥不仁不畏不義以小善爲無益以小惡爲無傷凡此皆非所以安身崇德也苟欲安其身崇其德莫若藏器於身待時而後動也故君子與是兩端以明夫安身崇德之道蓋身之安不安德之崇不崇莫不由此兩端而已矣既安德既崇則可以致用於天下之時也致用於天下者莫善乎治不忘亂安不忘危莫不善乎德薄而位尊智小而謀大孔子之擧此兩端又以明夫致用之道也蓋用有利不利者亦莫不由此兩端而已矣身安德崇而又能致用於天下則其事業可謂備也事業備而神有未窮者則又當學以窮神焉能窮神則知微知彰知柔知剛夫於微彰剛柔之際皆有以知之則道何以復加哉

聖人之道至於是而已也且以顏子之賢而未足以及之則豈非道之至乎聖人之學至於此則其視天下之理皆致乎一矣天下之理皆致乎一則莫能以惑其心也故孔子取損之辭以明致一之道曰三人行則損一人一人行則得其友也夫危以動懼以語者豈有他哉不能致一以精天下之理故也故孔子要終之辭以戒曰立心勿恒凶勿恒者蓋不一也嗚呼語道之序則先精義而後崇德及喻人以脩之之道則先崇德而後精義蓋道之序則自精而至粗學者之道則自粗而至精此不易之理也夫不能精天下之義則不能入神矣不能入神則天下之義亦不可得而精也猶之人身之不崇德也身不安則不能

崇德矣不能畜德則身豈能安乎凡此宜若一而必兩言之者語其序而已也

九卦論

處困之道君子之所難也非夫智足以窮理仁足以盡性内有以固其德而外有以應其變者其孰能無患哉古之人有濟天下之困而其心能不累其行能不移患至而一不害其身事起而不疑其變者蓋有以處之也處之之道聖人嘗言之矣易曰履以和行謙以制禮復以自知恒以一德損以遠害益以興利困以寡怨井以辯義巽以行權此其處之之道也夫君子之學至於是則備矣宜其通於天下也然而猶困焉者非吾行之過也時有利不利也蓋古之所謂困

者非謂夫其行自困者謂夫行是以通而困於命者耳豈於此九卦者智有所不能明仁有所不能守則其困也非所謂困而其處困也蹶矣夫惟深於此九者而能果以行之者則其通也宜而其困也有以處之推其學之之素也且君子之行大矣而待禮以和仁義為之內而和之以禮則行之成也而禮之實存乎謙謙者禮之所自起禮者行之所自成也故君子不可以不知履欲知履不可以不知謙夫禮雖發乎其心而其文著乎外者也君子知禮而已則溺乎其文而失乎其實忘性命之本而莫能自復矣故禮之弊必復乎本而後可以無患故君子不可以不知復雖復乎其本而不能常其德以自固則有時而失之

矣故君子不可以不知恒歸能久其德而天下事物之變相代乎吾之前如吾知恒而已則吾之行有時而不可通矣是必度其變而時有損益而後可故君子不可以不知損益夫學如此其至德如此其備則宜乎其通也然而猶困焉者則向所謂困於命者也困於命則動而見病之時也則其事物之變尤衆而吾之所以處之者尤難矣然則其行尤貴於達事之宜而適時之變也故辯義行權然後能以窮通而井者所以辯義巽者所以行權也故君子之學至乎井巽而大備而後足以自通乎困之時孔子自作易者其有憂患乎謂其言之足以自通乎困之時也嗚呼後世之人一困於時則憂思其心而失其故行爲卒

至於不能自存也是豈有他哉不知夫九者之義故也

臨川先生文集卷第六十六

臨川先生文集卷第六十七

論議

九變而賞罰可言

萬物待是而後存者天也莫不由是而之焉者道也道之在我者德也以德愛者仁也愛而宜者義也仁有先後義有上下謂之分先不擅後下不侵上謂之守形者物此者也名者命此者也所謂物此者何也貴賤親疏所以表飾之其物不同者是也所謂命此者何也貴賤親疏所以稱號之其命不同者是也物此者貴賤各有容矣命此者親疏各有號矣因親疏貴賤任之以其所宜爲此之謂因任因任之以其所宜爲矣放而不察乎則又將大弛必原其情必省其事此之謂原省原省明而後可以出是非是非明而後可以施賞罰故莊周曰先明天而道德次之道德

已明而仁義次之仁義已明而分守次之分守已明
而形名次之形名已明而因任次之因任已明而原
省次之原省已明而是非次之是非已明而賞罰次
之是說雖微莊周之人孰不然古之言道德所自
出而屬之天者未有也堯者聖人之盛也孔子稱
之曰惟天爲大惟堯則之此之謂明天聰明文思安
安此之謂明道德恭克讓此之謂明仁義次九族
列百姓序萬邦此之謂明分守修五禮同律度量衡
以一天下此之謂明形名棄后稷契司徒皋陶士垂
共工此之謂明因任三載考績五載一巡狩此之謂
明原省命舜曰乃言底可績謂禹曰萬世永賴時乃
功蠢茲有苗昏迷不恭此之謂明是非皋陶方祗厥

敘方施象刑惟明此之謂明賞罰至後世則不然仰而視之曰彼蒼蒼而大者何也其去吾不知其幾千萬里是豈能知我何哉吾爲吾之所爲而已安取彼於是遂棄道德離仁義略分守慢形名忽因任而忘原省直信吾之是非而加人以其賞罰於是天下始大亂而寡弱者號無告聖人不作諸子者伺其閒而出於是言道德者至於窈冥而不可考以至世之有爲者皆不足以爲言形名者守物誦數罷苦以至於老而疑道德彼皆忘其智力之不贍魁然自以爲聖人者此矣悲夫莊周曰五變而形名可舉九變而賞罰可言語道而非其序安取道言乎其言之也莊周也古之荒唐人也其於道也蕩而不盡善聖人者由其之

過必有以約之約之而不能聽殆將擴四海之外矣不使之疑中國雖然其言之若此者聖人亦不能已

夫子賢於堯舜

宰我曰以予觀於夫子賢於堯舜遠矣而世之解者必曰是爲門人之私言而非天下公共之論也而孟子亦曰生民以來未有如夫子是豈亦門人之私言而非天下公共之論哉爲是言者蓋亦未之思也夫所謂聖賢之言者無一辭之苟其發也必有指焉其指也學者之所不可不思也夫聖者至乎道德之妙而後世莫之增焉者之稱也苟有能加焉者則豈聖也哉然孟子宰我之所以爲是說者蓋亦言其時而已也昔者道發乎伏羲而成乎堯舜繼而大之於禹

湯文武此數人者皆居天子之位而使天下之道寖明寖備者也而又有在下而繼之者焉伊尹伯夷柳下惠孔子是也夫伏羲既發之也而其法未成至於堯而後成焉堯雖能成聖人之法未若孔子之備也夫以聖人之盛用一人之知足以備天下之法而必待至於孔子者何哉蓋聖人之心不求有爲於天下待天下之變至焉然後吾因其變而制之法耳至孔子之時天下之變備矣故聖人之法亦自是而後備也易曰通其變使民不倦此之謂也故其所以能備者豈特孔子一人之力哉蓋所謂聖人者莫不預有力也孟子曰孔子集大成者蓋言集諸聖人之事而大成萬世之法耳此其所以賢於堯舜也

三不欺

昔論者曰君任德則下不忍欺君任察則下不能欺
君任刑則下不敢欺而遂以德察刑爲次蓋未之盡
也此三人者之爲政皆足以有取於聖人矣然未聞
聖人爲政之道也夫未聞聖人爲政之道而足以有
取於聖人者蓋人得聖人之一端耳且子賤之政使
人不忍欺古者任德之君宜莫如堯也然則驩兜猶
或以類舉於前則德之使人不欺豈可獨任也哉子
產之政使人不能欺夫君子可欺以其方故使畜魚
而校人烹之然則察之使人不欺豈可獨任也哉西
門豹之政使人不敢欺夫不及於德而任刑以治是
孔子所謂民免而無恥者也然則刑之使人不欺豈

可獨任也哉故曰此三人者未聞聖人爲政之道也然聖人之道有出此三者乎亦兼用之而已昔者堯舜之時比屋之民皆是以封則民可謂不忍欺矣驩兜以丹朱稱於前曰嚚訟可乎則民可謂不能欺矣四罪而天下咸服則民可謂不敢欺矣故任德則有不可化者任察則有不可周者任刑則有不可服者然則子賤之政無以正暴惡子產之政無以周隱微西門豹之政無以漸柔良然而三人者能以治者蓋足以治小具而高亂世耳使當堯舜之時所大治者則豈足用哉蓋聖人之政仁足以使民不忍欺智足以使民不能欺政足以使民不敢欺然後天下無或欺之者矣或曰刑亦足任以治乎曰所任者蓋亦非

專用之而足以治也至於豹治十二渠以利民至乎漢文不能廢民以爲西門君所爲不從吏以廢也則豹之德亦足以感於民心矣然則尚刑故曰任刑焉耳使無以懷之而惟刑之見則民豈得或不能欺之哉

非禮之禮

古之人以是爲禮而吾今必由之是未必合於古之禮也古之人以是爲義而吾今必由之是未必合於古之義也夫天下之事其爲變豈一乎哉固有迹同而實異者矣今之人諰諰然求合於其迹而不知權時之變是則所同者古人之迹而所異者其實也事同於古人之迹而異於其實則其爲天下之害莫大矣此聖人所以貴乎權時之變者也孟子曰非禮之

禮非義之義大人不爲蓋所謂迹同而實異者也夫君之可變而臣之不可以犯上蓋夫莫大之義而萬世不可以易者也桀紂爲不善而湯武放弑之而天下不以爲不義也蓋知向所謂義者義之常而湯武之事有所變而吾欲守其故其爲蔽一而其爲天下之患同矣使湯武暗於君臣之常義而不達於時事之權變則豈所謂湯武哉聖人之制禮也非不欲儉以爲儉者非天下之欲也故制於奢儉之中焉蓋禮之奢爲衆人之欲而聖人之意未嘗不欲儉也孔子曰麻冕禮也今也純儉吾從衆然天下不以爲非禮也蓋知向之所謂禮者禮之常而孔子之事爲禮之權也是豈著爲衆人之所欲而制今衆人能從則聖

人之所欲而禮之所宜者天然則可以無從乎使孔子蔽於制禮之文而不達於制禮之意則豈所謂孔子哉故曰非禮之禮非義之義大人不爲釋者曰非禮之禮若娶妻而朝尊拜之之者是也非義之義若藉交以報仇是也夫娶妻而朝暮拜之藉交以報仇中人之所不爲者豈待大人而後能不爲乎嗚呼蓋亦失孟子之意矣

王霸

仁義禮信天下之達道而王霸之所同也夫王之與霸其所以用者則同而其所以名者則異何也蓋其心異而已矣其心異則其事異其事異則其功異其功異則其名不得不異也王者之道其心非有求於

天下也所以爲仁義禮智信者以爲吾所當爲而已矣以仁義禮信修其身而移之政則天下莫不化之也是故王者之治知爲之於此不知求之於彼而彼固已化矣霸者之道則不然其心未嘗仁也而患天下惡其不仁於是示之以仁其心未嘗義也而患天下惡其不義於是示之以義其於禮信亦若是而已矣是故霸者之心爲利而假王者之道以示其所欲其有爲也唯恐民之不見而天下之不聞也故曰其心異也齊（淵聖御名）公劫於曹沫之刃而許歸其地夫欲歸其地者非吾之心也許之者免死而已由王者之道則勿歸焉可也而（淵聖御名）公必歸之地晉文公伐原約三日而退三日而原不降由王者之道則雖待其降

焉可也而文公必退其師蓋必其信示於民者也凡所爲仁義禮信亦無以異於此矣故曰其事異也王者之大若天地然天地無所勞於萬物而萬物各得其性萬物雖得其性而莫知其爲天地之功也王者無所勞於天下而天下各得其治雖得其治然而莫知其爲王者之德也霸者之道則不然若世之惠人耳寒而與之衣飢而與之食民雖知吾之惠而吾之惠亦不能及夫廣也故曰其功異也夫王霸之道則異矣其用至誠以求其利而天下與之故王者之道雖不求利之所歸霸者之道不主於利然不假王者之事以接天下則天下孰與之哉

性情

性情一也世有論者曰性善情惡是徒識性情之名而不知性情之實也喜怒哀樂好惡欲未發於外而存於心性也喜怒哀樂好惡欲發於外而見於行情也性者情之本情者性之用故吾曰性情一也彼曰性善無它是嘗讀孟子之書而未嘗求孟子之意耳彼曰情惡無它是有見於天下之以此七者而入於惡而不知七者之出於性耳故此七者人生而有之接於物而後動焉動而當於理則聖也賢也不當於理則小人也彼徒有見於情之發於外者為外物之所累而遂入於惡也因曰情惡也害性者情也是曾不察於情之發於外而為外物之所感而遂入於善者乎蓋君子養性之善故情亦善小人養性之惡故

情亦惡故君子之所以爲君子莫非情也小人之所以爲小人莫非情也彼論之失者以其求性於君子求情於小人耳自其所謂情者莫非喜怒哀樂好惡欲也舜之聖也象喜亦喜使舜當喜而不喜則豈足以爲舜乎文王之聖也王赫斯怒當怒而不怒則豈足以爲文王乎舉此二者而明之則其餘可知矣如其廢情則性雖善何以自明哉誠如今論者之說無情者善則是若木石者尚矣是以知性情之相須猶弓矢之相待而用若夫善惡則猶中與不中也曰然則性有惡乎曰孟子曰養其大體爲大人養其小體爲小人揚子曰人之性善惡混是知性可以爲惡也

勇惠

世之論者曰惠者輕與勇者輕死臨財而不訾臨難而不避者聖人之所取而君子之行也吾曰不然惠者重與勇者重死臨財而不訾臨難而不避者聖人之所疾而小人之行也故所謂君子之行者有二焉其未發也慎而已矣其既發也義而已矣慎則待義而後決義則待宜而後動蓋不苟而已也易曰吉凶悔吝生乎動言動者賢不肖之所以分不可以苟爾是以君子之動苟得已則斯靜矣故於義有可以不與不死之道而必與必死者雖衆人之所謂難能而君子未必善也於義有可與可死之道而不與不死者雖衆人之所謂易能而君子未必非也是故尚難而賤易者小人之行也無難無易而惟義之是者君

子之行也傳曰義者天下之制也制行而不以義雖出乎聖人所不能亦歸於小人而已矣季路之爲人可謂賢也而孔子曰由也好勇過我無所取材夫孔子之行惟義之是而子路過之是過於義也爲行而過於義宜乎孔子之無取於其材也勇過於義孔子不取則惠之過於義亦可知矣孟子曰可以與可以無與與傷惠可以死可以無死死傷勇甚矣君子之動必於義無所疑而後發苟有疑焉斯無動也語曰多見闕殆愼行其餘則寡悔言君子之行當愼處於義爾而世有言孟子者曰孟子之文傳之者有所誤也孟子之意當曰無與傷惠無死傷勇嗚呼蓋亦弗思而已矣

仁智

仁者聖之次也智者仁之次也未有仁而不智者也未有智而不仁者也然則何智仁之別哉以其所以得仁者異也仁吾所有也臨行而不思臨言而不擇發之於事而無不當於仁也此仁者之事也仁吾所未有也吾能知其爲仁也臨行而思臨言而擇發之於事而無一不當於仁也此智者之事也其所以得仁則異矣及其爲仁則一也孔子曰仁者靜智者動何也曰譬今有二賈也一則既富矣一則知富之術而未富也既富者雖焚舟折車無事於賈可也知富之術而未富者則不得無事也此仁智之所以異其動靜也吾之仁足以上格乎天下浹乎草木旁溢乎四夷而

吾之用不匱也然則吾何求哉此仁者之所以能靜也吾之知欲以上格乎天下次乎草木旁溢乎四夷而吾之用有時而匱也然則吾可以無求乎此智者之所以必動也故曰仁者樂山智者樂水山者靜而利物者也水者動而利物者也其動靜則異其利物則同矣曰仁者壽智者樂然則仁者不樂智者不壽乎曰智者非不壽不若仁者之壽也仁者非不樂樂不足以盡仁者之盛也能盡仁之道則聖人矣然不曰仁而目之以聖者言其化也蓋能盡仁道則能化矣如不能化吾未見其能盡仁道也顏回次孔子者也而孔子稱之曰三月不違仁而已然則能盡仁道者非若孔子者誰乎

中述

君子所求於人者薄而辨是與非也無所苟孔子罪宰予曰於予與何誅罪冉有曰小子鳴鼓而攻之可也二子得罪於聖人若當絶也及爲科以列其門弟子取者不過數人於宰予有辭命之善則取之於由求有政事之善則取之不以不善而廢其善孔子豈阿其所好哉所求於人者薄也管仲功施天下孔子小之門弟子三千人孔子獨稱顔回爲好學問其餘則未爲好學者閔損原憲曾子之徒不與焉冉求宰我之得罪又如此孔子豈不樂道人之善哉辨是與非無所苟也所求於人者薄所以下人者厚蓋辨是與非者無所苟所以明聖人之道如宰予冉求二子

之不得列其善言士之並罪今之舍衆矣舊從以取人者甚
乎如管仲無所取則從政者若是而止矣十十子□
徒皆稱好學則□好學者若是而止矣惡足以明聖人
之道乎取人如此則吾之自取者重而人之所憂者
易明道如此則言之與人其所由可知已故薄於世責
人而非匿其過一不苟於論人所以求其全聖人之道
本乎中而已春秋之旨豈易於是哉

行述

古之人僕僕然勞其身以求行道於世而曰吾以學
孔子者惑矣孔子之始也食於魯魯亂而適齊齊大
夫欲害己則反而食乎魯魯受女樂不朝者三日義
不可以留也則去之日甚矣衛靈公之無道也其

過賢者庶乎其合禮有禮耳於是之衛衛靈公不可與處也於是不暇擇而之曹以適于宋鄭陳蔡衛楚之郊其志猶去衛而之曹也老矣遂歸于魯以卒孔子之行如此烏在其求行道也夫天子諸侯不以身先於賢人其不足與有為明也孔子而不知其何以為孔子也曰沽之哉沽之哉我待價者也僕僕然舉其身以求行道於世是沽也子路曰君子之仕行其義也道之不行已知之矣蓋孔子之心云耳然則孔子無意於世之人乎曰道之將興歟命也道之將廢歟命也苟命矣則如世之人何

臨川先生文集卷第六十八

論議

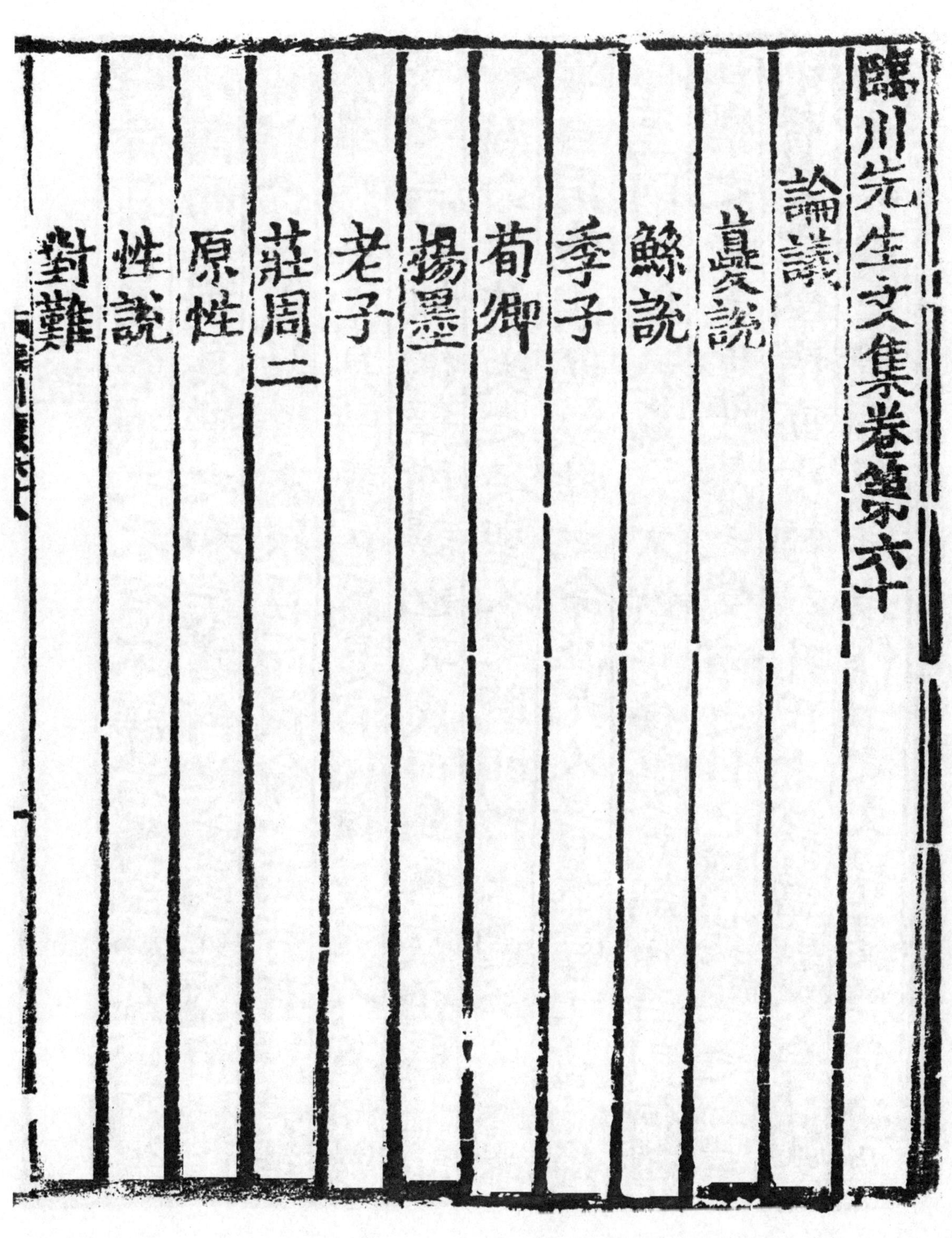

夔說

舜命其臣而敎戒之未有不讓者焉至於夔則獨無所讓而又稱其樂之和美者何也夫禹垂益伯夷龍皆新命者也故疇咨衆臣而後命之而皆有讓矣棄契皐陶夔當是時蓋已爲是官因命是五人者而敎戒之焉耳故獨無所讓也孔氏曰禹垂益伯夷夔龍皆新命者蓋失之矣聖人之聰明雖大過於人然未嘗自用聰明也故舜之命此九人者未嘗一不咨而後命焉則何獨於夔而不然乎使夔爲新命者則何稱其樂之和美也使夔之受命之日已稱其樂之和美則賢人之舉措亦少輕矣孔氏之說蓋惑於命汝典樂之語爾夫汝作司徒汝作士之文豈異於命汝典

夔之能乎且所以知其非新命者蓋舜不戒而命之而無所讓也舜之於夔也亦無所疇夔之亨命也亦無所讓則何以知其爲新命乎夫擊石拊石而百獸率舞非夔之所能爲也爲之者衆臣也非衆臣之所能爲也爲之者舜也將有治於天下則可以無相乎故命禹以宅百揆也民窮於衣食而欲其化而入於善豈可得哉故次命棄以爲稷也民既富而可以教矣則豈可以無教哉故次命契以爲司徒也既教之則民不能無不帥教者民有不帥教則豈可以無刑乎故次命皐陶以爲士也此皆治人之所先急者備矣則可以治末之時也工者治人之末者也故次命垂以爲共工也於是治人之事具則宜及於鳥獸草

木也故次命益以爲虞也夫其所以治至於鳥獸草木則天下之功至矣治天下之功至則可以制禮之時也故次命伯夷以爲典禮也夫治至於鳥獸草木而人有禮以節文之則政道成矣可以作樂以樂其成也故次命夔以爲典樂也借使禹不能總百揆稷不能富萬民契不能教臯陶不能士垂不能共工伯夷不能典禮然則天下亂矣天下亂而夔欲擊石拊石百獸率舞其可得乎故曰爲之者衆臣也使舜不能用是衆臣則是衆臣亦不能成其功矣故曰非衆臣之所能爲也爲之者舜也夫夔之所以稱其樂之和美者豈以爲伐耶蓋以美舜也孔子之所謂將順其美者其夔哉

鯀說

堯咨孰能治水，四岳皆對曰鯀。然則在廷之臣可治水者，惟鯀耳。水之患不可留而俟人，鯀雖方命圯族，而其才則群臣皆莫之及，然則舍鯀而孰使哉？當此之時，禹蓋尚少，而舜猶伏於下而未見乎上也。夫舜禹之聖也，而堯之聖也，群臣之仁賢也，其求治水之急也，而相遇之難如此，後之不遇者亦可以無憾矣。

季子

先王酌乎人情之中以制喪禮，使哀有餘者俯而就之，哀不足者企而及之。夫哀不足者，非聖人之所甚善也，善之者，善其能勉於禮而已。延陵季子其長子死，旣封而號者三，遂行。孔子曰：延陵季子之於禮，其合矣乎夫長子之喪聖人盛制之三年之嚴蓋以謂父子之親而長子者爲親之後彼人情之所至重也今季子三號遂行則於先王之禮亦爲不及矣今論者曰嘗是之時季子聘於齊將君之命若夫季子之心則以謂不可以私義而緩君命居義勢不得以兩全者則嘗忍哀以徇於尊者之事矣今將命而聘旣聘而返遂少緩而盡哭之哀則於事君之義豈爲不足而害於使事哉君臣父子之義勢旣不以兩全而不爲之盡禮也則亦薄於骨肉之親而不用先王之禮爾其言曰骨肉歸復于土命也若魂氣則無所不之矣夫骨肉之復于土魂氣之無不之是人情之所哀者矣君子無所不言命至於喪則有性焉獨不可以謂命也昔若

周喪其妻鼓盆而歌東門吳喪其子比於未有此皆棄人齊物之道吾儒之罪人也觀孝子之說蓋亦周吳之徒矣父子之親仁義之所由始而長子者繼祖考之重故喪之三年所以重祖考也今孝子不爲之盡禮則近於棄仁義薄祖考矣孔子曰喪事不敢不勉也又曰臨喪不哀吾何以觀之哉臨人之喪而不哀孔子猶以爲不足觀也況禮之喪三年者乎然則此言宜非取之矣蓋記其葬深而不至於泉斂以時服既葬而封廣輪揜坎其高可隱而孔子之稱之蓋稱其葬之合於禮爾獨稱葬之合於禮則哀之不足可知也衛有送葬者夫子觀之曰善哉此可以爲法矣若此則夫子之所美也聖人之言辭隱而義顯豈徒然哉

學者之所不可不思也

荀卿

荀卿載孔子之言曰由智者若何仁者若何子路曰智者使人知己仁者使人愛己子曰可謂士矣子曰賜智者若何仁者若何子貢曰智者知人仁者愛人子曰可謂士君子矣子曰回智者若何仁者若何顏淵曰智者知己仁者愛己子曰可謂明君子矣是誠孔子之言歟吾知其非也夫能近見而後能遠察能利狹而後能澤廣則天下之理也故古之欲知人者必先求知己欲愛人者必先求愛己此亦理之所必然而君子之所不能易者也請以事之近而天下之所共知者諭之今有人於此不能見太山於咫尺之

內者則雖天下之至愚知其不能察秋毫於百步之外也蓋不能見於近則不能察於遠明矣而荀卿以謂知己者賢於知人者是猶能察秋毫於百步之外者爲不若見太山於咫尺之內者之明也今有人於此食不足以厭其腹衣不足以周其體者則雖天下之至愚知其不能以贍足鄉黨也蓋不能利於狹則不能澤於廣明矣而荀卿以謂愛己者賢於愛人者是猶以贍足鄉黨爲不若食足以厭腹衣足以周體者之富也由是言之荀卿之言其謬已甚矣故知己者智之端也可推以知人也愛己者仁之端也可推以愛人也夫能盡智仁之道然後能使人知己愛己是故能使人知己愛己者未有不能知人愛人

者也能知人愛人者未有不能知己愛己者也今荀卿之言一切反之吾是以知其非孔子之言而爲荀卿之妄矣揚子曰自愛仁之至也蓋言能自愛之道則足以愛人耳非謂不能愛人而能愛己者也意古之人愛人不能愛己者有之矣然非吾所謂愛人而墨翟之道也若夫能知人而不能知己者亦非吾所謂知人矣

揚墨

揚墨之道得聖人之一而廢其百者是也聖人之道兼揚墨而無可無不可者是也墨之道摩頂放踵以利天下而揚子之道利天下拔一毛而不爲也夫禹之於天下九年之間三過其門聞呱呱之泣而不

一省其子此亦可謂爲人矣顔回之於身簞食瓢飲以獨樂於陋巷之間視天下之亂若無見者此亦可謂爲己矣楊墨之道獨以爲人爲己得罪於聖人者何哉此蓋所謂得聖人之一而廢其百者也是故由楊子之道則不義由墨子之道則不仁於仁義之道無所遺而用之不失其所者其唯聖人之徒歟二子之失於仁義而不見天地之全則同矣及其所以得罪則又有可論者也楊子之所執者爲己爲己學者之本也墨子之所學者爲人爲人學者之末也是以學者之事必先爲己其爲己有餘而天下之勢可以爲人矣則不可以不爲人故學者之學也始不在於爲人而卒所以能爲人也今夫始學之時其道未足

以爲己而其言已在於爲人也則亦可謂謬用其心矣謬用其心者雖有志於爲人其能乎哉由是言之楊子之道雖不足以爲人固知爲己矣墨子之志雖在於爲人吾知其不能也嗚呼楊子知爲己之爲務而不能達於大禹之道也則亦可謂惑矣墨子者廢人物親疎之別而方以天下爲己任是其所欲以利人者適所以爲天下害患也豈不過甚哉故楊子近於儒而墨子遠於道其異於聖人則同而其得罪則宜有間也

老子

道有本有末本者萬物之所以生也末者萬物之所以成也本者出之自然故不假乎人之力而萬物以

生也末者涉乎形器故待人力而後萬物以成也夫
其不假人之力而萬物以生則是聖人可以無言也
無爲也至乎有待於人力而萬物以成則是聖人之
所以不能無言也無爲也故昔聖人之在上而以萬
物爲己任者必制四術焉四術者禮樂刑政是也所
以成萬物者也故聖人唯務修其成萬物者不言其
生萬物者蓋生者尸之於自然非人力之所得與矣
老子者獨不然以爲涉乎形器者皆不足言也不足
爲也故抵去禮樂刑政而唯道之稱焉是不察於理
而務高之過矣夫道之自然者又何預乎唯其涉乎
形器是以必待於人之言也人之爲也其書曰三十
輻共一轂當其無有車之用夫轂輻之用固在於車

之無用，然工之琢削未嘗及於無者，蓋無出於自然之力，可以無與也。今之治車者，知治其轂輻，而未嘗及於無也。然而車以成者，蓋轂輻具則無必為用矣。如其知無為用而不治轂輻，則為車之術固已疏矣。今知無之為車用，無之為天下用，然不知所以為用也。故無之所以為用也，者以有轂輻也；無之所以為天下用者，以有禮樂刑政也。如其廢轂輻於車，廢禮樂刑政於天下，而坐求其無之為用也，則亦近於愚矣。

莊周上

世之論莊子者不一，而學儒者曰：莊子之書務詆孔子以信其邪說，要焚其書、廢其徒而後可，其曲直固不足論也。學儒者之言如此，而好莊子之道者曰：莊子之禮不以萬物干其慮而能正其過者也彼非不知仁義也以爲仁義小而不足行已彼非不知禮樂也以爲禮樂薄而不足化天下故老子曰道失後德德失後仁仁失後義義失後禮是以知莊子非不達於仁義禮樂之意也彼以爲仁義禮樂者道之末也故薄之云耳夫儒者之言善也然未嘗求莊子之意也好莊子之言者固知讀莊子之書也然亦未嘗求莊子之意也昔先王之澤至莊子之時竭矣天下之俗譎詐大作質朴並散雖世之學士大夫未有知貴己賤物之道者也於是棄絕乎禮義之緒奪攘乎利害之際趨利而不以爲辱殞身而不以爲怨漸漬陷溺以至乎不可救已莊子病之思其說以矯天下之弊

而歸之於正也其心過慮以爲仁義禮樂皆不足以正之故同是非齊彼我一利害則以足乎心爲得此其所以矯天下之弊者也旣以其說矯弊矣又懼來世之遂實吾說而不見天地之純古人之大體也於是又傷其心於卒篇以自解故其篇曰詩以道志書以道事禮以道行樂以道和易以道陰陽春秋以道名分由此而觀之莊子豈不知聖人者哉又曰譬如耳目鼻口皆有所明不能相通猶百家衆技皆有所長時有所用用是以明聖人之道其全在彼而不在此而亦自列其書於宋鈃愼到墨翟老聃之徒俱爲不該不徧一曲之士蓋欲明吾之言有爲而作非大道之全云耳然則莊子豈非有意於天下之弊而存

聖人之道乎伯夷之清柳下惠之和皆有矯於天下者也莊子用其心亦二聖人之徒矣然而莊子之言不得不為邪說比者盖其矯之過矣夫矯枉者欲其直也矯之過則歸於枉矣莊子亦曰墨子之心則是也墨子之行則非也推莊子之心以求其行則獨何異於墨子哉後之讀莊子者善其為書之心非其為書之說則可謂善讀矣此亦莊子之所願於後世之讀其書者也今之讀者挾莊以謾吾儒曰莊子之道大哉非儒之所能及知也不知求其意而以異於儒者為貴悲夫

莊周下

學者詆周非堯舜孔子余觀其書特有所寓而言耳

孟子曰說詩者不以文害辭不以辭害意以意逆志是爲得之讀其文而不以意原之此爲周者之所以詆也周曰上必無爲而用天下下必有爲而爲天下用又自以爲處昏上亂相之間故窮而無所見其材孰謂周之言皆不可措乎君臣父子之間而遭世遇主終不可使有爲也及其引太廟犧以辭楚之聘使彼蓋危言以懼衰世之常人耳夫以周之才豈迷出處之方而專畏犧者哉蓋孔子所謂隱居放言者周殆其人也然周之說其於道既反之宜其得罪於聖人之徒也夫中人之所及者聖人詳說而謹行之說之不詳行之不謹則天下弊中人之所不及者聖人藏乎其心而言之略不略而詳則天下惑且夫諄諄

而後喻曉而後服者豈所謂可以語上者歟惜乎周之能言而不通乎此也

原性

或曰孟荀揚韓四子者皆古之有道仁人而性者有生之大本也以古之有道仁人而言有生之大本其爲言也宜無惑何其說之相戾也吾願聞子之所安曰吾所安者孔子之言而已夫太極者五行之所由生而五行非太極也性者五常之太極也而五常不可以謂之性此吾所以異於韓子且韓子以仁義禮智信五者謂之性而曰天下之性惡焉而已矣五者之謂性而惡焉者豈五者之謂哉孟子言人之性善荀子言人之性惡夫太極生五行然後利害生焉而

太極不可以利害言也性生乎情有情然後善惡形焉而性不可以善惡言也此吾所以異於二子孟子以惻隱之心人皆有之因以謂人之性無不仁就所謂性者如其説必也怨毒忿戾之心人皆無之然後可以言人之性無不善而人果皆無之乎孟子以惻隱之心爲性者以其在内也夫惻隱之心與怨毒忿戾之心其有感於外而後出乎中者有不同乎荀子曰其爲善者僞也就所謂性者如其説必也惻隱之心人皆無之然後可以言善者僞也爲人果皆無之乎荀子曰陶人化土而爲埴埴豈土之性也哉夫陶人不以木爲埴者惟土有埴之性焉烏在其爲僞也且諸子之所言皆吾所謂情也習也非性也揚子之

言為似矣猶之未出乎以習而言性也古者有不謂喜
怒愛惡欲情者乎喜怒愛惡欲而善然後從而命之
曰仁也義也喜怒愛惡欲而不善然後從而命之曰
不仁也不義也故曰有情然後善惡形焉然則善
者情之成名而已矣孔子曰性相近也習相遠也吾之
言如此然則上智與下愚不移有說乎曰此之謂智
愚吾所云者性與善惡也惡者之於善也為之則是
愚者之於智也或不可強而有也伏羲作易而後世
聖人之言也非天下之至精至神其孰能與於此孔
子作春秋則游夏不能措一辭蓋伏羲之智非至精
至神不能與惟孔子之智雖游夏不可強而能也況
所謂下愚者哉其不移明矣或曰四子之云爾其皆

有意於教者曰是說也吾不知也聖人之教正名而已

性說

孔子曰性相近也習相遠也吾是以與孔子也韓子之言性也吾不有取焉然則孔子所謂中人以上可以語上中人以下不可以語上惟上智與下愚不移何說也曰習於善而已矣所謂上智者習於惡而已矣所謂下愚者一習於善一習於惡所謂中人者上智也下愚也中人也其卒也命之而已矣有人於此未始爲不善也謂之上智可也其卒也去而爲不善然後謂之中人可也有人於此未始爲善也謂之下愚可也其卒也去而爲善然後謂之中人可也惟其

不移然後謂之上智惟其不移然後謂之下愚皆於
其卒也命之夫非生而不可移也且韓子之言弗顧
矣曰性之品三而其所以爲性五夫仁義禮智信孰
而可謂不善也又曰上焉者之於五主於一而行之
四下焉者之於五反於一而悖於四是其於性也不
一失焉而後謂之上焉者不一得焉而後謂之下焉
者是果性善而不善者習也然則堯之朱舜之均瞽
瞍之舜鯀之禹后稷越椒叔魚之事後所引者皆不
可信邪曰堯之朱舜之均固吾所謂習於惡而已者
瞽瞍之舜鯀之禹固吾所謂習於善而已者后稷之
詩以異云而吾之所論者常也詩之言至以爲人子
而無父人子而無父猶可以推其質常乎夫言性亦

常而已矣無以常乎則狂者蹈火而入河亦可以爲性也越椒叔魚之事徒聞之左丘明丘明固不可信也以言取人孔子失之宰我以貌失之子羽此兩人者其成人也孔子朝夕與之居以言貌取之而失哉其始生也婦人者以聲與貌定而卒得之婦人者獨有過孔子者邪

對難

予爲揚孟論以辨言性命者之失而有難予者曰子之言性則誠然矣至於言命則予以爲未也今有人於此其才當處於天下之至賤而反處於天下之至貴其行當得天下之大禍而反得天下之大福其才當處於天下之至貴而反處於天下之至賤其行當

得天下之至福而反得天下之至禍此則悖於人之
所取而非人力之所及者矣於是君子曰爲之者天
也所謂命者蓋以謂命之於天云耳昔舜之王天下
也進九官誅四凶成王之王天下也尊二伯誅二叔
若九官之進者以其皆聖賢也四凶之誅者以其皆
不肖也二伯之尊者亦以其皆聖賢也二叔之誅者
亦以其皆不肖也是則人之所爲矣使舜爲不明進
四凶而誅九官成王爲不明尊二叔而誅二伯則爲
誠非人力之所及而天之所命者也彼人之所爲者
豈以爲之命哉曰聖賢之所以尊進命也不肖之所
以誅命也昔孔子懷九官二伯之德困於亂世終身
不行文者屢矣遑遑於天下之諸侯求有所用而卒

死於旅人也然則九官二伯雖曰聖賢其尊進者亦命也盜跖之罪浮於四凶二叔竟以壽死然則四凶二叔雖曰不肖其誅者亦命也是以聖人不言命教人以盡乎人事而已嗚呼又豈唯貴賤禍福哉凡人之聖賢不肖莫非命矣曰貴賤禍福皆自外至者子以謂聖賢之貴而福不肖之賤而禍皆有命則吾既聞之矣若夫聖賢不肖之所以爲聖賢不肖則在我者也何以謂之命哉曰是誠君子志也古之好學者之言未有不若此者也然孟子曰仁之於父子也義之於君臣也禮之於賓主也知之於賢者也聖人之於天道也命也有性焉君子不謂命也由此而言之則聖賢之所以爲聖賢君子雖不謂之命而孟子固

曰命也已不肖之所以爲不肖何以異於此哉

臨川先生文集卷第六十八

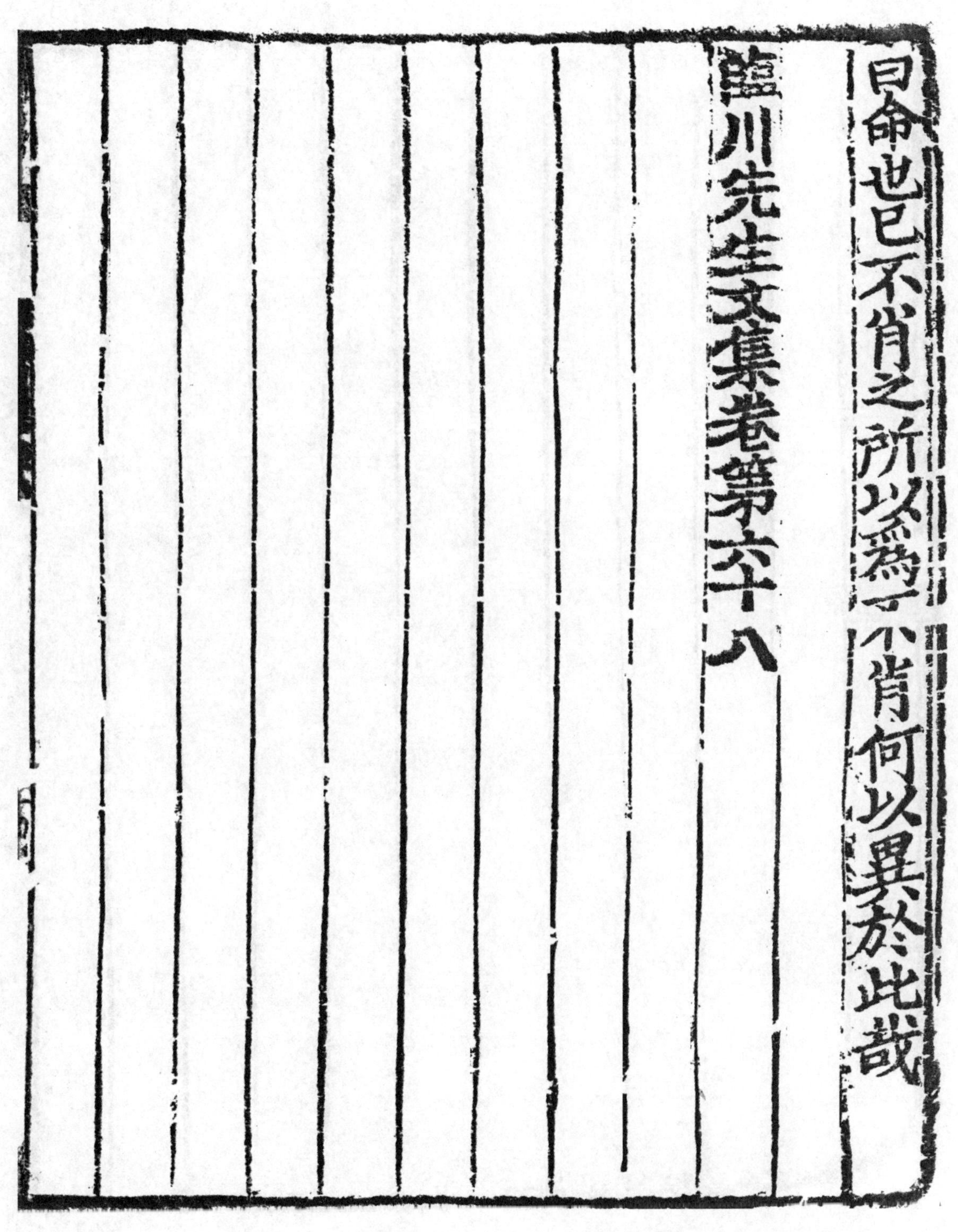

臨川先生文集卷第六十九

論議

祿隱

孔子叙逸民先伯夷叔齊而後柳下惠曰不降其志不辱其身伯夷叔齊也柳下惠降志辱身矣孟子叙三聖人者亦以伯夷居伊尹之前而揚子亦曰孔子高餓顯下祿隱夫聖人之所言高者是所取於人而所行於己者也所言下者是所非於人而所棄於己者也然而孔孟生於可避之世而未嘗避也蓋其不合則去去則可謂不降其志不辱其身矣至於揚子則吾竊有疑焉爾當王莽之亂雖鄉里自喜者知遠其辱而揚子親屈其體爲其左右之臣豈君子固多能言而不能行乎抑亦有以處之非必出於此言乎曰聖賢之言行有所同而有所不必同不可以一端求

也同者道也不同者迹也知所同而不知所不同
君子也夫君子豈固欲爲此不同哉蓋時不同則言
行不得無不同唯其不同是所以同也如時不同而
固欲爲之同則是所同者迹也所不同者道也迹同
於聖人而道不同則其爲小人也孰禦哉世之士不
知道之不可一迹也久矣聖賢之宗於道猶水之宗
於海也水之流一曲焉一直焉未甞同也至其宗於
海則同矣聖賢之言行一伸焉一屈焉未甞同也至
其宗於道則同矣故水因地而曲直故能宗於海聖
賢因時而屈伸故能宗於道孟子曰伯夷柳下惠聖
人也百世之師也如其高餓顯下祿隱而必其出於
所高則柳下惠安撫伯夷哉揚子曰塗雖曲而通諸

夏則由諸川雖曲而通諸海則由諸蓋言事雖曲而通諸道則亦君子所以當同也由是而言之饑顯之高祿隱之下皆迹矣也且足以求聖賢哉唯其能無係累於迹是以大過於人人也如聖賢之道皆出於一而無權時之變則又何聖賢之足稱乎聖人者知權之大者也賢者知權之小者小也昔紂之時微子去之箕子爲之奴比干諫而死此三人者道同也而其去就若此者蓋亦所謂迹不必同矣且易曰或出或處或默或語言君子之無可無不可也使以揚子寧不至于耽祿於弊時哉蓋於時爲不可去必去則揚子之所知亦已小矣

太古

太古之人不與禽獸朋也幾何聖人惡之也制作焉以别之下而戾於後世侈裳衣壯宫室隆耳目之觀以囂天下君臣父子兄弟夫婦皆不得其所當然仁義不足澤其性禮樂不足錮其情刑政不足綱其惡蕩然復與禽獸朋矣聖人不作昧者不識所以化之之術顧引而歸之太古太古之道果可行之萬世聖人惡用制作於其間必制作於其間爲太古之不可行也顧欲引而歸之是去禽獸而之禽獸奚補於化哉吾以爲識治亂者當言所以化之之術曰歸之太古非愚則誣

原教

善教者藏其用民化上而不知所以教之之源不善

教者反此民知所以教之之源而不識化上之意善教者之為教也致吾義忠而天下之君臣義且忠矣致吾孝慈而天下之父子孝且慈矣致吾恩於兄弟而天下之兄弟相為恩矣致吾禮於夫婦而天下之夫婦相為禮矣天下之君君臣臣父父子子兄兄弟弟夫夫婦婦皆吾教也民則曰我何賴於彼哉此謂化上而不知所以教之之源也不善教者之為教也不此之務而暴為之制煩為之防劬劬於法令誥戒之間藏於府憲於市屬民於鄙野必曰臣〻而臣君而君子〻而子父〻而父兄〻弟〻者無失其為兄弟也夫婦者無失其為夫婦也率是也有賞不然則罪鄉閭之師族鄰之長疏者時讀察者曰告若是其悉矣顧不有

服教而附于刑者於是嘉石以慙之圜土以苦之此者棄之於市朝放之於裔末卒不可以已也此謂民知所以教之之源而不誠化上之意也善教者浹於民心而耳目無聞焉以道擾民者也不善教者施於民之耳目而求浹于心以道強民者也擾之爲言猶山藪之擾毛羽川澤之擾鱗介也豈有制哉自然然耳強之爲言其猶囿毛羽沼鱗介乎一失其制脫然逝矣噫古之所以爲古無異焉由前而已矣今之所以不爲古無異焉由後而已矣或曰法令誥戒不足以爲教乎曰法令誥戒文也吾云爾者本也失其本求之文吾不知其可也

原過

天有過乎有之陵歷闕蝕是也地有過乎有之崩弛竭塞是也天地舉有過卒不累覆且載者何善復常也人介乎天地之間則固不能無過卒不害聖且賢者何亦善復常也故太甲思庸孔子曰勿憚改過揚雄貴遷善皆是術也予之朋有過而能悔悔而能改人則曰是向之從事云爾今從事與向之從事弗類非其性也飾表以疑世也夫豈知言哉天播五行於萬靈人固備而有之有而不思則失思而不行則廢一日咎前之非沛然思而行之是失而復得廢而復舉也顧曰非其性是率天下而戕性也且如人有財見篡於盜已而得之曰非夫人之財向篡於盜矣可歟不可也財之在己固不若性之為己有也財失復

得曰非其時且不可性失復得曰非其性可乎

進說

古之時士之在下者無求于上上之人日汲汲惟恐一士之失也古者士之進有以德有以才有以言有以曲藝今徒不然自茂才等而下之至于明法其進退之皆有法度古之所謂德者才者無以爲也古之所謂言者又未必應今之法度也誠有豪傑不世出之士不自進乎此上之人弗舉也誠進乎此而不應今之法度有司弗取也夫自進乎此皆所謂枉己者也孟子曰未有枉己能正人者也然而今之士不自進乎此者未見也豈皆不如古之士自重以有恥乎古者井天下之地而授之氓士之未命也則授一廛

而爲選其父母妻子裕如也自家達有塾有序有庠有學觀游止與師師友友致歡堯舜之道自樂也磨礱鐫切沉浸灌養行完而才備則曰上之人其舍我哉上之人其亦莫之能舍也今也地不井國不學黨不庠遂不序家不塾士之未命也則或無以養父母妻子無以處行完而才備上之人亦莫之舉也士安得而不自進嗚呼使今之士不若古非人則然勢也勢之異聖賢之所以不得同也孟子不見王公而孔子爲季氏吏夫不以勢乎哉士之進退不惟其德與才而惟今之法度而有司之好惡未必今之法度也是上之進不惟今之法度而幾在有司之好惡耳今之有司非昔之有司也後之有司又非今之有司也

有司之好惡豈常哉是士之進退一求乎無所必而已矣噫以言取人未之失也取焉而又不得其所謂言是失之失也況又重以有司好惡之不可常哉古之道其卒不可以見乎士也有得已之勢其得不已乎得已而不已未見其爲有道也楊叔明之兄弟以父任皆京官其勢非吾所謂無以養無以裕父母妻子而有不得已焉者也自枉而爲進士而又枉於有司而又甚不釋然二君固常自任以道而且朋友我矣懼其猶未寤也爲進說與之

取材

夫工人之爲業也必先淬礪其器用掄度其材幹然後致力寡而用功得矣聖人之於國也必先遴選其

實能練覈其名實，然後任使適而事以濟矣。故取人之道，世之急務也。自古守文之君，孰不有意於是哉？然其間得人者有之，失士者不能無焉；稱職者有之，謬舉者不能無焉。必欲得人稱職，不失士，不謬舉，宜如漢左雄所議：諸生試家法，文吏課牋奏，爲得矣。所謂文吏者，不徒尚文辭而已，必也通古今，習禮法、天文、人事、政教更張，然後施之職事，則以詳平政體，有大議論，使以古今參之是也。所謂諸生者，不獨取訓習句讀而已，必也習典禮，明制度、臣主威儀、時政沿襲，然後施之職事，則以緣飾治道，有大議論，則以經術斷之是也。以今準古，今之進士，古之文吏也；今之經學，古之儒生也。然其策進士，則但以章句聲病苟尚文辭類皆小能者爲之策經學者徒以記問爲能不責大義類皆蒙鄙者能之使通才之人或見贅於時高世之士或見排於俗故屬文者至相戒曰涉獵可爲也誣豔可尚也於政事何爲哉守經者曰傳寫可爲也誦習可勤也於義理何取哉故其父兄勗其子弟師長勗其門人相爲浮豔之作以追時好而取世資也何哉其取舍好尚如此所習不得不然也若此之類而當擢之職位歷之仕塗一旦國家有大議論立辟雍明堂損益禮制更著律令決讞疑獄彼惡能以詳平政體緣飾治道以古今參之以經術斷之哉是必唯唯而已文中子曰文乎文乎苟作云乎哉必也貫乎道學乎學乎博誦云乎哉必也濟乎義

故才之不可苟取也久矣必若差别類能宜少依漢之牋奏家法之義策進士者若曰邦家之大計何先治人之要務何急政教之利害何大邊之計畫何出使之以時務之所宜言之不直以章句聲病累其心策經學者宜曰禮樂之損益何宜天地之變化何如禮器之制度何尚各傳經義以對不獨以記問傳寫爲能然後署之甲乙以升黜之庶其取舍之鑒灼于目前是豈棄有用而事無用辭逸而就勞哉故學者不習無用之言則業專而脩矣一心治道則習貫而入矣若此之類施之朝廷用之牧民何嚮而不利哉其他限年之議亦無取矣

興賢

國以任賢使能而興棄賢專己而衰此二者必然之勢古今之通義流俗所共知耳何治安之世有之而能興昏亂之世雖有之亦不興蓋用之與不用之謂矣有賢而用國之福也有之而不用猶無有也商之興也有仲虺伊尹其衰也亦有三仁周之興也同心者十人其衰也亦有祭公謀父内史過兩漢之興也有蕭曹寇鄧之徒其衰也亦有王嘉傅喜陳蕃李固之衆魏晉而下至於李唐不可徧舉然其間興衰之世亦皆同也由此觀之有賢而用之者國之福也有之而不用猶無有也可不慎歟今猶古也今之天下亦古之天下今之士民亦古之士民古雖擾攘之際猶有賢能若是之衆況今太寧豈曰無之在君上用

之而已博詢衆庶則才能者進矣不有忌諱則讜直之路開矣不遍小人則讒諛者自遠矣不拘文牽俗則守職者辨治矣不責人以細過則能吏之志得以盡其効矣苟行此道則何慮不躋兩漢盛三代然後踐五帝三皇之塗哉

委任

人主以委任爲難人臣以塞責爲重任之重而責之重可也任之輕而責之重不可也愚無他識請以漢之事明之高祖之任人也可以任則任可以止則止至於一人之身才有長短取其長則不問其短情有忠僞信其忠則不疑其僞其意曰我以其人長於某事而任之在它事雖短何害焉我以其人忠於義也

而任之在它人雖僞何害焉蕭何刀筆之吏也婁之關中無復西顧之憂陳平亡命之虜也出捐四萬餘金不問出入韓信輕猾之徒也與之百萬之衆而不疑是三子者豈素著忠名哉蓋高祖推己之心而寘於其心則它人不能離間而事以濟矣後世循高祖則鮮有敗事不循則失故孝文雖愛鄧通猶遣申屠之志孝武不疑金磾終定天下大業當是時守文之盛者二君而已元成之後則不然雖有何武王嘉師丹之賢而變於外戚豎官之寵牽於帷牆近習之制是以王道寖微而不免負謗於天下也中興之後唯世祖能馭大臣以寇鄧耿賈之徒爲任職所以威名不滅於高祖至於爲子孫慮則不然反以元成之

後三公之任多奪於外戚豎宦權嬖近習之人而致
毀由是置三公之任而事歸臺閣以虛尊加之而已
然而臺閣之臣位卑事冗無所統一而奪於衆多之
口此其爲奪於外戚豎宦權嬖近習者息矣至於治
有不追水旱不時變異或起則曰三公不能燮理陰
陽而策免之甚者至於誅死豈不痛哉漢質之後躡
綸臺之閣因循以爲故事雖有李固陳蕃之賢皆拱
於閹寺之手其餘則希世用事全軀而已何政治之
能立哉此所謂任輕責重之弊也噫常人之性有能
有不能有忠有不忠知其能則任之重可也謂其忠
則委之誠可也委之誠者人亦輸其誠任之重者人
亦荷其重使上下之誠相照感結於其心是豈一息

鳥視而不知荷恩盡力哉故曰不疑於物物亦誠焉且蘇秦不信天下爲燕尾生此一蘇秦傾側數國之間於燕獨以然者誠燕君厚之之謂也故人主以狗彘畜人者人亦狗彘其行以國士待人者人亦國士自奮故曰常人之性有能有不能有忠有不忠顧人君待之之意何如耳

知人

貪人廉淫人潔佞人直非終然也規有濟焉爾王莽拜侯讓印不受假僭皇命得璽而喜以廉濟貪者也晉王廣求爲冢嗣管絃遏密塵埃被之陪扆奉老醜聲色惡邪以潔濟淫者也鄭注開陳治道激昂顏辭君民翕然倚以致平卒用姦敗以直濟佞者也於戲

知人則哲惟帝其難之古今一也

風俗

夫天之所愛育者民也民之所係仰者君也聖人上承天之意下爲民之主其要在安利之而安利之要不在於它在乎正風俗而已故風俗之變遷染民志關之盛衰不可不愼也君子制俗以儉其弊爲奢奢而不制弊將若之何夫如是則有殫極財力僭瀆嫌倫以追時好者矣且天地之生財也有時人之爲力也有限而日夜之費無窮以有時之財有限之力以給無窮之費若不爲制所謂積之涓涓而洩之浩浩如之何使斯民不貧且濫也　國家奄有諸夏四聖纂統制度以定矣紀綱以緝矣賦斂不侵於民矣繇

役以均矣并平之運未有盛於今矣閭閻家給人足
無一夫不獲其所矣然而窶人之子短褐未盡完趨
末之民巧僞未盡抑其故何也殆風俗有所未盡淳
歟且聖人之化自近及遠由內及外是以京師者風
俗之樞機也四方之所面內而依倣也加之士民富
庶財物畢會難以儉率易以奢變至於發一端作一
事衣冠車馬之奇器物服玩之具日更奇制夕染諸
夏工者矜能於無用商者通貨於難得歲加一歲巧
眩之性不可窮好尚之勢多所易故物有未弊而見
毁於人人有循舊而見嗤於俗富者競以自勝貧者
恥其不若且曰彼人也我人也彼爲奉養若此之麗
而我反不及由是轉相慕効務盡鮮明使愚下之人

有逞一時之嗜欲破終身之貲產而不自知也且山林不能給野火江海不能實漏巵淳朴之風散則貪饕之行成貪饕之行成則上下之力匱如此則人無完行士無廉聲尚陵逼者爲時宜守檢押者爲鄙野節義之民少兼并之家多富者財產滿布州域貧者困窮不免於溝壑夫人之爲性心充體逸則樂生心鬱體勞則思死若是之俗何法令之能避哉故刑罰所以不措者此也且壞崖破岩之水原自涓涓干雲蔽日之木起於青葱禁微則易救末者難所宜略依古之王制命市納賈以觀好惡有作奇技淫巧以疑衆者糾罰之下至物器饌具爲之品制以節之工商逐末者重租税以困辱之民見末業之無用而又爲

紛爭國曆不得一不趨田畝田畝以闢則民無饑矣以此
顯示衆庶未有出單數之內治而天下不治矣

閔習

父母死則燔而捐之水中其不可明也禁使葬之其
禁不可亦明也然而吏相與非之乎上民相與怪之
乎下蓋其習之久也則至於戕賊父母而無以為不
可顧曰禁之不可也嗚呼吾是以見先王之道難行
也先王之道不講乎天下而不勝乎小人之說非一
日之積也而小人之說其為不可不皆若戕賊父母
之易明也先王之道不皆若禁使葬之之易行也嗚
呼吾是以見先王之道難行也正觀之行其庶矣惜
乎其臣有罪焉作閔習

臨川先生文集卷第六十九

臨川先生文集卷第七十

復讎解

或問復讎對曰非治世之道也明天子在上自方伯諸侯以至于有司各修其職其能殺不辜者少矣不辜而有焉則其子弟以告于有司有司不能聽以告于其君其君不能聽以告于方伯方伯不能聽以告于天子則天子誅其不能聽者而爲之施刑於其讎亂世則天子諸侯方伯皆不可以告故書說紂曰凡有辜罪乃罔恒獲小民方興相爲敵讎蓋讎之所以興以上之不可告辜罪之不常獲也方是時有父兄之讎而輙殺之者君子權其勢恕其情而與之可也故復讎之義見於春秋傳見於禮記爲亂世之爲子弟者言之也春秋傳以爲父受誅子復讎不可也此

言不敢以身之私而害天下之公又以爲父不受誅子復讎可也此言不以有可絶之義廢不可絶之恩也周官之說曰凡復讎者書于士殺之無罪疑此非周公之法也凡所以有復讎者以天下之亂而士之不能聽也有士矣不使聽其殺人之罪以施行而使爲人之子弟者讎之然則何取於士而祿之也古之於殺人其聽之可謂盡矣猶懼其未也曰與其殺不辜寧失不經今書于士則殺之無罪則所謂復讎者果所謂可讎者乎庸詎知其不獨有可言者乎就當聽其罪矣則不殺於士師而使讎者殺之何也故疑此非周公之法也或曰世亂而有復讎之禁則寧殺身以復讎乎將無復讎而以存人之祀乎曰可以復

讎而不復非孝也復讎而殄祀亦非孝也以讎未復之耻居之終身焉蓋可也讎之不復者天也不忘復讎者巳也克巳以畏天心不忘其親不亦可矣

推命對

吳里處士有善推命知貴賤禍福者或俾予問之予辭焉他日復以請予對曰夫貴若賤天所爲也賢不肖吾所爲也吾所爲者吾能自知之天所爲者吾獨懵乎哉吾賢歟可以位公卿歟則萬鍾之祿固有焉不幸而貧且賤則時也吾不賢歟不可以位公卿歟則簞食豆羹無歉焉若幸而富且貴則咎也此吾知之無疑奚率於彼者哉且禍與福君子置諸外焉君子居必仁行必義反仁義而福君子不有也由仁義

而禍君子不屑也是故文王拘羑里孔子畏於匡之
聖人之智豈不能脫禍患哉蓋道之存焉耳曰子以
爲貴若賤天所爲也然世賢而賤不肖而貴者亦天
所爲歟曰非也人不能合於天耳夫天之生斯人也
使賢者治不賢故賢者宜貴不賢者宜賤天之道也
擇而行之者人之謂也天人之道合則賢者貴不肖
者賤天人之道悖則賢者賤而不肖者貴也天人之
道悖合相半則賢不肖或貴或賤堯舜之世元凱用
而四凶殛是天人之道合也桀紂之世飛廉進而三
仁退是天人之道悖也漢魏而下賢不肖或貴或賤
是天人之道悖合相半也蓋天之命一而人之時不
能率合焉故君子脩身以俟命守道以任時貴賤禍

福之來不能沮也子不力於仁義以信其中而屑屑焉甘意於誕謾虛怪之說不已溺哉

使醫

一人疾焉而醫者十並使之歟曰使其尤良者一人焉爾烏知其尤良而使之曰衆人之所謂尤良者而隱之以吾心其可也夫能不相逮不相爲謀又相忌也況愚智之相百者乎人之愚不能者常多而智能者常少醫者十愚不能者烏知其不九邪並使之智能者何用愚不能者何所不用一日而病且亡誰者任其咎邪故予曰使其尤良者一人焉爾使其尤良者有道藥云則藥食云則食坐云則坐作云則作夫然故醫也得肆其術而無憾焉不幸而病且亡則[illegible]

夫祭云則食坐云云則作曰姑如吾所安焉爾若人也何必醫如吾所安焉可也凡疾而求役醫之道皆然而腹心爲甚有腹心之疾者得吾說而思之其庶矣

汴說

古者卜筮有常官所諏有常事若考步人生辰星宿所次訾相人儀狀色理逆斥人禍福考信於聖人無有也不知從何許人傳宗其說者澶漫四出秪今爲尤蕃舉天下而籍之以是自名者蓋數萬不啻而汴不與焉舉汴而籍之蓋亦以萬計予嘗聽汴之術士善挾奇而以動人者大起宫廬服輿食飲之華封君不如也其出也或召焉問之某人也朝貴人也其歸也或賜焉問之某人也朝貴人也坐其廬旁歷其人

之往來肩相切踵相籍窮一朝暮則已錯不可計竊異之且竊歎曰吾儕治先聖人之言而修其術張之能爲天子營太平斂之猶足以提身正家顧未嘗有公卿徹官若是其即之勤也或曰子知乎渴者期於羸疾者期於醫治然也子誠能爲天子營太平提身正家彼所存勢與位爾勢不盈位不充則熱中熱中則惑勢盈位充矣則病失之病失之則憂惑且憂則思決以彼爲能決子亦能乎不能則無異其即彼跡此也因籍不復異之補吏淮南省親江南有金華山人者率然相過自言能逆斥禍福噫今之世子之術奚適而不遇哉因以說詒之

議茶法

國家罷榷茶之法而使民得自販於方今實爲便於
古義實爲宜而有非之者蓋聚斂之臣將盡財利於
毫末之間而不知與之爲取之過也夫茶之爲民用
等於米鹽不可一日以無而今官場所出皆麤惡
不可食故民之所食大率皆私販者夫奪民之所甘
而使不得食則嚴刑峻法有不能止者故鞭扑流徙
之罪未嘗少弛而私販私市者亦未嘗絕於道路也
既罷榷之之法則凡此之爲患者可以無矣然則雖
蓋已歲入之利亦爲國者之所當務也況關市之入
自足倍昔日之利乎昔桑洪羊與榷酤之議嘗以
爲財用待此而給萬世不可易者然至霍光不學無
術之人遂能屈其論而罷其法蓋義之勝利久矣今

朝廷之治方欲刻百代之弊而復堯舜之功而其爲法度乃欲出於霍光之所羞爲者則可乎以今之勢雖未能盡罷権貨而能緩其一亦所以示上之人恤民之深而興治之漸也彼區區聚斂之臣務以求利爲功而不知與之爲取上之人亦當斷以義豈可以人人合其私說然後行哉揚雄曰爲人父而権其子縱利如子何以雄之聰明其講天下之利害宜可信然則今雖國用甚不足亦不可以復易已行之法矣是以國家之勢苟修其法度以使本盛而末衰則天下之財不勝用庸詎而必區區於此哉

茶商十二說

臣竊以須仰巨商有十二之損爲害甚廣請試陳之

須仰巨商巨商數少相次既易邀賊遂繫故有場鋪明減闇減累累不已歲費以百萬是饒減之損一也又既仰巨商巨商稀少積壓等候陳損既多或棄或焚或充雜用此稅既陷正稅又饒是陷稅之損二也又既仰巨商饒豐價舊濟園民困耗遺欠歲程至如石橋一場祖額一百七萬而近歲買納才得十萬而虧及累年便乞減額是退額之損三也又既仰巨商須憑方禁是以捕捉之旅所在屯布掩縉之衆彌亘川落官員請俸衣旅衣糧擾民費財摠計不細是方禁之損四也又既仰巨商須置榷務諸郡津置或數千里所載綱運率自省破船材兵費風波盜竊每歲之計不爲不甚是遠萃之損五也又既仰巨商必先多備

茶體輕怯難掌易損架閣利燥封角利密而官數浩瀚堆積數廩風枯雨濕氣味失奪後售待給已反陳損是堆積之損六也又失物分輕則得衆得衆則易竭今仰巨商本不及數千緡則不能行是分重而不得衆也故難竭而成積滯分重之損七也又凡貨利已則精心精心則貨善貨善則易售今仰巨商非已甚衆始從小戶次輸主人方納官場復支商旅是以小戶偷竊主人殺雜姦吏容庇皆以非已而致貨不善也是非已之損八也又既仰巨商遂爲二等新好者支算商旅伍陳者留賣南中食用又遠遂皆私易故一縣大率每歲以茶被刑者往往百數是煩刑之損九也又既仰巨商茶多積壞不堪者貝遂轉[illegible]

係給户民悉不堪食虚納所直諸郡甚多是剋本之損十也又巨商悉係通商南方盡從官賣官賣既不堪食多配寺院茶坊茶多弃損錢實虚歛是削民之損十一也既仰巨商貨賣終難盡諸般折給從是生焉雖依元價折錢變賣雜收什一請實虚損官亦虚損是刻士之損十二也其爲害廣也如此不可不去也

乞制置三司條例

竊觀先王之法自畿之内賦入精粗以百里爲之差而畿外邦國各以所有爲貢又爲經用通財之法以懋遷之其治市之貨財則亡者使有害者使除市之不售貨之滯於民用則吏爲歛之以待不時而買者凡此非專利也蓋聚天下之人不可以無財理天下

之財不可以無義夫以義理天下之財則轉輸之勞逸不可以不均用度之多寡不可以不通貨賄之有無不可以不制而輕重斂散之權不可以無術今天下財用窘急無餘典領之官拘於弊法内外不以相知盈虚不以相補諸路上供歲有定額豐年便道可以多致而不敢不贏年儉物貴難於供備而不敢不足遠方有倍蓰之輸中都有半價之鬻三司發運使按簿書促期會而已無所可否增損於其間至遇軍國郊祀之大費則遣使刻剔殆無餘藏諸司財用事往往爲伏匿不敢實言以備緩急又憂年計之不足則多爲支移折變以取之民納租稅數至或倍其本數而朝廷所用之物多求於不產責於非時富商大

賈因時乘公私之急以擅輕重斂散之權臣等以謂發運使摠六路之賦入而其職以制置茶鹽礬稅爲事軍儲國用多所仰給宜假以錢貨繼其用之不給使周知六路財賦之有無而移用之凡糴買稅斂上供之物皆得徙貴就賤用近易遠令在京庫藏年支見在之定數所當供辦者得以從便變賣以待上令稍收輕重斂散之權歸之公上而制其有無以便轉輸省勞費去重斂寬農民庶幾國用可足民財不匱矣所有本司合置官屬許令辟舉及有合行事件令依條例以聞奏下制置司參議施行

相鶴經

鶴者陽鳥也而遊於陰因金氣依火精以自養金數

九火數七六十三年小變百六十年大變千六百年
形定生三年頂赤七年飛薄雲漢又七年夜十二時
鳴六十年大毛落茸毛生乃潔白如雪泥水不能汙
百六年雌雄相視而孕一千六百年飲而不食胎化
產爲仙人之騏驥也夫聲聞於天故頂赤食於水故
喙長輕於前故毛豐而肉疎脩頸以納新故天壽不
可量所以體無青黃二色土木之氣內養故不表於
外也是以行必依洲渚止不集林木蓋羽族之清崇
也其相曰隆鼻短喙則少瞑露睛赤白則視遠長頸
竦身則能鳴鳳翼雀尾則善飛龜背鼈腹會舞高脛
促節足力其文字浮丘伯授王子晉又崔文子學道
於子晉得其文并藏嵩高山石室淮南公采藥得之遂傳

於近代熙寧十年正月一日臨川王某筆

策問

問堯舉鯀於書詳矣堯知其不可然且試之邪抑不知之也不知非所以爲聖也知其不可然且試之則九載之民其爲病也亦久矣幸而群臣遂舉舜禹不幸復稱鯀此亦將以九載試之邪以堯之大聖知鯀之大惡其知之也足以自信不疑矣何牽於群臣也必曰吾唯群臣之聽不自任也聖人之心急於救民其趣舍顧是否何如豈固然邪必以爲後世法得無明哲之主牽制以召敗者邪或曰堯知水之數故先之以鯀或曰久民病以大禹功是皆不然堯必不以民病私禹禹必不以利民病而大已功以民病私其

臣利民病以爲己功烏在其爲堯禹也又以爲泥於數其探聖人滋淺矣且謂之有數鯀何罪其殛死也聖人之所以然愚不能釋吾子無隱焉耳

二

問臯陶曰在知人在安民大哉古之君臣相戒如此夫雖有知人之明而無安民之惠心未可與爲治也有安民之惠心而無知人之明則不能任人雖欲安民亦有所不能焉然而天子之尊也四海之富也自公至于士凡幾位自正至于旅凡幾職所謂知人者其必有術可以二三子而不知乎

三

問聖人治世有本末其施之也有先後今天下困敝

不幸其爲日也久矣治教政令未嘗放聖人之意而爲之也失其本求之末當後者反先之天下靡靡然入於亂者凡以此夫治天下不以聖人所以治其卒不治也則爲士而不聞聖人之所以治非所以爲士也願二三子盡道聖人所以治之本末與其所先後以聞於有司

四

問記曰追王太王王季文王不以卑臨尊也夏商受命固有祖考奚無追王之事耶

五

問聖人之爲道也人情而已矣考之以事而不合隱之以義而不通非道也洪範之陳五事合於事而通

於義者也如其休咎之効則予疑焉人君承天以從事天不得其所當然則戒吾所以承之之事可也必如傳云人君行然天則順之以然其固然邪僭常暘若狂常雨若使狂且僭則天如何其順之也堯湯水旱奚尤以取之邪意者微言深法非淺者之所能造敢以質於二三子

六

問迹詩書傳記百家之文二帝三王之所以基太平而澤後世必曰禮樂云若政與刑乃其助爾禮節之樂和之人已大治之後其所謂助者幾不用矣下三王而王者亦有議禮樂之情者乎其所謂禮樂如何也儒衣冠而言制作者文采聲音云而已其基太平而

謂後世儀在此邪宋之為宋久矣禮樂不接於民之耳目何也抑猶未可以制作邪董仲舒王吉以為王者未制作用先王之禮樂宜於世者如欲用先王之禮樂則何著宜於世耶

七

問舜命九官三后在焉呂刑所謂三后恤功于民乃堯命之何也曰伯夷降典折民惟刑禹平水土主名山川稷降播種農殖嘉穀以功次之禹也稷也伯夷也其可也以事次之民之災也富之也教之也其可也今考其文辭未有次焉何也曰士制百姓于刑之中以教祗德降典也則以民云制于刑之中則以百姓云何也

八

問夏之法至商而更之商之法至周而更之皆因世就民而爲之節然其所以法意不相師乎

九

問易曰黃帝堯舜垂衣裳而天下治蓋取諸乾坤說者曰垂衣裳以辨貴賤乾坤尊卑之義也夫垂衣裳以辨貴賤自何世始始於黃帝而稱曰黃帝可也於堯舜曰堯曰舜可也兼三世而言之吾疑焉一二三子盍爲之辭

十

問詩論商之所以王本之契論周本之后稷夫成湯武之仁聖而以當桀紂之天下此夏商所以敗以成

而商周得之也彼千歲之稷契何功焉其本之也不有説耶

十一

問挂兵於夷狄以弊百姓畋游倡樂賞賜無節而臺榭陂池宮室之觀侈此國之所以貧今皆無此而有司之所講常出於權利然亦不足於財信任親戚後宮之家尊顯公卿大臣之世布衣巖穴之秀蔽鄣而不得仕此官之所以曠今皆無此而所使在位皆公天下之選也然亦不足於士異時嘗多兵矣而不以兵多故費財今民之壯者多去而爲兵而租賦盡於糧餉然亦不足於兵異時嘗多馬矣而不以馬多故費土今内則空可耕之地以爲牧蓋鉅萬頃外則棄

錢幣以取之四夷然亦不足於焉此其故何也

臨川先生文集卷第七十

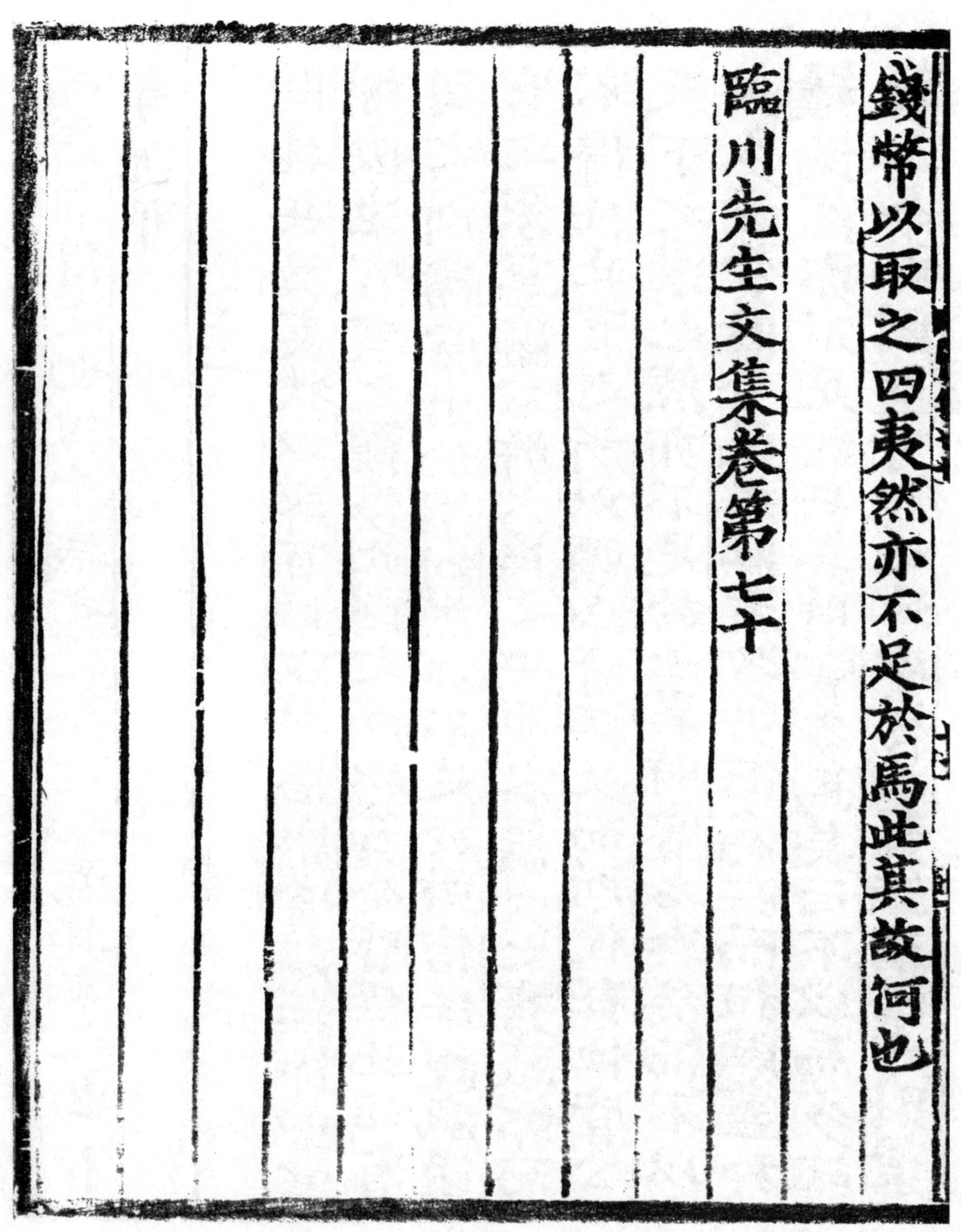

臨川先生文集卷第七十一

雜著

先大夫述

王氏其先出太原今爲撫州臨川人不知始所以徙其後有隱君子某生某某以子故贈尚書職方員外郎職方生衛尉寺丞某某公老也公諱某始字損之年十

七以文干張公詠張公奇之改守公爲良令待八年
得進士第爲建安主簿時尚少縣人頗易之既數月
皆畏翕然令賴以治嘗疾病闔縣爲禱祠縣人不時
入稅州咎縣公曰孔目吏尚不時入稅貧民何獨爲
邪即與校至府門取孔目吏以歸杖二十與之期三
日盡期民之稅亦無不入自將已下皆側目爲判官
臨江軍守不法公遇事輒據守之以故事一政吏爲
文書謾其上至公輒閣軍有甚爾灘號難度以腐船度
輒返吏呼公爲判官灘去豪吏大姓至相與出錢米
轉運使下吏出公領新淦縣縣大治今三十年吏民
稱說如公在改大理寺丞知廬陵縣又大治移知新
繁縣改殿中丞到縣條宿姦數人上府流惡處自餘

一以恩信治之嘗歷歲不笞一人知韶州改太常博士尚書屯田員外郎夷越無男女之别前守類以爲俗然即其得可已者弗寬公曰同是人也不可瀆其倫夫所謂因其俗者豈謂是耶凡有萌蘖一切擿矜窮治之時未幾男女之行于市者不敢一塗胡先生瑗爲政範亦掇公此事部縣翁源多虎公教捕之民言虎自斃者五令斷虎頭輿致州爲頌以獻公麾輿者出以頌還令其不喜佞不以其道說之不說也如此蜀效忠士屯者五百人代不到謀叛韶小州即有變無所可枝梧佐吏始殊恐公不爲動獨捕其首自五人即日斷流之護出之界卜 劫佐吏固爭請付獄既而聞其徒謀若以首赴獄當夜劫之以叛衆乃愈服

公亡營舉舍廬建於道旁隨之以庵歲有餘遷長史言自
嶺海服朝廷爲言置州守丞有學者丁衛尉府君
憂服除通判江寧府閬兩將作一以府倚公辦寶元二
年二月二十三日以疾棄諸孤官下享年四十六公
於忠義孝友非勉也宦游嘗以妻子親行獨西川以遠又
法不聽在新繁未嘗劇飲酒歲時思慕哭泣悲甚其自
奉如甚嗇者異時悉所有又貸於人治酒食須以具
其親無秋毫愛也人乃或以爲奢居未嘗怒詈子弟
每置酒從容爲陳孝悌仁義之本古今存亡治亂之
所以然甚適其自任以世之重也雖人望公則亦然
卒之官不充其材以没嗚呼其命也尊謝氏以公故
封永安縣君娶某氏封長壽縣君子男七人女一人

適張氏處兩人將以某月日葬某處子某等謹撰次
公事如右以求有道而文者銘焉以取信於後世

先大夫集序

君子於學其志未始不欲張而行之以致君下膏澤
於□窮唯其志之大故或不位於朝而勢
不足以自効則思慕古之人而作爲文辭亦不失其
所志也二帝三王羣聖人之時賢俊並用雖窮處巖
穴亦振而在高位其志莫不得施而文之傳于後者
少矣後之時非古之時也人之不得志者常多而以
文自傳者紛如也先大夫少而博學及強年育仕進
□望其志欲有以爲而處漫其於文所不暇也一日
□子固集中得其篇歌詩四百□篇□此不足盡識其

志然調詠情性其亦有以助于道者不忍棄去也氣序文之嗚呼公之詩君子觀之當自知矣不敢贊也

題王逢原講孟子後

逢原在常州時學者有問以孟子而逢原爲之論說是以如是其詳也未幾而逢原卒故其書遂終於一篇而考之時不同蓋其志猶未就也華然觀其說亦足以槩見之矣若逢原所謂見其進未見其止也其卒時年二十八嗚呼惜哉逢原卒於嘉祐己亥六月後七年講義方行

許氏世譜

伯夷神農之後也佐堯舜有大功賜姓曰姜其後見經者四目曰申許所謂申伯者是也曰呂書所謂呂

侯青是也曰齊曰許春秋書之曰許男是也周衰許男嘗從大侯侵伐會盟著於春秋及後世復國而子孫以其封姓然世傳有許由者堯以天下讓由由不受逃之箕山箕山上蓋有許由冢焉蓋事不見於經學者疑之或曰由亡求於世者耳雖與之天下蓋不受也故好事者以去而由與伯夷[illegible]生後先所祖同不同莫能知也漢興許氏侯者六人柏至侯盎宋子侯瘛嚴侯精此三侯者其始以辭封而史不書其州里平恩侯廣漢博望侯舜樂成侯延壽此三侯者同產昆弟也以外戚起於宣元之世昌邑人也盎孫昌嘗爲丞相延壽及廣漢弟子嘉嘗爲大司馬至王莽敗許氏始皆失其封太醫漢曾譜有許荊者循吏

也許慎者以經學顯許慎著說文以傳於世許楊者
治鴻隙陂有德於汝南汝南之民報祭焉許靖者避
地交州後入蜀先主以為太傅與從弟劭俱善論人
物劭兄虔亦知名世稱平輿淵有二龍焉慎峻揚靖
皆汝南人也許褚者家於譙以忠力事魏封侯牟鄉
許慈者家南陽入蜀父子為博士司馬晉時有許孜
者東陽人也德行高察之孝廉不起久於家其子曰生
亦有至性焉初許氏爵已於周子孫播散四方有說
著猶不乏焉至昌邑始大者間與於汝南其後祖高
陽晉為最盛然高陽之族人不見其所始有譽著仕魏
歷校尉郡守生允為鎮北將軍允三子皆仕司馬晉
奇司隸校尉猛幽州刺史奇奇子遐侍中猛子式平原

太守自允至式皆知名允後一五世詢司馬晉書召官之不起詢孫珪爲鄱陽太守亡於齊珪生曷慧齊太子家令充從僕射勇慧生懸篤學以孝聞卒於梁爲中書舍人懸生亭爲陳衛尉鄉嘗一領史官大齊梁時事有子善心爲之卒業是時有許一紹者善心族父也通守洪陵治有恩流户自歸數十萬卒有勞於唐爵安陸郡公國師欽寂欽明其後也國師紹少子寬博有器幹別自封平恩勇與敬宗俱龍朔中宰相欽寂謂紹曾大父也萬歲中帥師當契丹爲所敗執以如安東欲說守者降至安東曰賊今且破滅公勉守無忘忠節一契丹即殺之是歲弟欽明亦遇殺欽明爲涼州都督中突厥行李與突厥遇亦執使降至靈州城下爲廣言告

儒者所以破賊兄弟將兵一旦同以身徇邊鄙賢者宗之敬宗者善心子也始以公開郡於高陽高陽其孫令伯以文稱當世天寶之亂敬宗有孫曰遠甫張巡以睢陽亢賊自以不及巡推巡爲將而親爲之下久之食已盡煮茶紙以食猶堅守賊所以不得南向以睢陽弊其鋒也卒甫俱死者皆天下豪俊義士云唐亡遠孫儒不義朱梁自雍州入于江南終身不出爲儒生稠沈歎有信仕江南李氏參德化王軍事稠生規好道家言不以事自嬰嘗爵官下歆閭閻旁舍呼就之曰我其郡人也祭君長者且死願以骸骨爲君因指橐中黃金十斤曰以是交長者規許諾歛負其骨千里拜黃金置死者家家大驚愧之曰請獻金如

兄言以爲許君壽規不頋竟去於是聞者滋以規爲
長者卒葬池州後以子故贈大理評事生遂迴三
子遂善事母里母屬其子輙曰汝獨不慚許伯通乎
祥符中　天子有事於大山加恩群臣遂當遷讓其
兄遂　天子以遂試將作監主簿遂子俞字堯言名
能文章大臣晏薦之有帥不合者官以故不遂尋知
興國軍大冶縣縣人至今稱之俞兩子均爲進士遂
字景山甞上書江南李氏李氏歎奇之以爲崇文館
接書郎歲終拜監察御史後復上書　太宗論邊事
宰相趙普奇其意以爲帥已合知興元府起鄭侯發
堰以利民治澧荊揚三州爲盜者逃而去其事兄如
事父使妻事其長姒如事母故人無後爲嫁其女如

巳子有子五人恂黄州録事參軍恢尚書虞部員外郎怡今爲大子中舍簽書淮南節度判官廳公事元今爲江淮荆湖兩浙制置發運使平泰州海陵主簿五人者咸孝友如其先人故士大夫論孝友者歸許氏元以國子博士發運判官七年遂爲其使待制天章閣自天子大臣莫不以爲材其勞烈方在史氏記余故不論而著其家行云迴字光遠其事母如伯通之孝事其兄如景山之爲弟也慷慨有大意少嘗仕李氏後不復仕與其兄俱葬潁村有子曾爲進士方壯時亦慨然好議天下事今爲大廟齋郎臨川王某曰余譜許氏自據以下其緒傳始顯焉然自許男見於周其後數封而有紀之子孫多焉考是論之夫

伯夷之所以佐其君治民余讀書未嘗不喟然歎思之也傳曰盛德者必百世祀若伯夷者盖庶幾焉彼其後世忠孝之良亦使之遭時沐浴舜禹之間以盡其材而与夫夔皋熊虎之徒俱出而馳焉其孰能概之耶

傷仲永

金谿民方仲永世隷耕仲永生五年未嘗識書具忽啼求之父異焉借旁近与之即書詩四句并自爲其名其詩以養父母收族爲意傳一鄉秀才觀之自是指物作詩立就其文理皆有可觀者邑人奇之稍稍賓客其父或以錢幣乞之父利其然也日扳仲永環謁於邑人不使學予聞之也久明道中從先人還家

於舅家見之十二三矣令作詩不能稱前時之聞又七年還自揚州復到舅家問焉曰泯然衆人矣王子曰仲永之通悟受之天也其受之天也賢於材人遠矣卒之爲衆人則其受於人者不至也彼其受之天也如此其賢也不受之人且爲衆人今夫不受之天固衆人又不受之人得爲衆人而已耶

同學一首別子固

江之南有賢人焉字子固非今所謂賢人者予慕而友之淮之南有賢人焉字正之非今所謂賢人者予慕而友之二賢人者足未嘗相過也口未嘗相語也辭幣未嘗相接也其師若友豈盡同哉予考其言行其不相似者何其少也曰學聖人而已矣學聖人則

其師若友必學聖人者聖人之言行豈有二哉其相似也適然予在淮南爲正之道子固子固不予疑也還江南爲子固道正之子固亦以爲然予又知所謂賢人者既相似又相信不疑也子固作懷友一首遺予其大略欲相扳以至乎中庸而後已正之蓋亦嘗云爾夫安驅徐行轥中庸之庭而造於其堂舍二賢人者而誰哉予昔非敢自必其有至也亦願從事於左右焉爾輔而進之其可也噫官有守私有繫會合不可以常也作同學一首别子固以相警且相慰云

書瑞新道人壁

瑞新道人治其衆於天童之景德予知鄞縣愛其材能數與之遊後新主此山之四年予自淮南來視

撫州之僧永在事訪焉則新既死矣某月某日矣知與不知莫不愴焉而予與之又久宜其尤悲夫新之材信奇矣然自放於世外而人悼惜之如此彼公卿大夫操治民之勢而能以利澤加焉則其生也榮其死也哀不亦宜乎皇祐五年六月十五日臨川王某介甫題

讀孟嘗君傳

世皆稱孟嘗君能得士士以故歸之而卒賴其力以脫於虎豹之秦嗟乎孟嘗君特雞鳴狗盜之雄耳豈足以言得士不然擅齊之強得一士焉宜可以南面而制秦尚何取雞鳴狗盜之力哉夫雞鳴狗盜之出其門此士之所以不至也

讀柳宗元傳

余觀八司馬皆天下之奇材也一爲叔文所誘遂陷於不義至今士大夫欲爲君子者皆羞道而喜攻之然此八人者既困矣無所用於世往往能自強以求列於後世而其名卒不廢焉而所謂欲爲君子者吾多見其初而已要其終能毋與世俗俯仰以自別於小人者少耳復何議彼哉

讀江南録

故散騎常侍徐公鉉奉 太宗命撰江南録至李氏亡國之際不言其君之過但以歷數存亡論之雖有愧於實録其於春秋之義（春秋臣子爲君親諱禮也）箕子之說[illegible]（王克商問箕子商所以亡箕子不忍言商惡以存亡國宜告之）徐氏録焉得爲忠而吾

問國之將亡必有大惡惡者無大於殺忠臣國君無道不殺忠臣雖不至於治亦不至於亡紂爲王至暴矣武王觀兵於孟津諸侯請伐紂武王曰未可又暴甚殺王子比干然後知其將亡也一舉而勝焉至季在隋隋人雖亂楚人不敢加兵虞以不用宮之奇之言晉人始有納璧假道之謀然則忠臣國之與也存與之存亡與之亡予自爲兒童時已聞金陵臣潘佑以直言見殺當時京師因舉兵來伐數以殺忠臣之罪及得佑所上諫李氏表觀之詞意質直忠臣之言也諸父中舊多爲江南官者其言金陵事頗詳聞佑所以死則信然則李氏之亡不徒然也今觀徐氏錄言佑死頗似妖妄與予舊所聞者甚不類不止於佑其

它所誅者皆以罪戾何也予甚怪焉若以商紂及胥虞二君論之則亡國之君必有濫誅吾知佑之死信爲無罪是乃徐氏匿之耳何以知其然吾以情得之大凡毀生於嫉嫉生於不勝此人之情也吾聞鉉與佑皆李氏臣而俱稱有文學十餘年爭名於朝廷間當李氏之危也佑能切諫鉉獨無一說以佑見誅鉉又不能力諍卒使其君有殺忠臣之名踐亡國之禍皆鉉之由也鉉懼此過而又恥其善不及於佑故匿其忠而汙以它罪此人情之常也以佑觀之其它所誅者又可知矣噫若果有此吾謂鉉不唯厚誣忠臣其欺吾君不亦甚乎

書李文公集後

文公非董子作仕不遇賦惜其自待不厚以予觀之詩三百發憤於不遇者甚衆而孔子亦曰鳳鳥不至河不出圖吾巳矣夫蓋歎不遇也文公論高如此及觀於史一不得職則詆宰相以自快今吾於人也聽其言而觀其行言不可獨信久矣雖然彼宰相名實固有辨彼誠小人也則文公之發爲不忍於小人可也爲史者獨安取其怒之以失職耶世之淺者固好以其利心量君子以爲觸宰相以近禍非以其私則其爲也夫文公之好惡蓋所謂皆過其分者耳方其不信於天下更以推賢進善爲急一士之不顯至寢食爲之不甘蓋奔走有力成其名而後巳士之廢興彼各有命身非王公大人之位取其任而私之又自

以爲賢僕僕然忘其身之勞也豈所謂知命者耶記曰道之不行賢者過之不肖者不及也夫文公之過也辨其所以爲賢歟

書刺客傳後

曹沫將而亡人之城又劫天下盟主管仲因勿倍以市信一時可也予獨怪智伯國士豫讓豈顧不用其策耶讓誠國士也曾不能逆策三晉救智伯之亡一死區區尚足校哉其亦不欺其意者也聶政售於嚴仲子荆軻豢於燕太子丹此兩人者汙隱困約之時自貴其身不妄願知亦曰有待焉彼挾道德以待世者何如哉

孔子世家議

太史公叙帝王則曰本紀公侯傳國則曰世家公卿特起則曰列傳此其例也其列孔子爲世家奚其進退無所據耶孔子旅人也棲棲衰季之世無尺土之柄此列之以傳宜矣曷爲世家哉豈以仲尼躬將聖之資其教化之盛舄奕萬世故爲之世家以抗之又非極摯之論也夫仲尼之才帝王可也何特公侯哉仲尼之道世天下可也何特世其家哉處之世家仲尼之道不從而大置之列傳仲尼之道不從而小而遷也自亂其例所謂多所抵牾者也

書洪範傳後

王某曰古之學者雖問以口而其傳以心雖聽以耳而其受以意故爲師者不煩而學者有得也孔子曰

不憤不啓不悱不發舉一隅不以三隅反則不復也夫孔子豈敢愛其道驁天下之學者而不使其蚤有知乎以謂其問之不切則其聽之不專其思之不深則其取之不固不專不固而可以入者口耳而已矣吾所以教者非將善其口耳也孔子沒道日以衰熄浸淫至於漢而傳注之家作爲師則有講而無應爲弟子則有讀而無問非不欲問也以經之意爲盡於此矣吾可無問而得也豈特無問又將無思非不欲思也以經之意爲盡於此矣吾可以無思而得也夫如此使其傳注者皆已善矣固足以善學者之口耳不足善其心況其有不善乎宜其歷年以千數而聖人之經卒於不明而學者莫能資其言以施於世也

予悲夫洪範者武王之所以虛心而問與箕子之所以悉意而言爲傳注者汨之以至於今冥冥也於是爲作傳以通其意嗚呼學者不知古之所以教而蔽於傳注之學也久矣當其時欲其思之深問之切而後復焉則吾將孰待而言邪孔子曰予欲無言然未嘗無言也其言也蓋有不得已焉孟子則天下固以爲好辯蓋邪說暴行作而孔子之道幾於熄焉孟子者不如是不足與有明也故孟子曰予豈好辯哉予不得已也夫予豈樂反古之所以教而重爲此譊譊哉其亦不得已焉者也

題張忠定書

忠定公沒久矣士大夫至今稱之豈不以剛毅正直

有勞于世如公者少數先公年十七以文見公實見稱賞遂易字舜良時在昇州也竊觀遺墨不勝感愴之至

題燕華仙傳

燕華仙事異矣黄君所爲傳亦辯麗可喜十方世界皆智所幻推智無方幻亦無窮必有合焉乃與爲類則王夫人之過豈偶然哉

書金剛經義贈吴珪

惟佛世尊具正等覺於十方剎見無邊身於一尋身説無量義然旁行之所載累譯之所通理窮於不可得性盡於無所住金剛般若波羅蜜爲最上乘者如斯而已矣

與妙應大師說

妙應大師智緣診父之脉而知子之禍福翰林王承旨疑其古之無有緣曰昔秦醫和診晉侯之脉而知良臣必死良臣之死乃見於晉侯之脉診父而知子又何足怪哉熙寧庚戌十二月十九日某書

題雱詩 仲子正字

雱近有詩云杜家園上好花時尚有梅花三兩枝日莫欲歸巖下宿爲貪香雪故來遲俞秀老一見稱賞不已云絕似唐人雱喜作詩而此詩甚工也

臨川先生文集卷第七十一

臨川先生文集卷第七十二

書

答韓求仁書

答龔深父書

再答龔深父論語孟子書

答王深父書三

與王深父書二

答劉讀秀才書

答韓求仁書

比承手筆問以所疑哀荒久不爲報勤勤之意不可以虛辱故略以所聞致左右不自知其中否也世衰仁所擇爾蓋序詩者不知何人然非達先王之法言

者不能爲也故其言約而明肆而深要當學者思之而熟
講之爾不嘗疑其有失也二南皆文王之詩而其所
繫不同者周南之詩其志美其道盛微至於趨遠
矣免罝之人遠至於江漢汝墳之域久至於衰亂之
公子皆有以成其德召南則不能與於此此其所以
爲諸侯之風而繫之召公者也夫事出於一人而其
不同如此者蓋所入有淺深而所施有久近爾所
謂小雅大雅者詩之序固曰政有小大故有小雅焉
有大雅焉然所謂大雅者積衆小而爲大故小雅之
末有疑於大雅者此不可不知也又作詩者其志各
有所主其言及於大而志之所主者小其言及於小
而志之所主者大此又不可不知也司馬遷以爲上

雅言王公大人而德逮黎庶小雅譏小己之得失而

其流及上此言可用也又宣王之大雅與書疑於小

而幽王之小雅其慝疑於大蓋宣王之詩微矣其大

者如此而已幽王之惡大矣其小者猶如此也凡序

言刺某者一人之事也言刺時者非一人之事也刺

言其事者言其情或言其事或言其情其實一也何

以知其如此墻有茨衛人刺其上[illegible]曰國人疾

之而不可道也是以知其如此也刺亂為亂者作也

以亂為禮亂者之作也何以知其如此平王之揚之水

先束薪而後束楚忽之揚之水先束楚而後束薪周

之亂在上而鄭之亂在下故也亂在上則刺其上亂

在下則閔其上是以知其如此也管蔡為亂成王幼

周公作鴟鴞以遺王非疾成王而刺之也詩以救
亂而已故不言刺亂也言刺亂刺淫刺奢刺荒序其
所刺之事也言刺時者明非一人之事關非謂其不
亂也關雎之詩所謂悠哉悠哉輾轉反側者孔子所
謂哀而不傷者也何彼襛矣之詩所謂平王者猶格
寧王而已非東周之平王也所謂齊侯者猶康侯
寧侯而已非營丘之齊侯也鄭緇衣之詩宜也好也
勝也此其先後之序也此詩言武公父子善善之業
已故序曰以明有國善善之功爲庸多也宜者以言
其所[illegible]功多者以宣其所善之衆也緇衣者君
也同[illegible]之服也適子之館兮就之也爲之改作緇衣
[illegible]舉而養之也能就之又能舉而愛之

此所以爲有國者之善善而異於匹夫之善善也夫有國善善如此則優於天下矣其能父子善於其職而國人美之亦宜乎生民之詩所謂是任是負以歸肇祀者言后稷既開國任負所種之穀以歸而肇祀爾非以謂兆帝祀於郊也所謂卬盛于豆于豆于登其香始升上帝居歆者言我既爲天子得祀郊則盛于豆登其香始升而上帝居歆爾非以爲后稷得郊也其卒曰胡臭亶時庶無罪悔以迄于今者言上帝所以居歆何臭之亶時乎乃以后稷肇祀則庶無罪悔以迄于今得郊祀之時爾蓋所謂文武之功起於后稷故推以配天者此也衛首邶鄘之詩而[illegible]君以謂衛後世并邶鄘而承之理或然也且無所受之

則疑而闕之可也意誠而心正心正則無所爲而不
正故孔子曰詩三百一言以蔽之曰思無邪此詩之一
言故曰詩三百一言以蔽之也非以它無爲有畢乎
此也吾之所受者爲此則彼著吾之所言也吾諸後
哉彼哉者蓋孔子之所棄也孔子曰管仲如其仁仁
也揚子謂屈原如其智不智也猶之善及不明爲聞
又以不明爲昏考其辭之終始則其支葉自不害其
爲異也忠是以盡己恕是以盡物雖孔子之道又何
以加於此而論者或以謂孔子之道神明[illegible]者忠
恕之所能盡雖然此非所以告曾子者也[illegible]哉
也者所謂能勇而不能怯者也能勇而不能怯者哉
於世故孔子無所取古者鳳鳥至河[illegible]圖吾已矣夫

上之時其言鳳鳥不至河不出圖者蓋曰無聖人在上而已矣顏子具聖人之體而微所謂美人也其於尊五美屏四惡非特敎也若夫鄭聲佞人則由外鑠我者也雖若顏子者不放而遠之則其於爲邦也不能無敗言曰能放之而患何憂乎驩兜何畏乎巧言令色孔壬由此觀之佞人者堯舜之所難而况於顏子者乎夫佞人之所以入人者言而已言之入人不如聲之深則鄭聲之可畏固又甚矣孔子曰如有所譽者其有所試矣謂顏子三月不違仁者蓋有所試矣雖然顏子之行非終於此其後孔子告之以克己復禮而請事斯語矣夫能言動視聽以禮則蓋已終身未嘗違仁非特三月而已也語道之全則無不在也無

不爲也學者所不能據也而不可以不心存焉道之在我者爲德德可據也以德愛者爲仁仁譬則左也義譬則右也德以仁爲主故君子在仁義之間所當據者仁而已孔子之去魯也知者以爲爲無禮也乃孔子則欲以微罪行也以微罪行也者依於仁而已禮禮此者也智者知此者也信信此者也孔子曰志於道據於德依於仁而不及乎義禮智信者其說蓋如此也揚子曰道以道之德以得之仁以人之義以宜之禮以體之天也合則渾離則散一人而兼統四體者其身全乎老子曰失道而後德失德而後仁失仁而後義失義而後禮揚子之言其合也老子言其離此其所以異也韓文公知道有君子有小人德有凶有吉

而不知仁義之無以異於道德此爲不知道德也管仲九合諸侯一正天下此孟子所謂天之大任者也不能如大人正己而物正此孔子所謂小器者也言各有所當非相違也昔之論人者或謂之聖人或謂之賢人或謂之君子或謂之仁人或謂之善人或謂之士微子一篇記古之人出處去就蓋略有次序其終所記八士者其行特可謂之士而已矣當記此時此八人之行蓋猶有所見今亡矣其行不可得而考世無君子小人至於五世則流澤盡澤盡則服盡而尊親之禮息萬世莫不尊親者孔子也故孟子曰予未得爲孔子徒也予私淑諸人也孟子所謂市壥而不征法而不廛者先儒以國中之壥謂之廛以周官

本頁原本闕，現據《中華再造善本·臨川先生文集》校補。

考之此說是也廛而不征者賦其市地之廛而不征其貨法而不廛者治之以市官之法而不賦其廛或廛而不征或法而不廛蓋制商賈者惡其盛盛則人去本者衆又惡其衰衰則貨不通故制法以權之稍盛則廛而不征已衰則法而不廛文王之時關譏而不征及周公制禮則凶荒札喪然後無征蓋所以權之也貢者夏后氏之法而孟子以爲不善者不善非夏后氏之罪也時而已矣責難於君者吾聞之矣責善於友者吾聞之矣雖然其於君也曰以道事之不可則止其於友也曰忠告而善道之不可則止王驩於孟子非君也非友也彼未嘗謀於孟子則孟子未嘗與之言不亦宜乎求仁所問於易者尚非易之蘊

本頁原本闕，現據《中華再造善本・臨川先生文集》校補。

也能盡於詩書論語之言則此皆不問而可知某之
學易蓋讀而思之自以爲如此則書之以待知易者
質其義當是時未可以學易也唯無師友之故不得
其序以過於進取乃今而後知昔之爲可悔而其書
往往已爲不知者所傳追思之未嘗不媿也以某之
愧悔故亦欲求仁悁之蓋以求仁之才能而好問如
此某所以告於左右者不敢不盡冀有以亮之而已
至於春秋三傳既不足信故於諸經尤爲難知辱問
皆不果荅亦冀有以亮之

荅龔深父書

某得手筆感慰尤喜侍奉萬福所示王深父事甚虎
然不爲小廉曲謹以投衆人耳目而適合坐度於仁

義是乃深父所以合於古人而衆人所以不諒深父
者也言之於深父何病揚雄亦用心於內不求於外
不脩廉隅以徼名當世故某以謂深父於爲雄幾
以無悔揚雄者自孟軻以來未有及之者但後世
大夫多不能深考之爾孟軻聖人也賢人則其行不
皆合於聖人特其智足以知聖人而已故某以謂
必其知能知軻其於爲雄幾可以无悔揚雄之仕合
於孔子無不可之義奈何欲非之乎若以深父不仕
爲過於雄則自雄以來能不仕者多矣豈皆能賢於
雄乎若以深父之不仕爲與雄異則孟子稱禹稷顏
回同道深父之於爲雄其以論學力行之所至仕不
仕特其所遭之義命之不同未可以議於此深父吾友

也言其義尤不敢略亦不敢誣所以致忠信於吾友然以久廢學恐所論尚不中不惜更詳諭及也

再荅龔深父論語孟子書

某啓所論及異論甚曉然道德性命其宗一也道有君子有小人德有吉有凶則命有順有逆性有善有惡固其理又何足以疑伊尹曰茲爲不義習與性成出善就惡謂之性亡不可謂之性成伊尹之言何謂也召公曰惟不恭厥德乃早墜厥命者所謂命凶也命凶者固自取然猶謂之命若小人之自取或幸而免不可謂之命則召公之言何謂也是古之人以無君子之道爲無道無吉德爲無德則去善者謂之性惡非不可也雖然小人可以謂之無道而不可謂之

道無吉德可謂之無德而不可以謂德無善可以謂之性二而不可以謂之性孔子曰性相近也習相遠也言相近之性以習而相遠則習不可以不慎非謂天下之性皆相近而已矣孔子見南子爲有禮則孔子不可告子路曰是禮也而曰天厭之乎孟子曰男女授受不親禮也嫂溺援之以手者權也若有禮而無權則何以爲孔子天下之理固不可以一言盡君子有時而用禮故孟子不見諸侯有時而用權故孔子可見南子孔子與蒲人盟而適衛者將以行其道也不知是則要盟者得志矣且有至于人而不得[illegible]聖人之無所奈何孔子之適衛非蒲之所能至則孔子何爲而不適衛蓋適衛然後足以明義此孔子之所

識也凡此皆畧爲深甫道之以深甫之明何難於荅是而千里以書見及此固深甫之好問嗜學之無已也又廢筆墨言不逮意幸察

荅王深甫書三

某拘於此鬱鬱不樂日夜望深甫之來以豁吾心而得書乃不知所冀況自京師去潁良不遠深甫家事會當有暇時豈宜愛數日之勞而不一顧我乎朋友道喪久矣此吾於深甫不能無望也向說天民與深甫不同雖蒙丁寧相教意尚未能與深甫相合也深甫曰事君者以容於吾君爲悅安社稷者以安吾之社稷爲悅天民者以行之天下而澤被於民爲達三者皆執其志之所殖而成善者也而未及乎知命大

人則知命矣其則以謂善者所以繼道而行之可善者也孔子曰智及之仁能守之莊以涖之動之不以禮未善也又曰盡美矣未盡善也孔子之所謂善者如此則以容於吾君爲悅者未可謂能成善者也亦曰容而已矣以容於吾君爲悅者則以不容爲戚安吾社稷爲悅則以不安爲戚吾身之不容與社稷之不安亦有命也而以爲吾戚此乃所謂不知命也天天民者達可行於天下而後行之者也彼非以達可行於天下爲悅者也則其窮而不行也豈以爲戚哉視吾之窮達而無悅戚於吾心不知命者其何能如此且深甫謂以民繫天者明其性命莫不稟於天也有匹夫求達其志於天下以養全其類是能順天

者歟衆其號亦曰天民安有能順天而不知命者乎深甫曰安有能視天以去就而德顯於大人者乎某則以謂言之能視天以去就其德顯於大人者有矣即深甫所謂管仲是也管仲不能正己者也然而至於不死子糾而從小白其去就可謂知天矣天之意固嘗甚重其民故孔子善其去就曰豈若匹夫匹婦之爲諒也自經於溝瀆而莫之知也此乃吾所謂德不如大人而尚能視天以去就者深甫曰正己以事君者其道足以致容而已不容則命也何悅於吾心哉正己而安社稷者其道足以致安而已不安則命也何悅於吾心哉正己以正天下者其道足以行天下而已不行則命也何窮達於吾心哉某則以謂

大人之窮達能無悅戚於吾心不能毋欲達孟子曰我四十不動心又曰何爲不豫哉然而千里而見王是予所欲也不遇故去豈予所欲哉王庶幾改之予日望之夫孟子可謂大人矣而其言如此然則所謂無窮達於吾心者殆非也亦曰無悅戚而已矣深甫曰惟其正己而不期於正物是以使萬物之正焉某以謂期於正己而不期於正物而使萬物自正焉是無治人之道也無治人之道者是老莊之爲也所謂大人者豈老莊之爲哉正己不期於正物者非也正己而期於正物者亦非也正己而不期於正物是無義也正己而期於正物是無命也是謂大人者豈無義命哉揚子曰先自治而後治人之謂大器揚子

所謂大器也者蓋孟子之謂大人也物正焉者使物取正乎我而後能正非使之自正也武王曰四方有罪無罪惟我在天下曷敢有越厥志一人橫行於天下武王恥之孟子所謂武王一怒而安天下之民不期於正物而使物自正則一人橫行於天下武王無爲怒也孟子沒能言大人而不放於老莊者楊子而已深甫嘗試以某之言與常君論之二君猶以爲未也願以教我

二

某學未成而仕仕又不能俛仰以赴時事之會居非其好任非其事又不能遠引以避小人之謗讒此其所以爲不肖而得罪於君子者而足下之所知也往

者足下遠不棄絕手書勤勤嘗以其所不及幸甚幸甚顧私心尚有欲言未知可否識嘗言之某嘗以謂古者至治之世然後備禮而致刑不備禮之世非無禮也有所不備耳不致刑之世非無刑也有所不致耳故某於江東得吏之大罪有所不治而治其小罪不知者以謂好伺人之小過以爲明知者又以爲不果於除惡而使惡者反資此以爲言某乃異於此以爲方今之理勢未可以致刑致刑則刑重矣而所治者少不致刑則刑輕矣而所治者多理勢固然也一路數千里之間吏方苟簡自然狃於養交取容之俗而吾之治者五人小者罰金大者纔絀一官而言是以爲多乎工尹商陽非嗜殺人者猶殺三人而止以

爲不如是不足以反命某之書亦無[illegible]顧[illegible]若[illegible]爲比紛紛而無與於道之廢興則亦無之矣抑所謂君子之仕行其義者竊有意焉足下以爲如何自江東日得毀於流俗之士顧吾心未嘗爲之變則吾之所存固無以媚斯世而不能合乎流俗也及吾朋友亦以爲言然後怵然自疑且有自悔之心徐自反念古者一道德以同天下之俗士之有爲於世也人無異論今家異道人殊德又以愛憎喜怒變事實而傳之則吾友庸詎非得於人之異論變事實之傳而後疑我之言乎況足下知我深愛我厚吾之所以日夜向往而不忘者安得不嘗試言吾之所自爲以冀足下之察我乎使吾自爲如此而可以無罪固[illegible]善[illegible]

足下尚有以告我使釋然知其所以爲罪雖吾徒者
已不及尚可以爲來者之戒幸留意以報我無忽

三

某啓不見已兩月雖塵勞汩汩企望盛德何日無之
急辱惠書承以論語義見教言微旨奥直造孔庭非
極高明孰能爲之仰羨仰羨近蒙子固爽肯過我因
與二公同觀尤所歎服何時得至金陵以盡遠懷

與王深父書

某頓首自與足下别日思規箴切劘之補甚於飢渴
足下有所聞輒以告我近世朋友豈有如足下者乎
此固某所望於足下者惜乎與足下相去遠過失日
甚而不得一聞於足下誠使盡聞而盡救之雖未之

愚其庶幾少有成乎惟足下有以敎附書爲勸幸甚幸甚

二

某頓首近已奉狀不知到否竟不得謝省中論令自就職聞足下當入都下幸能番來冀得一見甚足下來差池則某此月乞去至淮南迎親矣出不過三四十日則還至都下幸足下且留以待某還言欲奉左右書甚衆切勿遽去若今不得一見又不知幾時奉見切勿輕歸也吾王逢原者卓犖可駭自常州與之游江南已見其有過人者及歸而見之所學所守愈超然殆不可及忽得報死矣天於善人君子如此可歎可歎如逢原者求之於禱殆未見比不知常君

方之執賢耳可痛可痛恨足下不得見之耳書不盡言惟自愛自愛

答劉讀秀才書

久不聞問忽得書承侍奉萬福良以爲慰見問進退去就之意蓋道之所存意有所不能致而意之所至言有所不能盡夢深考微子一篇則古之聖人君子所以趣時合變蓋可睹矣阻闊愈遠惟自愛數以書見及

臨川先生文集卷第七十二

臨川先生文集卷第七十三

書

答許朝議書

答蔡天啓書

與參政王禹玉二

答曾子固書

答徐絳書

某啓某鄙朴未嘗得邂逅而蒙以書辱於千里之遠固已幸甚足下求免於今之世而求合於古之人不以問世之能言而欲有取於不肖此某之所以難於對也自生民以來爲書以示後世者莫深於易易之所爲作不出足下之所求文王以伏羲爲未足以喻世也故從而爲之辭至於孔子之有述也蓋又以文王爲未足此皆聰明睿智天下至神然尚於此不能

以一言盡之而患其喻之難也況以區區之中材而遇變故之無窮其能皆有所合而卒以自免乎雖能有所合而有以自免其可以易言而遽曉乎此某夙夜勉焉而懼終不及者也其能遽有以進左右者乎然學者患其志之不同而有志者欲其爲之不已某與足下幸志同矣如爲之不已佗日邂逅得各講其所聞擇其可以守之庶其卒將有得焉蓋古之人其成未嘗不以友者此亦區區有望於君子也

答李資深書

某啓辱書勤勤教我以義命之說此乃足下忠愛於故舊不忍捐弃而欲誘之以善也不敢忘不敢忘雖然天下之變故多矣而古之君子辭受取舍之方不

一彼皆内得於已有以待物而非有待乎物者也非有待乎物故其迹時若可疑有以待物故其心未嘗有悔也若是者豈以夫世之毀譽者槩其心哉若某者不足以望此然私有志焉顧非與足下久相從而熟講之不足以盡也多病無聊未知何時得復晤語書不能一一千萬自愛

答韶州張殿丞書

某啓伏蒙再賜書示及先君韶州之政爲吏民稱誦至今不絶傷今之士大夫不盡知又恐史官不能記載以次前世良吏之後此皆不肖之孤言行不足信於天下不能推揚先人之功緒餘烈使人人得聞知之所以夙夜愁痛疚心疾首而不敢息者以此也先

人之存其尚少不得備聞爲政之迹然嘗侍左右尚能記誦教誨之餘蓋先君所存嘗欲大潤澤於天下一物枯槁以爲身羞大者既不得試已試乃其小者耳小者又將泯沒而無傳則不肖之孤罪大釁厚矣尚何以自立於天地之間耶闔下勤勤惻惻以不傳爲念非夫仁人君子樂道人之善安能以及此自三代之時國各有史而當時之史多世其家往往以身死職不負其意蓋其所傳皆可考據後既無諸侯之史而近世非尊爵盛位雖雄奇儁烈道德滿衍不幸不爲朝廷所稱輒不得見於史而執筆者又雜出一時之貴人觀其在廷論議之時人人得講其然不尚或以忠爲邪以異爲同誅當前而不慄訕在後而不

善者苟以饜其忿好之心而止耳而況陰挾翰墨以裁前人之善惡疑可以貸褒似可以附毀往者不能訟當否生者不得論曲直賞罰謗譽又不施其間以彼其私獨安能無欺於冥昧之間邪善既不盡傳而傳者又不可盡信如此唯能言之君子有大公至正之道名實足以信後世者耳目所遇一以言載之則遂以不朽於無窮耳伏惟閣下於先人非有一日之雅餘論所及無黨私之嫌苟以發潛德爲己事務推所聞告世之能言而足信者使得論次以傳焉則先君之不得列於史官豈有恨哉

答司馬諫議書

某啓昨日蒙教竊以爲與君實游處相好之日久而

議事每不合所操之術多異故也雖欲強聒終必不
蒙見察故略上報不復一一自辨重念蒙君實視遇
厚於反覆不宜鹵莽故今具道所以冀君實或見恕
也蓋儒者所爭尤在於名實名實已明而天下之理
得矣今君實所以見教者以為侵官生事征利拒諫
以致天下怨謗也某則以謂受命於人主議法度而
修之於朝廷以授之於有司不為侵官舉先王之政
以興利除弊不為生事為天下理財不為征利闢邪
說難壬人不為拒諫至於怨誹之多則固前知其如
此也人習於苟且非一日士大夫多以不恤國事同
俗自媚於衆為善上乃欲變此而某不量敵之衆
寡欲出力助上以抗之則衆何為而不洶洶然

庚之遷，胥怨者民也，非特朝廷士大夫而已。盤庚不爲怨者故改其度，度義而後動，是而不見可悔故也。如君實責我以在位久，未能助上大有爲以膏澤斯民，則某知罪矣；如曰今日當一切不事事，守前所爲而已，則非某之所敢知。無由會晤，不任區區向往之至。

答曾公立書

某啓：示及青苗事。治道之興，邪人不利，一興異論，羣聾和之，意不在於法也。孟子所言利者，爲利吾國（如曲防遏糴）利吾身耳。至狗彘食人食則檢之，野有餓莩則發之，是所謂政事。政事所以理財，理財乃所謂義也。一部《周禮》，理財居其半，周公豈爲利哉？姦人者因名實之近而必欲亂之以眩上下其如民心之願何始以爲不請而請者不可遏終以爲不納而納者不可卻蓋因民之所利而利之不得不然也然二分不及一分一分不及不利而貸之貸之不若與之然不與之而必至於二分者何也爲其來日之不可繼也不可繼則是惠而不知爲政非惠而不費之道也故必貸然而有官吏之俸輦運之費水旱之逋鼠雀之耗而必欲廣之以待其飢不足而直與之也則無二分之息可乎則二分者亦常平之中正也豈可易哉公立更與深於道者論之則某之所論無一字不合於法而世之譊譊者不足言也因書示及以爲如何

荅吕吉甫書

某嘗與公同心以至異意嘗緣國事豈有它哉同朝紛紛公獨助我則我何憾於公人或言公吾無與焉則公何尤於我趣時便事吾不知其説焉攷實論情公宜昭其如此開喻重悉覽之悵然昔之在我者誠無細故之可疑則今之在公者尚何舊惡之足念公以壯烈方進爲於聖世而某苶然衰疢特待盡於山林趣舍異路則相呴以濕不如相忘之愈也想趣召在朝夕惟良食爲時自愛

與王子醇書四

某啓得書承動止萬福良以爲慰洮河東西蕃漢集附即武勝必爲帥府今日築城恐不當小若以目前功多難成城大難守且爲一切之計亦宜勿廢舊城

審處地勢以待異時增廣山城成之後想當出分置市易
務為蕃巡檢大作廨宇募蕃漢有力人假以官本置
坊列肆使蕃漢官私兩利則其守必易其集附必速
矣因書希詳諭經畫次第秋涼自愛不宣

二

奉書承已築武勝又討定生羌甚善聞郢成珂等諸
酋皆感所部防括恩威所加於此可見矣然久使暴
露能無勞費恐非所以慰悅衆心令見內附之利謂
宜諭郢成珂等放散其衆量留精壯人馬防括隨宜犒
勞使悉優息城成之後更加厚賞人少則賞不費
賜厚則衆樂為用不知果當如此否請更詳酌蕩除
強梗必有穀可獲以供軍有地可募人以為弓箭手

猶恐新募未便得力若募選秦鳳涇原舊人投換仍
許其家人刺手承占本名官土人員節級更與轉資
即素教之兵足以鎮服初附事難遙度心所謂然聽
試言之爾諸當條奏悉不憚煩寒次勞苦爲時自愛
不宣

三

某啓得書喻以禦寇之方　上固欲公毋涉難冒險
以百全取勝如所喻甚善甚善方今熙河所急在修
守備嚴戒諸將勿輕舉動武人多欲以討殺取功爲
事誠如此而不禁則一方憂未艾也竊謂公厚以恩
信撫屬羌察其材者收之爲用今多以錢粟養戍卒
乃適足備屬羌爲變而　未有以專羌當畫也誠

能使屬羌爲我用則非特無内患亦宜賴其力以乘外寇矣自古以好坑殺人致畔以亡邪撫養收其用者公所覧見且王師以仁義爲本豈宜以多殺歛怨耶喻及青唐既與諸羌作怨後無復合理固然也然則近董氈諸族事定之後以兵威臨之而宥其罪使討賊自贖隨加厚賞彼亦宜遂爲我用無復與賊合矣與討而驅之使堅附叛賊爲我患利害不侔也專固有攻彼而取此者服識能離董氈則諸羌自服安所事討哉又聞屬羌經討者自既亡蓄積又廢耕作後無以自存安得不聚爲寇以梗商旅往來妨募之力役及佗朽之類因以活之宜有可爲幸留意念恤邊事難遇度憲公自有定計此意所及嘗試言之幸暗爲國

自愛不宣

四

某啓久不得來問思仰可知木征内附熙河無復可虞矣唯當省冗費理財穀爲經久之計而已 上以公功信積著雖虜懷姦疆埸之事非復異論所能爲沮公當展意思言以報 上餘無可疑者也某久曠職事加以疲病不能自文章蒙恩得釋重負然捐去彌遠不勝惓惓唯爲國自愛幸甚不宣

與趙卨書

某啓議者多言遼欲得所納西人則示之以弱欲更强以事情料之殆不如此以我衆大當彼寡小我尚疲弊厭兵即彼欲得以講可知我深閉固距使彼不

得安息則彼上下合心戮并力一心致死於我此彼所以能偪強也我明示羈縻則彼亦親我違衆言議欲爲偪強者虜今有敢如此則彼舉國背將德我而怨彼兇首爲之致死此所以怒我而急寇也老子曰抗兵相加哀者勝矣此之謂也至於羈縻之後與之約和乃不可遠遽則彼將驕而易我蓋明示羈縻所以息其衆而將吾意徐與之議所以示之弊而堅其約要之上恐龍圖未喻此指故令以書具道前後指揮西人有文字詞理恭順即與其接間奏宜即開示界上使吏民與彼舉國皆知朝廷之意

回蘇子瞻簡

某啓承誨喻累幅知尚盤[illegible]江北俯仰踰月豈勝

意張得秦君詩手不能捨葉致遠適見亦以爲清新
嫵麗與鮑謝似之不知公意如何餘卷正冒眩尚妨
細讀嘗鼎一臠旨可知也公奇秦君口之而不置我
得其詩手之不捨然聞秦君嘗學至言妙道無乃笑
我與公嗜好過乎未相見跋涉自愛書不宣悉

與陳和叔內翰書

某啓今日承以壽藥饋諭令緊裒與和叔交游三十
年豈敢復相求於常度然人之道薦以禮交際亦宜粗
有禮非苟以叅豢養爲利而已日定以不敢弄既竊恐此
非公指然久客於此每以煩擾負公察爲慰自是喜無
饑不亦善乎餘留面敘不宣

答許朝議書

某啓連得誨示豈勝感慰康暮深寒想比日安佳頃
在朝廷觀公議法每求所以生之想今爲州亦用此
意公壽考康寧子孫蕃衍當以此也恐只思一相見
情何有已唯冀良食自愛永綏福履不宣

答蔡天啓

某啓近附書想達比日安否如何何時南來詩以至
行得書說同生基以色立誠如是而所謂從躁爲
熠熠清擾者日光入隙所見是也衆生以識精未合
此而成身衆生爲想所陰不依日光則不能見想陰
既盡心光發宣則不假日光了了見此此即所謂見
同生基也未即會晤爲道自愛數以書見及尊豪長
想比日安佳未及爲書

與參政王禹玉

某啓越宿伏惟台候萬福某久尸宰事每念無以塞責而比者憂患之餘衰疹浸加自惟身事殆不省察何以謀國其能無所曠廢以稱主上任用之意乎況自春以來求解職事至于四五今則衰病日甚必無復任事之理仰恃契眷謂宜少敦僚友之義曲爲開陳使得蚤遂所欲而不宜適 上見留以重某違慢之罪也區區之懷言不能盡惟望深賜矜憐而已不宣

二

某啓竊蒙賜示傳喻 聖訓徬徨踧踖無所容措某羇孤無助遭值大聖獨排衆毀以有今日苟利於國

豈辭糜殞顧自念行不足以悅衆而怨怒實積於親貴之尤智不足以知人而險詖常出於交游之厚且據勢重而任事久有盈滿之憂意氣衰而精力弊有曠失之懼歷觀前世大臣如此而不知自弛乃能終不累於國者蓋未之有也此某所以不敢逃遁慢之誅及身之未衰積誠得請優游里閭爲聖時知止不殆之臣庶幾天下後世於　上拔擢任使無所譏議伏惟覽公方佐佑大政上爲朝廷公論下及僚友私計實宜少垂念慮特賜敷陳某既不獲通章表所恃在明公一言而已心之精微書不能傳惟加閔察幸甚不宣

答曾子固書

某啓久以疾病不爲問豈勝鄉往前書疑子固於讀

豈有所不暇故語及之連得書疑某所謂經者佛經
也而教之以佛經之亂俗某但言讀經則何以別於
中國聖人之經子固讀吾書每如此亦某所以疑子
固於讀經有所不暇也然世之不見全經久矣讀經
而已則不足以知經故某自百家諸子之書至於難
經素問本草諸小說無所不讀農夫女工無所不問
然後於經爲能知其大體而無疑蓋後世學者與先
王之時異矣不如是不足以盡聖人故也揚雄雖爲
不好非聖人之書然於墨晏鄒莊申韓亦何所不讀
彼致其知而後讀以有所去取故異學不能亂也惟
其不能亂故能有所去取者所以明吾道而已子固
視吾所知爲尚可以異學亂之者乎非知我也方今

亂俗不在於佛乃在乎學士大夫沉没利欲以言相
尚不知自治而已予聞以爲如何苦寒比日侍奉萬
福自愛

臨川先生文集卷第七十三

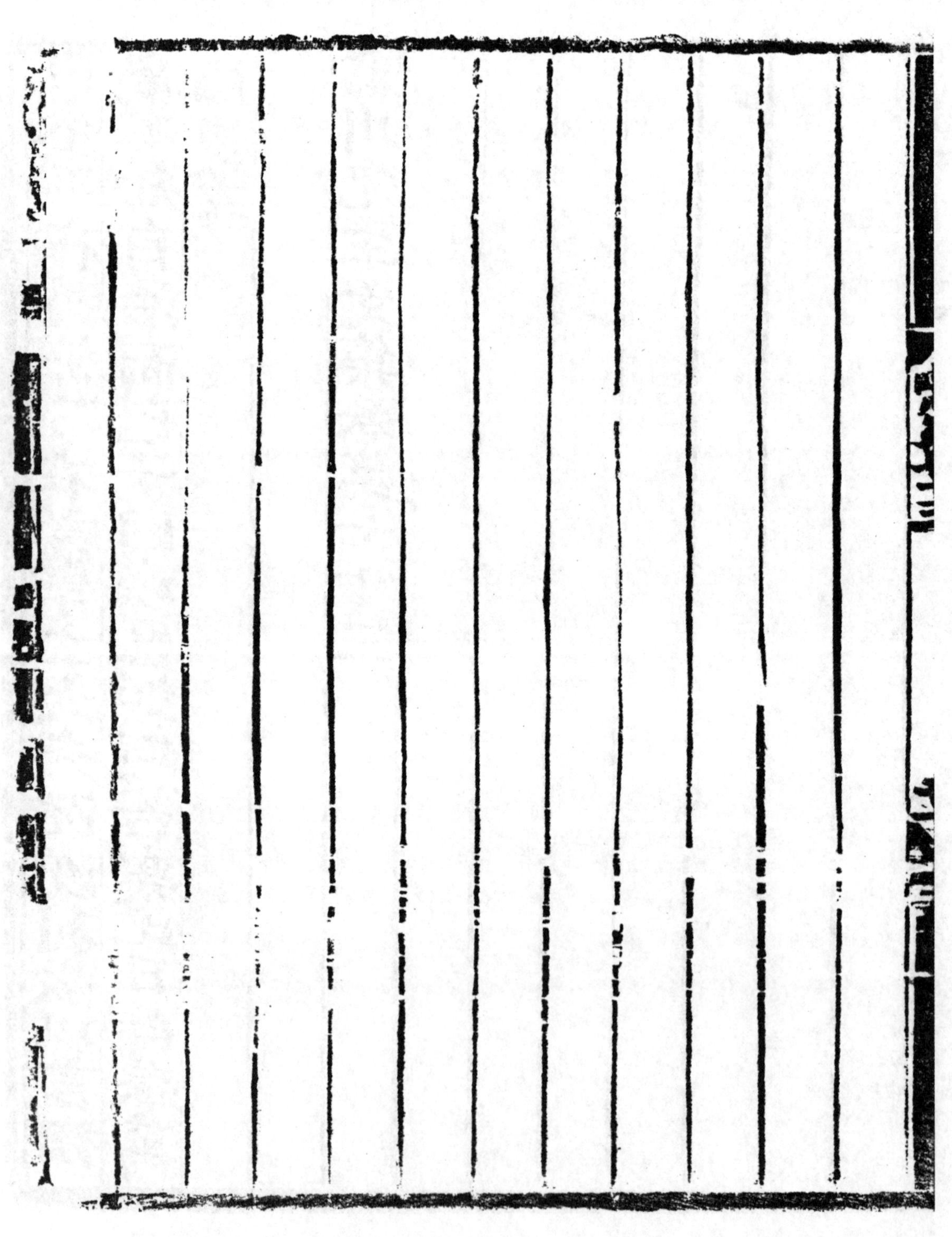

臨川先生文集卷第七十四

書

與吴特起書

與曾子山書

與吴司録議王逢原姻事書

上相府書

某聞古者極治之時君臣施道以業天下之民匹夫匹婦有不與其澤者爲之焦然恥而憂之瞽聾侏儒亦各得以其材食之有司其誠心之所化至於牛羊之踐不忍不仁於草木今行葦之詩是也況於所得士大夫也哉此其所以上下輯睦而稱極治之時也伏惟閣下方以古之道施天下而某之不肖幸以此時竊官於朝受命佐州宜竭罷駑之力畢思慮治百姓以副吾君吾相於設官任材休息元元之意不

宜以私恩上而自近於不敏之誅抑其勢有可言則亦閤下之所宜憐者某少失先人今大母春秋高宜就養於家之日久矣徒以内外數十口無田園以託一日之命而取食不腆之禄以至於今不能也今去而野處念自廢於苟賤不廉之地然後有以共裘葛具魚菽而免於事親之憂則恐内傷先人之明而外以累君子養完人材之德濡忍以不去又義之所不敢出也故輒上書閤下願濆先人之丘冢自託於筦庫以終犬馬之養焉伏惟閤下觀古人所以材聾瞽侏儒之道覽行葦之仁憐士有好修之意者不窮之於無所擾以傷其操使老者得養而養者雖愚無能無報盛德於以廣仁孝之政而曲成士大夫爲子孫

之誼是亦君子不宜得已者也黷冒威尊不任皇恐之至

上富相公書

某不肖當朝廷選用才能修立法度之時不以罪廢而蒙器使此其幸固已多矣其竊自度守一州尚不足以勝任任有大於一州者固知其不也被使江東夙夜震恐思得脫去非獨爲私亦以此也三司判官尤朝廷所選擇出則被使漕運而金穀之事其生平所不習此所以蒙恩反側而不敢冒也惟不肖常得出入門下蒙眷遇爲不淺矣平居不敢具書以勤左右之觀省幸緣恩惠所及敢布其私心誠望閣下哀其忠誠載賜一州處幽閒之區寂寞之濱其

治民非敢謂能也庶幾地閑事少夙夜悉心力易以塞責而免於官謗也若夫私養之勢不便於京師固嘗屢以聞朝廷而熟於左右者之聽矣今茲蒙恩厚賜祿多豈宜復言私計不便乎雖然所辭者才力所不能而所願猶未安理分也亦冀閣下哀之

上曾參政書

某聞古之君子立而相天下必因其材力之所宜形勢之所安而役使之故人得盡其材而樂出乎其時今也某材不足以任劇而又多病不敢自蔽而數以聞執事矣而閣下必欲使之察一道之吏而寄之以刑獄之事非所謂因其材力之所宜也某親老矣有上氣之疾日久比年加之風眩勢不可以去左右閣

下必欲使之奔走跋涉不嘗乎親之側非所謂因其
形勢之所安也伏惟閣下由君子之道以相天下故
某得布其私焉論者或以爲事君使之左則左使
之右則右害有至於死而不敢避勞有至於病而
不敢辭者人臣之義也某竊以爲不然上之使人也
既因其材力之所宜形勢之所安則使之左而左使
之右而右可也上之使人也不因其材力之所宜形
勢之所安上將無以報吾君下將無以慰吾親然且
左右惟所使則是無義無命而苟悅之爲可也害有
至於死而不敢避者義無所以避之也勞有至於病而
不敢辭者義無所以辭之也今天下之吏其材可以備
一道之使而無不可爲之地 其志又欲得此以養其

者蓋不可勝數則某之事非所謂不可辭之地而不可避之時也論者又以爲人臣之事其君與人子之事其親其勢不可得而兼也其材不足以任事而勢不可以去親之左右則致爲臣而養可也某又竊以爲不然古之民也有常產矣然而事親者猶將輕其志重其禄所以爲養今也仕則有常禄而居則無常產而特將輕去其所以爲養非所謂爲人子事親之義也且某之材固不足以任使事矣然尚有可任者在吾君與吾相處之而已爾固不可以去親之左右矣然任豈有不便於養者乎在吾君與吾相處之而已爾然以某之賤未嘗得比於門墻之側而慨然以鄙樸之辭自通於閤下之前欲得其所求自當人豈

之宜其終齟齬而無所合也自君子觀之由君子之道以相天下則宜不爲囂囂易慮而不以離踈改施如天之無不覆而施之各以其命之所宜如地之無不載而生之各以其性之所育彼常人之心區區好伎而自私不恕己以及物者豈足以量之邪伏惟閤下垂聽而念焉使天下士無復思古之君子而樂出乎閤下之時而又使常人之觀閤下者不能量也豈非君子之所願而樂者乎冒黷威尊不任惶恐之至

上執政書

竊以方今仁聖在上四海九州冠帶之屬望其施爲以福天下者皆聚於朝廷而某得以此時備使

交遊親戚知能才識之士莫不爲某願此亦區區者思自竭之時也事願有不然者某無適時才用其始仕也苟以得祿養親爲事耳日月推徙遂非其趣今親闈老矣日夜惟諸子壯大未能以有室家而某之兄嫂尚皆客殯而不葬也其心有不樂於此及今愈思自置江湖之上以便昆弟親戚往還之勢而成婚姻葬送之諱故某在廷二年所求郡以十數非獨爲食貧而口衆也亦其所懷如此非獨以此也某又不幸今茲天被之疾好學而苦眼稍加以憂思則往往昏眩不知所爲以京師千里之縣吏兵之衆民物之稠所當悉心力耳目以稱上之恩施者蓋不可勝數以某之不肖雖平居無他尚懼不給又況所以亂其

心如此而又爲疾病所侵乎歸印有司自請於天子以待放絀而歸田里此人臣之明義而某之所當守也顧親老矣而無所養勢不能爲也偷假歲月饕祿賜以徼一日之幸而不忖事之可否又義之所不敢爲竊自恕而求其猶可以冐者自非京師東南寬閑之區幽僻之濵與之一官使得因吏事之力少施其所學以庚祿賜之入則進無所逃其罪退無所託其身不惟親之欲弗遂而已 蓋聞古者致治之世自瞽矇昏瞶侏儒籧篨戚施之人上所以使之皆各得盡其才鳥獸魚鼈昆蟲草木所以養之皆各得盡其性而不失也於是裳裳者華魚藻之詩作於時而曰左之左之君子宜之右之右之君

子有之惟其有之是以似之言古之君子於士之宜左者左之宜右者右之以固其守而有之是以人人得似其先人又曰魚在在藻依于其蒲王在在鎬有那其居魚者潛逃深渺之物皆得其所安而樂王是以能那其居也方今寬裕廣大有古之道大臣之在內有不便於京而求出小臣之在外有不復於身而求歸朝廷未嘗不可而士亦未有以此非之者也至於所以賜其者亦可謂周矣爲其貧也使之有屋廬而多得廩爲其求在外而欲其內也置之京師而如其在外之求顧其之私不得盡聞於上是以所懷蘊蘊而有不得也今敢盡以聞於朝廷而又私布於執事矣伏惟執事察其身之之疾而發之盡其子之懽其親

之欲而養之盡其性以寧朝廷寬裕廣大之政而無復裳裳者華魚藻之詩作於時則非獨於其爲善甚

上歐陽永叔書四

今日造門幸得接餘論以坐有客不得畢所欲言某所以不願試職者向時則有婚嫁葬送之故勢不能久處京師所圖甫畢而二兄一嫂相繼喪亡於今窘迫之勢比之向時爲甚若萬一幸被館閣之選則於法當留一年藉令朝廷憐閔不及一年即與之外任則人之多言亦甚可畏若朝廷必復召試某亦必以私急固辭竊度寬政必賜矜允然召旨既下比及辭而得請則所求外補又當遷延矣親老口衆寄食於官舟而不得躬養於今已數月矣早得所欲以紓家

之急此亦仁人宜有以相之也翰林雖嘗被旨與某試然某之到京師非諸公所嘗知以今之體須某自言或有司以報乃當施行前此再爲一理當施行還爲罷之於公義亦似未有害某私計爲得竊計明公當不惜此區區之意不可以盡唯仁明憐察而聽從之

二

某以不肖願趨走於先生長者之門久矣初以疵賤不能自通閤下親屈勢位之尊忘名德之可以加人而樂與之爲善顧某不肖私門多故又奔走職事不得繼請左右及此蒙恩出守一州愈當遠去門牆不聞議論之餘私心眷眷何可以處屬道途遭迴數月始

至敝邑以事之紛擾未得具啓以叙區區鄉往之意過蒙獎引追賜詩書言高旨遠足以爲學者師法惟褒被過分非先進大人所宜施於後進之不肖豈所謂誘之欲其至於是乎雖然懼終不能以上副也輒勉强所乏以酬盛德之貺非敢言詩也惟赦其僭越幸甚

三

某以五月去左右六月至楚州即七舍弟病留四十日至揚州又與四舍弟俱失郡牧所生一子七月四日視郡事承守將數易之後之水旱吏事亦尚紛冗故修啓不蚤伏惟幸察閤下以道德爲天下所望方今之勢雖未得遠引以從雅懷之所尚惟攄所藴

以教時嚴則出處之間而無所適不宜此自明哲所
承餘論及之固識甚其區區某到郡侍親幸且順適
但以不才而臨今日之民宜得罪於君子固有日矣

四

某以疵賤之身嘗再一顧見非一日續幸以職事二年
京師以求叢論之稍蒙息不弃知遇精深違離來久
感慕殊甚然以秋限多故未嘗得進一書以謝左右
伏蒙恩勞辱賜手書推獎存撫甚非後進所當得無
先生大人之門以愧以恐何可以言也欽令長幹動止
萬福惟爲時自重以副四方瞻望之意

與劉原父書

辱手教勤勤充感無已承動止萬福又良慰也河役

之罷以靖寘賊功本朝撰與兩匡不止曾發言者以爲言故止耳昔梁王墮馬賈生悲哀涸魚傷人曾子涕泣今勞人費財於前而利不遂於後此某所以悵恨無窮也若夫事求遂功求成而不量天時人力之可否此某所不能則論某者之紛紛豈敢怨哉閣下乃以初不能無意爲有憾一以非某之所敢聞也方今萬事所以難合而易壞常以諸賢無意耳如鄙宗夷甫輩稍稍騖於世矣仁聖在上故公家元海未敢窺邑耳閣下論爲世師此雖戲言幸勿廣也前月被使江東勤多善老者在自餘[illegible]向請

答孫孝書　晉陵[illegible]宗字

某傳聞累十許所示書閱欲奉報以多病多事未能即

志重承手問尤以感愧知生事彌困爲之柰何某亦以姻事見迫又田入不足故私計亦未能不以經心然勞佚有命當順以聽之耳前書所示大抵不出先志若子經欲以文辭高世則世之名能文辭者已無過矣若欲以明道則離聖人之經皆不足以有明也自秦漢以来儒者惟楊雄爲知言然尚恨有所未盡今學士大夫往往不足以知雄則其於聖人之經宜其有所未盡子經誠欲以文辭高世則無爲凡問矣誠欲以明道則所欲爲子經道者非可以一言而盡也子經所謂斜鑿以矯矢背柄以矯舟此天下之所同而舟矢已来未之改也先志所論有非天下之所同而特出子經之新意者則與矯舟矢之意爲不類

又子經以爲詩禮不可以相解乃如某之學則惟詩禮足以相解以其理同故也子經以謂如何兩家各多難無由會合許明年見過幸甚未爾自愛

荅吴孝宗論先志書

某辱書又示以先志而怪某尚有欲爲吾弟道者責以一言盡之吾弟所爲書博矣所欲爲吾弟道者非可以一言盡然吾弟自以爲才不及子貢而所言皆子貢所欲聞於孔子而不得者也則某有欲爲吾弟道者可勿怪也積憂久病廢學疲懶書不能逮意知已就試國學隆暑自愛他俟試罷見過面盡不宣

荅錢公輔學士書

比蒙以銘文見屬足下於世爲聞人力足以得顯者

銘父母以屬於不朽之文似其意非苟然故輒爲之
而不辭不圖乃猶未副所欲欲有所增損鄙文自有
意義不可改也宜以見屬之意而求能如足下意者爲之
耳且家廟以今法准之恐足下未得立也足下雖多聞
要與識者講之如得甲科爲通判通判之署有池臺
竹林之勝此何足以爲太夫人之榮而必欲書之乎
貴爲天子富有天下苟不能行道適足以爲父母之
羞況一甲科通判苟粗知爲辭賦雖市井小人皆可
以得之何足道哉何足道哉故銘以謂閭巷之士以
爲太夫人榮明天下有識者不以置悲歡榮辱於其
心也太夫人能異於閭巷之士而與天下有識同此
其所以爲賢而宜銘者也至於諸孫亦不足列孰有

吾子而無亡孫者乎亡孫蒙之有可道固不宜略若昔見童賢不肖未可知列之於義何當世諱不見道計足下當與有識者講之鄭去愈遠吾子慎勿自重

與崔伯易書

伯易足下得書於京師所以開我者不敢忘而人事紛紛不得修報以爲到高郵即奉見得道所欲言者去年歲止三十日而過親弁遂擁以其喪還軍中則重煩親友然遂不能一見足下而西殊悒悒也逢原遽如此痛念之無窮嘗爲之作銘因吳特起去奉呈此於平生爲銘最爲無愧者也如此人今年止如此以某之不肖固不壑量足以知之然自逢原所學

所爲日進而比在高郵見之必益章不可企及也初以謂可畏憚而有望其助我者莫如此君雖足下之言亦以謂如此今則已矣可痛可惜然此特可爲足下道兩人之愛逢原者多矣亦豈　吾兩人者知之之盡乎可痛可痛莘老必朝夕見之於京師不別致書爲致意

與郭祥正太博書三

某叩頭得手筆存問區區哀感所不可言示及詩篇壯麗俊偉乃能至此良以歎駭也輒留中以爲玩山邑少事不足以煩劇治想多暇日足以吟詠無緣一至左右惟自愛重以副鄉往之私至意

二

某叩頭罪逆餘生奄經時序咫尺無由自詣侯孝[illegible]録既以詩書不勝區區哀感詩已傳聞兩篇餘言所未見豪邁精絶固出於天才此非力學者所能造也雖在哀夜把玩不能自休謹輒藏之巾匭永以爲寶也知導引導藉熟希爲人慎葉自愛幸甚

三

某叩頭承示新句但知歎愧子固之言未知所謂豈以謂足下天才卓越更當約以古詩之法乎哀荒未能劇論當候異時爾聞有殤子之戚想能以理自釋情累也某罪逆荼毒奄忽時序諸非面訴無以盡

與吳特起書

某啓適見鑒檢正示曰美言章今吳師禮浙人也有文

學節行欲爲叔逢原壻謂極多人欲壻之而黃番逢原節
義故欲要其以文鍾爲人不妄吴亦有名故欲作書奉
報乃得來書更請審擇特起肯遠相過甚慰思渴老
年待盡若復得一相見豈非幸願今歲暑雨特甚多
逃於北山平生未嘗畏暑年老氣衰復值此非常氣
候殊爲鬱悒頓言不及悉千萬自愛

與曾子山書

慕啓比聞上下嗷嗷何故人人不息無材患謬譽之爲
聲況州縣之勢固已相遼郡若攉縣易於拉朽此不
可不知也冬寒千萬自愛

與吴司錄議王逢原婣事書

某啓仲冬嚴寒伏惟尊體動止萬福王令秀才近覔

文學才智行義皆高過人見留他來此修學雖貧不厭學爲人亦通不至大段苦節過當他恐一男不欲與作親又不得委曲不審尊意如何傳聞皆不可信也兼目見其所爲如此甚可愛也未拜見千萬乞保尊重

二

某啓新正伏惟二舅郡君尊體動止萬福向曾上狀不審曾達左右否王令秀才見在江陰聚學文學智識與其性行誠是豪傑之士或傳其所爲過當皆不足信某此深察其所爲大抵只是守節安貧耳近日人從之學者甚衆亦不至絕貧乏況其家口寡亦易爲贍足雖然不應舉以某計之今應舉者未必及第

未必不困窮更請斟酌此人但恐久遠非終困窮者也雖終困窮其畜妻子當亦不至失所也渠卻望三舅有信來欲知親事終如何幸一賜報也尚寒伏乞善保尊重

臨川先生文集卷第七十四

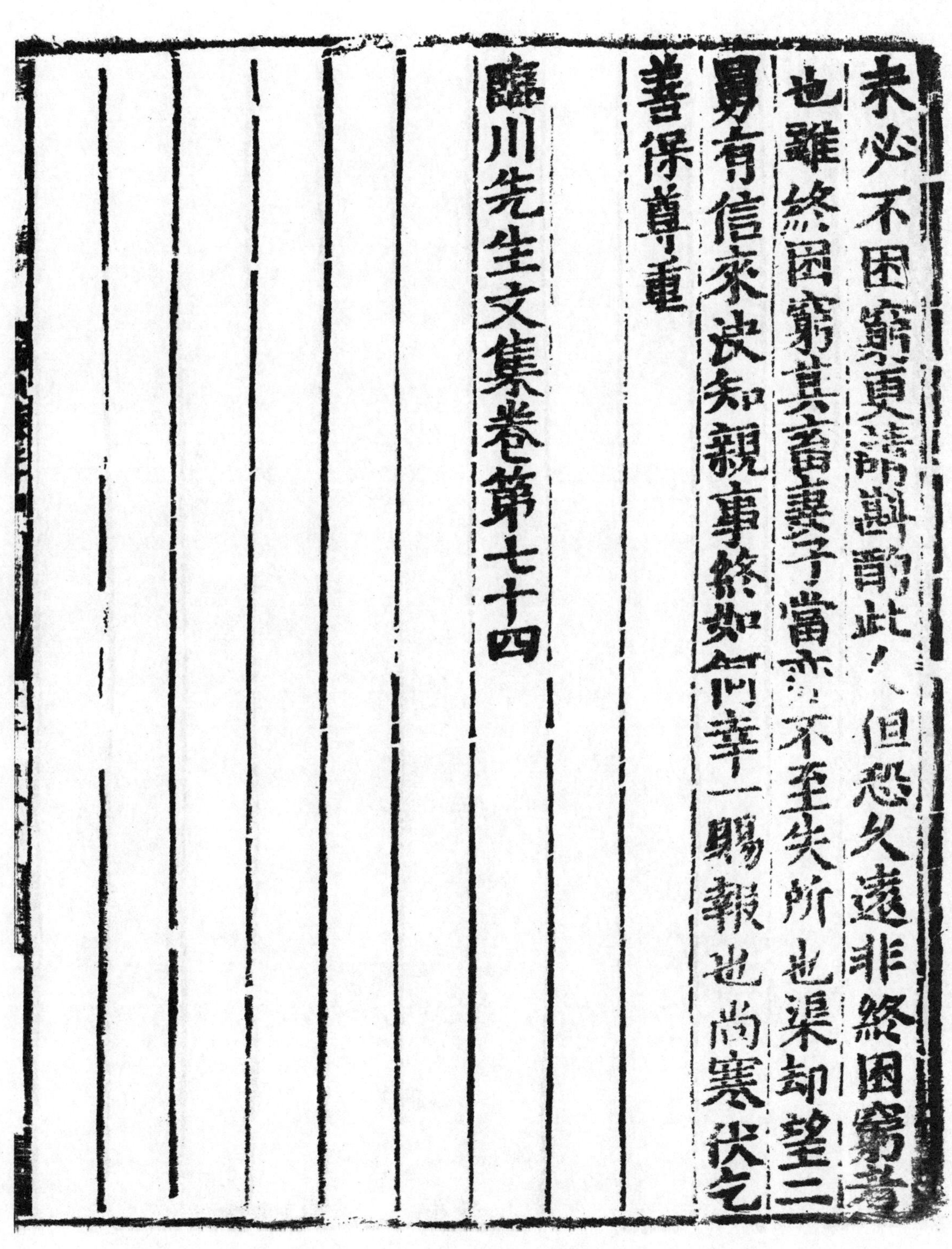

臨川先生文集卷第七十五

書

荅李參書

荅史諷書

上邵學士書

與王逢原書

某頓首逢原足下比得足下於客食中窘窘相造謝不能取一日之閒以與足下極所欲語者而舟即東矣聞閱足下之詩切有疑焉不敢不以告足下詩有歎蒼生淚垂之說夫君子之於學也固有志於天下矣當先吾身而後吾人吾身治矣而人之治不治係吾得志與否耳身猶屬於命天下之治其可以不屬於命乎孔子曰不知命無以爲君子又曰道之將行也歟命也道之將廢也歟命也孔子之說如此而或

以爲君子之學汲汲以憂世者惑也惑於此而進退之行不得於孔子者有之矣故有孔不暇暖席之說吾獨以聖人之心未始有憂有難之者曰然則聖人忘天下矣曰是不忘天下也否之象曰君子以儉德避難不可榮以祿初九曰拔茅茹以其彙貞吉象曰拔茅貞吉志在君也在君者不忘天下者也不可榮以祿者知命也吾雖不忘天下而命不可必合憂之其能合乎易曰遯世無悶樂天知命是也詩三百如柏舟北門之類有憂也然仕於其時而不得其志不得以不憂也仕不在於天下國家與夫不仕者未始有憂君子陽陽考槃之類是也借有憂者不能奪聖人不憂之說孟子曰伊尹視天下匹夫匹婦有不被

其澤者若己推而納之溝中可謂憂天下也然湯聘之猶囂囂然曰我處畎畝之間以樂堯舜之道豈如彼所謂憂天下者僕僕自相而幸售其道哉又論禹稷顏回同道曰鄉鄰有鬬者被髮纓冠而救之則惑也今窮於下而曰我憂天下至於慟哭者無乃近於鄉鄰之事乎孔子所以極其說於知命不憂者欲人知治亂有命而進不可以苟則先王之道得伸也世有能諭知命之說而不能重進退者有矣由知及之仁不能守之也始得足下文特愛足下之才耳既而見足下衣刓屨缺坐而語未嘗及己之窮退而詢足下終歲食不葷不以絲忽妄售於人世之自立如足下者有幾吾以謂知及之仁又能守之故以某之所

學報足下

二

某頓首讀所辱書辭見足下之材浩乎沛然非某之所能及問諸邑人知足下之行學爲君子而方不已者也惜乎某之行亟不得久留從足下以游及求足下所稱滿君者而見之所示藁副輒留傳玩不審定復枉顧否不勝幸望也

三

某頓首逢原近已附書亦得所賜教殊感慰辛逢原見教正得鄙心之所欲方欲請而已被　旨還家遂得窺此亦可喜也但今茲所除復非不肖所宜居不免又干瀆朝廷此更增不知者之毀然吾自計嘗知

此豈能免流俗之紛紛乎不久到眞州冀逢原一來
見既不知有暇否幸因書見報某止寓和州耳來眞
吾親老來視安弟既而歸和候令也冬寒自愛

四

某頓首蒙 命使江東按刑獄事明日遂行欲至揚
州宿留別乞一差遣切欲一見逢原幸枉駕見過只
於冊歸寧候切勿以事爲解也它須面陳此不詳悉
切見過專非違切切

五

某頓首自別逢原一得書遂不知行李所在伏計已
達州陽今此介往幸諭動止之詳以慰思想也
衆可以徙否某之勢恐未能自脫於此矣罪憂自

積而彼然無友朋之助此豈無窮所以徜徉而不知所爲者也逢原不知可以遊會乎無亦多士可以優游吾屬試思之世人還一報餘自愛又重

六

某頓首昔得手教承尚在江州思企何可勝言某昨到金陵忽忽遂歸番冬末須一到金陵不知逢原此行以何時到江陰今必與吳親同舟而濟但到金陵莫須求客舟以往否近制船難爲謀自金陵至眞又一兩程到潤則求舫至江陰亦易矣某兼此遭來有害理如孫少述丁元珍曾子固尚以書見止不宜自求便安數溺朝廷它人復可望其見察者乎雖貴言奈而不知所以自脫足下安以爲我謀哉既兵不冒求

事甚善但計今之勢如此等事皆不可與論説不知足下意以爲當如何施行幸試疏示更有所聞亦望見教所至幸望留意訪以所不逮也至冬亦到金陵欲望逢原一至金陵見訪不知可否私心極有事欲面論切試思之幸幸能一來爲惠大矣

七

某頓首逢原足下方欲作書而得所賜書尤感感但逢原所以教我得鄙心所欲出者窮僻無交游所與議者皆不出流俗之人非逢原之教我尚安得聞此方力求所欲但未知何時得耳及冬春之交亦得歲此冀相過於江寧不審肯顧否尋發許與此當可約也但不謀濶居何道江陰豈不可留並善在濶則

相遇尤易耳。亂卒事須面敘乃悉。餘更昔所聞悉望見教。今世既無朋友相告戒之道，而言亦未必可用。大抵見教者，欲使某同乎俗、合乎世耳。非足下教我，尚何望於他人？切無所惜也。冬寒自愛。

與劉元忠待制書

某昔父祖閒，豈勝向往。繼奉手誨，勤勤懇懇，尤荷眷念。承欲求宮觀方　主上躬親庶政，求才如不及之時，人臣雖有邪心，安能有所軒輊？謂宜黽勉以俟除命，一不追如所喻也。無緣面晤，幸深思鄙言而已。炎暑為時自愛。

與沈道原舍人書

某啓：辱手筆，感慰。又復冬至，投老觸緒多感，但昏冒衰歸之思爾。　上聰明日躋，然流俗之險膚未有已時，亦安能

久自因吉於此北山松栢聞修雍義已極茂長一向且
今會遂往北山因欲漸治垣屋矣於道原欲略言所懷

二

喜承久不作書然思一相見極飢渴也近因歙州查
户曹至此論及說文因見蟲魚鳥獸草木之名難爲
解釋因悟孔子使人多識乃學者最後事也續當錄
寄可道原何以淹留如此若道原者除吾鄉當餘一過
江相見諸欲面晤何可勝言此時曰雖亦嘗可以一
來相見矣未間自愛

答黎檢正書 佚

某嘗患時得所示數詩讀之自秦漢以來所謂能文者不
[illegible]此篇以爲士之所尚者志之所貴者道之者一不

合乎聖人則皆不足以爲道惟天下之英材爲可以與此故欲以所聞告左右而嘗爲尊叔父道之足下聞之而遂自悔以足下如此之才而復之不遠又能如此此何所不至也某者衰久矣徒知思而已尚何能有所補助乎辱書愧歎以不即見爲恨衝寒自愛

與丁元珍書

某頓首過廣曾欲作書遣人奉詞動止以有故蚤歸是以雖作書而不果遣辱教承知憂閔然不得也亦嘗附狀何爲皆不至乎曹振佳士已爲發令狀如此人雖微元珍之教固不敢失況重以元珍之見諭乎前書已報左右恐不到故復以聞求郡固且止甚荷見教然某之所謂不爲無辭若執政不察直以爲

罪則某何敢解免如欲盡其辭 然後加之罪則某事固有本末非今日苟然欲避須勞而求佚也古者一道公德同俗故士有揆古人之所爲以自守則人無異論今家異道人殊德士之欲自守者又牽於末俗之勢不得事事如古則人之異論可悉詶乎要當擇其近於禮義而無大譴者取之耳不審足下終將何以爲僕謀哉秋冷自愛重之望冬間復到廣 冀或一邀從者爲境上之會不審可求攝來否耳不宣

上杜學士言開河書

十月十日謹再拜奉書運使學士閣下某愚不更事物之變備官節下以身得察於左右事可施設不敢因循苟簡以孤大君子推引之意亦其職宜也鄞之

邑跨負江海水有所去故人無水旱之憂而深山長谷之水四面而出溝渠澮川十百相通長老言錢氏時置營田吏卒歲浚治之人無旱憂恃以豐足營田之廢六七十年吏者因循而民力不能自并向之渠川稍稍淺塞山谷之水轉以入海而無所瀦幸而雨澤時至田猶不足於水方夏歷旬不雨則衆川之涸可立而須故今之邑民最獨畏旱而旱輒連年是皆人力不至而非歲之咎也某為縣於此幸歲大穰以為宜乘人之有餘及其暇時大浚治川渠使有所瀦可以無不足水之患而無老壯稚少亦皆懲旱之數而幸今之有餘力聞之翕然皆勸趨之無敢愛力夫小人可與樂成難與慮始誠有大利猶將強之況其所

庶欲哉竊以爲此亦執事之所欲聞也伏惟執事聰明辯智天下之事悉已講而明之矣而又導利去害汲汲若不足夫此最長民之所宜致意者故輒具以聞州州既具以聞執事矣儻其屬曹之一二尚不得徧輒復條件以聞唯執事少留聰明有所未安教而勿許幸甚

與馬運判書

運判閣下比奉書即蒙寵答以感以作且承訪以所聞何閣下遠下之周也嘗以謂方今之所以窮空不獨費出之無節又失所以生財之道故也富其家者資之國富其國者資之天下欲富天下則資之天地蓋爲家者不爲其子生財有父之嚴而子富焉則何

求而不得今闔門而與世子市三闔門之外其人舉雖
盡得子之財猶不富也蓋近世之言利雖善之皆有
國者資天下之術耳直相市於門之內而已此其所
以困與在閤下之明且已盡知當患不得爲豈不得
爲則尚何賴於一不肖者之言耶今歲東南饑饉如此
汴水又絕其經畫固勞心私竊度之京師兵食宜寡
薪芻百穀之價亦必踊以謂宜料畿兵之駑怯者就
食諸郡可以舒漕輓之急古人論天下之兵以爲猶
人之血脈不及則枯聚則癰分使就食亦血脈流通
之勢也儻可上聞行之一否

答王伯虎書曰

辱書問以所疑如其小者何足以語然聖人君子之行

則嘗聞於先生長者矣盍曰不虐己不害人而已不虐己所以為有義不害人所以為有仁若夫暴至治之民責備於叔世以亡日絕其以仁施其身以及其親則皆聖人君子之所一不為不知足下謂嘗如此否因出見過得伺候從容為左右道之

答段縫書

段君足下某在京師時嘗為足下道曾鞏善屬文未嘗及其為人也還江南始熟而慕焉友之又作文粗道其行惠書以所聞詆鞏行無纖完其居家親友惴畏焉怪某無文字規鞏見謂有黨果哉足下之言也鞏文學論議在某交游中不見可敵其心勇於適道殆不可以刑禍利祿動也父在困厄中左

右就養無虧行家事銖髮以上皆親之父亦愛之甚
嘗曰吾宗敝所賴者此兒耳此某之所見也若足下
所聞非某之所見也鞏在京師避兄而舍此雖某亦
罪之也宜足下深攻之也於罪之中有足矜者顧不
可以書傳也事固有迹然而情不至是者如不循其
情而誅焉則誰不可誅邪鞏之迹固然邪然鞏爲人
弟於此不得無過但在京師時未深接之還江南又
旣往不可咎未嘗以此規之也鞏果於從事少許可
時時出於中道此則還江南時嘗規之矣鞏聞之輒
矍然鞏固有以教某也其作懷友書兩通一自藏一
納某家皇皇焉求相切劘以免於悔者略見矣嘗謂
友朋過差未可以絕固且規之規之從則已固且爲

文字自著見然後已邪則未嘗也凡皐之行如前之去其既往之過亦如前之去而已豈不得為賢者哉天下愚者衆而賢者希愚者固忌賢者賢者又自守不與愚者合愚者加怨焉挾忌怨之心則無之焉而不謗君子之過於聽者又傳而廣之故賢者常多謗其困於下者尤甚勢不足以動俗名實未加於民愚者易以謗謗易以傳也凡道皐之去去者固忌固怨固過於聽者也足下乃欲引忌者怨者過於聽者之言縣斷賢者之是非甚不然也孔子曰衆好之必察焉衆惡之必察焉孟子曰國人皆曰可殺未可也見可殺焉然後殺之匡章通國以爲不孝孟子獨禮貌之孔孟所以爲孔孟者爲其善自守不惑於衆人也

如惑於衆人亦衆人耳烏在其爲孔孟也足下姑自重毋輕議鞏

答姚闢書

姚君足下別足下三年於茲一旦犯大寒絕不測之江親屈來門出所爲文書與謁并入若見貴者然始驚以疑卒觀文書詞盛氣豪於理悖焉者希間而論衆經有所開發私獨喜故舊之不予遺而朋友之足望也今冠衣而名進士者用萬千計蹈道者有焉蹈利者有焉蹈利者則否蹈道者則未免離章絕句解名釋數遽然自以聖人之術單此者有焉夫聖人之術修其身治天下國家在於安危治亂不在章句名數焉而已而曰聖人之術單此者皆守經而不苟世

者也守經而不苟世其於道也幾其去蹈利者則緬然矣觀足下固已幾於道姑汲汲乎其可急於章句名數乎徐徐之則古之蹈道者將無以出足下上足下以爲何如

答李參書

李君足下留書擬引甚渥之曰教之育之在執事耳某材德薄不能堪足下望之又何過也夫教之育之某之所以望於人也足下曾某之望乎豈欲享尫人以壯者之食而強之負重乎然足下自言不樂雷同不喜趨競審如是某誠愛焉誠慕焉誠欲告足下以所聞焉曰其人誠甚貴有它長稍近於諛則疾之若讎世之讎審如是亦過矣天下靡靡然足下之讎豈

……君子……不為……甚者求中……而其可也

答史諷書

前日蒙訪及以易說一通且欲責某之一言以信之
天下夫非某智力之所能任也某嘗學易矣而
未之有得故雖悅足下志意之向辭說之明而不敢
斷其義之是非則何能推其義以信之天下雖然足
下屬我良畫不可以無說蓋學者孳孳之務本而教
者聖人之餘事教學則求之教則應之有餘則應不
足則求豈有餘而求之以見有矣未有不求而能應者也
豈見求而不應者　未有不求而應之者也為足下
計亦志於學而已學足乎己則不有知於上必有知
於下不有得於今必有得於後不幸而不見知於上

下而不傳於今又不傳於後古之人蓋有不憾也知我者其天乎此乃易所謂知命也命者非獨貴賤死生爾萬物之廢興皆命也孟子曰君子行法以俟命而已矣且足下求以誨人者也道無求而誨之者求人而誨之則喪道喪道以求傳道則孰取以爲道足下其試思之

上邵學士書

仲詳足下數日前辱示樂安公詩石本及足下所撰復鑑湖記啓封緩讀心目開明辭簡而精義深而明不候按圖而盡越絶之形勝不候入國而熟賢牧之愛民非夫誠發乎文文貫乎道仁思義色表裏相濟者其孰能至於此哉因以歎刻書室且欲且慮其非妄

也公義之然也其學旨思近世之文辭弟靡於理弗
顧於事以襞積故實爲有學以雕繪語句爲精新曾
之擷奇花之英積而玩之雖光華馨采鮮縟可愛求
其根柢濟用則蔑如也某幸觀樂安足下之所著書
由莖磬之音圭璋之器有節奏焉有法度焉蓋肅乎
必知雅正之可貴溫潤之可寶也仲尼曰有德必有
言德不孤必有鄰其斯之謂乎昔昌黎爲唐儒宗得
子厚李漢然後其文益振其道益大今樂安公蓋之文
茂行起越朝右復得足下以宏識清議相須光潤苟
力而不已使後之議者必曰樂安公聖宋之儒宗也
猶唐之昌黎而勳業過之又曰邵公樂安公之覽也
猶昌黎之李漢而器略過之則韓李齊鄭之名不啻

華並乘寘此金石之刻不朽矣所以且欣且憂者蓋
於茲焉鄞庠拘乎偶足下有西笑之謀未獲出覿交談
鐵聯因手書以道欽謝之意且賀樂安公之得人也

臨川先生文集卷第七十五

臨川先生文集卷第七十六

書

上田正言書二

謝張壺書

荅李秀才書

荅孫長倩書

上杜學士書

與孫莘老書

上徐兵部書

上宋相公書

上富相公書

上張樞密書

上郎侍郎書二

上運使孫司諫書

上浙漕孫司諫薦人書

上田正言書二

正言執事某五月還家八月抵官每欲介西北之郵布一書道區區之懷輒以事廢揚東南之吮也舟輿之所濟者日十百數因得問汴事與執事息耗甚詳其間薦紳道執事介然立朝無所跛倚甚盛甚盛顧猶有疑執事者雖某亦然某之學也執事誨之進也執事獎之執事知某不為淺矣言焉不以聞何以償執事之知哉初執事坐殿廡下對方正策指斥天下利害奮不諱忌且曰願陛下行之無使天下謂制

科爲進取一塗耳方此時窺執事者皆若今所謂舉方正者獵取名位而已哉蓋曰行其志云爾今聯諫官朝夕耳目天子行事即一切是非無不可言者欲行其志宜莫若此時國之疵民之病亦多矣執事亦抵職之日久矣向之所謂疵者今或攣然若不可治矣向之所謂病者今或瘝然若不可起矣曾無一言以規執事達一言以寤主上也何向者指斥之切而今之疏也豈向之利於言而今之言不利邪豈不免若今之所謂舉方正者獵取名位而已邪人之疑執事者以此爲執事解者或造辟而言詭辭而出疏賤之人奚遽知其微哉是不然矣傳所謂造辟而言者迺其言則不可得而聞也其言之效則天下斯見之矣今國之

病民之病有滋而無損焉烏所謂言之效邪復言奚爲
執事解者曰蓋造辟而言之矣如不屑何是又不然
臣之事君三諫不從則去之禮也執事對策時嘗爲
是著于篇今言之而不從亦當不翅三矣雖惓惓之
義未能自去孟子不云乎有言責者不得其言則去
今盍亦辭其言責邪執事不盡自覺於是也必矣雖堅
強之辯不能爲執事解也迺如某之愚則願執事不
以寵利不憚詩責一爲天下昌言以磨主上起民之
病治國之疵蹇蹇一心如對策時則人之疑不解自
消矣惟執事念之如其不然願賜教答不宣

二

某聞公卿大夫才名與寵祿盛於世必有大功以宣

之否則君子稱之執事姿□穎然出常士之表應進
士中甲科舉方正爲第一將朝卑遍舉刺史事又陳
善策得璽書召名與寵不已兼盛於世邪所未較著
者功爾本朝　太祖武靖天下　眞宗文持之
今上接祖宗之成兵不釋翳者蓋數十年近世無有
也所當設張之具猶若闕然重以羌酋擾邊主上方
寬宂棄以濟之天下舉首戴目屬心執事者難以一
二計爲執事議者曰朝廷藉不吾以宜且自養以植
顯發譽天下屬己之意矧上惓惓然命之乎此固策
大功之會也抑聞之嶢嶢者易缺皦皦者易汙執事
方名與寵可謂易汙易缺者必若策大功適足宜之
而已可無茂邪恭惟旦暮翰佐天子秉國事修所當

設張之具，復邊人於安，稱主上所以命之之意，使天下[illegible]首戴目者盈其願而退，則後世之書可勝傳哉。豈徒翁有是才名，顧不獲此寵，公孫季有此寵，不成此功，有此寵而成此功者，宜在執事，不宜在它官。鄙之人不達大誼，辱獎訓之厚，敢不盡愚。

謝張學士書

某頓首：某不肖，學不得盡意於文章，往不得行其所學，苟居竊食，動輒愧心，而世之同好惡者已云少矣。遇足下於此，最爲相盡義，不得讓其不腆之文，過蒙推襃，非所望也。朋友道喪爲日久矣，以某之不肖，行於前而悔於後，自已爲多矣，況足下之明耶？毋望至教督，而終未嘗以惟足下不遺，以朋友之心見存，不勝幸

甚更數日遂東去千萬自愛不勝思懷也

荅李秀才書

昨日蒙示書今日又得三篇詩足下少年而巳能如此輔之以良師友而爲之不止何所不至自淫至此蓋五百里而又有山川之限足下樂從所聞而不以爲遠亦有志矣然書之所願特出於名名者古人欲之而非所以先足下之才力求古人之所汲汲者而取之則名之歸孰能爭乎孔子曰君子去仁惡乎成名古之成名在無事於文辭而足下之於文辭方力學之而未止也則某之不肖何能副足下所求之意邪

荅孫長倩書

孫君足下比過江寧家兄道足下雖穉年有奇意欲務古人事於今世發爲詞章尤感切今世事嶪嶪有可畏愛者語未究足下來門見示以文見責以教語觀足下所爲文探足下志信然獨責教語爲失其所焉爾古之道廢踣久矣大賢間起廢踣之中率常位庳澤狹萬不救一二天下日更薄惡官學者不謀道主祿利而已嘗記一人焉甚貴且有名自言少時迷喜學古文後乃大寤棄不學學治今時文章夫古文何傷直與世少合耳尚不肯學而謂學者迷若行古之道於今世則往往困矣其又肯行邪甚貴且有名者云爾況其下碌碌者耶反於是其亦幾何矣足下何覺之早邪其亦謀道而不主利祿者耶語曰塗之

人皆可以爲禹蓋人人有善性而未必善自充也若足下者充之不已不惑以變其又可量邪是將企聳羨慕之不遑於教誨乎何敢

上杜學士書

竊聞受命改使河北伏惟慶慰國家東西南北地各萬里統而維之止十八道道數千里而轉運使獨一二人其在部中吏無崇卑皆得按舉雖將相大臣氣勢烜赫上所尊寵文書指麾勢不得恣一有罪過糾詰按治遂行不請政令有大施舍常咨而後定生民有大利害得以罷而行之金錢粟帛倉庾府舟車漕引凡上之人皆須我出信乎是任之重也而河北又天下之重處左河右山強國之與隣列而爲藩

者昔將相大臣所屯無非天下之勁兵悍卒以惠則恣以威則擾幸時無事廟堂之上猶共憂而不敢忽有事雖天子且憂未嘗不在河北也今執事按臨東南無幾何時漸河東西十有五州之吏士民未盡受察便宜當行而害之可除去者猶未畢也而卒然舉河北以付執事豈主上與一二股肱之臣不惟付予必久而后可要以效哉且以為出之士大夫無足寄以重獨執事為能當之耳伏惟執事名行於天下而材信於朝廷而處之宜必有補於當世故雖某蒙恩德最厚一日失所依據而釋然於心不敢恨望唯公義之吝而忘所私焉

與孫莘老書

某昨日相見殊慰愬所示及信獄事深思如此難爲足下試思其方因書示及今世人相識未見有切磋琢磨如古之朋友者蓋能受善言者少幸而其人有善人之意而與游者猶以爲陽不信也此風甚可患如某之不肖雖不爲有道計足下猶當以善言處我而未嘗有善言見賜豈以爲不足語乎足下尚如此復何望於今世人也是爲寡意亦雖多復辨論非敢自強蔽以所識直以爲不如是則亦有所未悟故此之理不盡在他人恐以不能敬受其說而欲是吾固而已在足下聰明想宜知鄙心要當往復窮究道理耳古之人未有不須友以成者蓋無朋友則不聞其過最康之大者況某之不肖所學者非苟之所可開

而所任者非身之所能爲忍心拂性苟取衣食而冒人之寄屬其大過宜日日有方理稽求可以自脫冀足下時見諭也監秤子擾擾事幸雖示其詳不敢作足下文字施行要約束今後耳足下既受人民社稷於上官勢亦不得有所避避太過則其事靜不直而職事亦何由理也如監秤子事悉望疏示自足下職事然某不敢漏露也至麾嶺鄉詩奉寄一覽也秋冷自愛

上徐兵部書

向蒙執事畀之嚴符開以歸路暮春三月登舟而南涉江絶湖蓋二千里風波勁悍雨潦湍猛窮兩月乃某家居先人之墓寧祖母於鹽里十年營營之一旦得祥表

執事之賜此時惟垂還職示請以懼以懃然去父母之道古人所爲遑遑也不識執事謫之貫之宜將何安區區之懷無以自處矣恭惟執事寬通精明暴著有年宜留本朝輔助風教利權之柄國家設重爲綸之論猶爲嗟咨寵靈降集于司拱以俟伏惟爲國自壽迓迎休福某此月治行承序於左右旦暮矣下情無任依歸領願之至

上宋相公書

某愚憃淺薄動多罪初可一命則在幕府嘗此之時尤爲無知自吉安屬之籍以至今日畢實獲侍燕言然不能自同衆人之數也閤下撫接顧待又而左親及以罪逆扶喪歸葬閤下發使弔問特存書公之

先而所以顧恤之者厚矣蓋仁人君子樂於以禮長育成就人材哀念一日之雅而忘其終身不肖之孤顧在私心宜何以報當閣下以三公歸第四方奔走賀慶之時而某尚以衰麻之故不能有一言自獻以贊左右之喜歲時不啓處及喪除可以有獻矣然所能進於左右者乃不過數止蓋心之委曲有不勝言者蒙有以慰之而已伏惟閣下以直道相先帝舉已不在政事之地然絕德至行九州四海所共稱式朝廷大議者所諮謨伏惟為時自重幸甚

上富相公書

某以閣下在相位時獨蒙拔擢在常人之情固以歸德於左右然某以謂大君子以至公佐天子進天

下士而某適以不肖謬在鼎台閤非敢爲賜也況某宜不知所得矣及以不孝得罪天地扶喪南歸閤下以上宰之重親屈手書叙懷戀勤過於朝夕出入牆屏之人又加賜物以助其喪祭然後慨然有感槩於私心而雖在纍號擗劌之中不能以須臾忘也近聞以旌纛出撫近鎮而尚以衰麻故不得參問動止卷卷之情何可以勝日月不處既除衰矣而遽以疾病又念之曲折造次不足以自達故曠日引久而闕然不即叙感實冀寬大仁明有以容而察之而已伏惟閤下以盛德偉望豐功茂烈爲天下所鄉往而又忠言讜議終始如一此志義之士所以先勤勤於執事也伏惟體道爲國自重以荅輿人之心幸甚

上張樞密書

某惷愚褊迫不知所向在京師時自以備數有司而閤下方斷國論故非公事未嘗敢以凂人之故私請左右脩子姪之禮及以罪逆扶喪歸閤下方以謇諤自觸哀疚迷謬闕於赴告凡此皆宜得棄絶之罪者也然閤下猶循顧待甚又而加竟追賜手書哀憐備厚當是時某方纍然在衰服之中無以冀其全存故不能有所獻以謝恩禮之厚今竟除喪可以叙感矣然所能致於左右者不過與此盡拳拳之心書不能言實冀寬大仁明有以容而亮之而已伏惟閤下以正直相天下翊堯戴舜功不世有辭寵去寄而遁託一州所以承下風而望餘澤非特門牆小人而已

伏惟爲國自重幸甚

上部侍郎書二

某啓伏念先人爲韶州明公使按其部存全挽進誼固已厚先人不幸諸孤困躓而又遭明公於此時閔閔煦煦視猶子姪兩世受惠缺然不報唯其心不敢一日置也身賤地遠又不敢輒以書通左右得邑海上道當出越庶幾進望庭下解積年企仰之意失於閒聽到越而後知安車遷在杭也不敏之罪無所辭誅伏惟尊明赦之不遽弃絶以終夙昔之賜幸也不敢必然覬也既到職下拘於法不得奔走以詷下從者伏惟以道自壽下情不任惓惓之至

某啓昔者幸以先人之故得望赤趨伏蒙撫存教道如親子姪而去離門墻凡五六年一介之使一書之問不徹於隷人之聽誠以苛禮不足報盛德空言不能輸欲報之實顧不知執事察不察也去年得邑海上塗當出越而問聽之繆謂執事在焉比至越而後知車馬在杭行自念父黨之尊而德施之隆去五六年而一書之不進又望門不造雖其心之勤企而欲報者猶在而執事之見察其可必也且悔且恐不知所云輒試陳不敏之罪於左右顧猶不敢必左右之察也不圖執事遽然貺損手教重之蜀牋兗墨之賜文辭反復意指勤過然後知大人君子仁恩溥博度量之廓大如此小人無狀不善隱度妄自悔恐而不

知所以義之也一官自縻勢不得去欲趨而前其路無由雖其思報心尚不怠

上運使孫司諫書

伏見閤下令吏民出錢購人捕鹽竊以爲過矣海旁之鹽雖日殺人而禁之勢不止也今重誘之使相捕告則州縣之獄必蕃而民之陷刑者將衆無賴姦人將乘此勢於海旁漁業之地搔動艚户使不得成業艚户失業則必有合而爲盜賊殺以相仇者此不可不以爲慮也鄞於州爲大邑某爲縣於此兩年見所謂大户者其田多不過百畝少者至不滿百畝百畝之直爲錢百千其尤良田乃直二百千而已大抵數口之家養生送死皆自田出州縣百須又出於其

家方今田桑之家尤不可時得者錢也今責贖而不可得則其間必有鬻田以應責者夫使良民鬻田以賞無賴告訐之人非所以爲政也又其間必有扞州縣之令而不時出錢者州縣不得不鞭械以督之鞭械吏民使之出錢以應捕鹽之贖又非所以爲政也且吏治宜何所師法也必曰古之君子重告訐之利以敗俗廣誅求之害急較固之法以失百姓之心因國家不得已之禁而又重之古之君子蓋未有然者也犯者不休告者不止糶鹽之額不復於舊則購之勢未見其止也購將安出哉出於吏之家而已吏固多貧而無有也出於大戶之家而已大家將有由此而破產失職者安有仁人在上而令下有失職之民

而不知仁義之無以異於道德此爲不知道德也管仲九合諸侯一正天下此孟子所謂天之大任者也不能如大人正己而物正此孔子所謂小器者也言各有所當非相違也昔之論人者或謂之聖人或謂之賢人或謂之君子或謂之仁人或謂之善人或謂之士微子一篇記古之人出處去就蓋略有次序其終所記八士者其行特可謂之士而已矣當記此時此八人之行蓋猶有所見今亡矣其行不可得而考也無君子小人至於五世則流澤盡澤盡則服盡而尊親之禮息萬世莫不尊親者孔子也故孟子曰予未得爲孔子徒也予私淑諸人也孟子所謂市廛而不征法而不廛者先儒以國中之地謂之廛以周官

考之此說是也廛而不征者賦其市地之廛而不征其貨其法而不廛者治之以市官之法而不賦其廛或廛而不征或法而不廛蓋制商賈者惡其盛盛則人去本者衆又惡其衰衰則貨不通故制法以權之稍盛則廛而不征已衰則法而不廛文王之時關譏而不征及周公制禮則凶荒札喪然後無征蓋所以權之也貢者夏后氏之法而孟子以為不善者不善非夏后氏之罪也時而已矣責難於君者吾謂之恭矣責善於友者吾謂之矣雖然甚於君也曰以道事之不可則止其於友也曰忠告而善道之不可則止王驩於孟子非君也非友也彼未嘗諫於孟子則孟子奚嘗與之言不亦宜乎衆之仁許八問於易者尚非日易之

之文書雖已施行追而改之若猶愈於遂行而不反也干犯云云

上浙漕孫司諫薦人書

某今日遂出城以西度到潤州必得復望履舄故不敢造辭以戀起居明州司法吏汪元吉者其爲吏廉平州人無賢不肖皆推信其行喜近文史而尤明吏事有論利害事一編今封獻左右伏惟暇日略賜觀省其言有可採者不以某之言爲妄則儻可以收備從吏役使有仕進之望乎蓋薄惡之俗士大夫之修行義者少矣況身處汙賤之勢而清議所不及者乎勸獎之道亦當尤録小善務以下流之有善者爲始今蓋胥吏士大夫之論議常恥及之惟通古今而明

者嘗不以世之所聯而廢人之爲善爾

臨川先生文集卷第七十六